OS ENAMORAMENTOS

JAVIER MARÍAS

Os enamoramentos

Tradução
Eduardo Brandão

4ª reimpressão

Companhia Das Letras

Copyright © 2011 by Javier Marías

Edição original, Alfaguara (Santillana Ediciones Generales, S. L.),
Madri, 2011 (Casanovas & Lynch Agência Literária S. L.)

*Grafia atualizada segundo o Acordo Ortográfico da Língua
Portuguesa de 1990, que entrou em vigor no Brasil em 2009.*

Título original
Los enamoramientos

Capa
warrakloureiro

Imagem de capa
© Elliott Erwitt/ Magnum Photos/ Latinstock

Preparação
Silvana Afram

Revisão
Huendel Viana
Ana Luiza Couto

Dados Internacionais de Catalogação na Publicação (CIP)
(Câmara Brasileira do Livro, SP, Brasil)

Marías, Javier
    Os enamoramentos / Javier Marías ; tradução Eduardo
Brandão — 1ª ed. — São Paulo : Companhia das Letras, 2012.

    Título original: Los enamoramientos.
    ISBN 978-85-359-2153-3

    1. Ficção espanhola I. Título.

12-08508   CDD-863

Índice para catálogo sistemático:
1. Ficção : Literatura espanhola 863

[2022]
Todos os direitos desta edição reservados à
EDITORA SCHWARCZ S.A.
Rua Bandeira Paulista, 702, cj. 32
04532-002 — São Paulo — SP
Telefone (11) 3707-3500
www.companhiadasletras.com.br
www.blogdacompanhia.com.br
facebook.com/companhiadasletras
instagram.com/companhiadasletras
twitter.com/cialetras

Para Mercedes López-Ballesteros,
por me visitar e me contar

E para Carme López Mercader,
por continuar rindo ao pé do meu ouvido
e me ouvindo

I.

A última vez que vi Miguel Desvern ou Deverne foi também a última vez que sua mulher, Luisa, o viu, o que não deixou de ser estranho e talvez injusto, já que ela era isso, sua mulher, e eu, ao contrário, era uma desconhecida e nunca havia trocado uma só palavra com ele. Nem sabia seu nome, só soube quando já era tarde, quando apareceu sua foto no jornal, esfaqueado, a camisa quase despida, e a ponto de virar defunto, se é que já não o fosse para sua consciência ausente que nunca mais voltou: a última coisa de que deve ter se dado conta foi que o esfaqueavam por equívoco e sem motivo, ou seja, imbecilmente, e além do mais várias vezes, sem salvação, não uma só, mas com vontade de suprimi-lo do mundo e expulsá-lo sem mais demora da terra, ali e então. Tarde para quê, eu me pergunto. A verdade é que não sei. É que, quando alguém morre, pensamos que já ficou tarde para qualquer coisa, para tudo — ainda mais para esperá-lo —, e nos limitamos a dar baixa nessa pessoa. Assim também com nossos achegados, embora nos custe muito mais e os choremos, e sua imagem nos acompanhe na mente quando caminhamos pelas ruas ou em casa, e acreditemos por muito tempo que não vamos nos acostumar. Mas desde o início sabemos — desde que morrem — que já não devemos contar com eles, nem para a mais ínfima das coisas, para um telefonema trivial ou uma pergunta boba ("Lembrou de deixar a chave do carro?", "Que horas mesmo as crianças saíam hoje?"), só por perguntar, por nada. Nada é nada. Na realidade, é incompreensível, porque supõe ter certezas, e isso vai de encontro à nossa natureza: a certeza de que alguém não vai mais vir, nem falar, nem dar um passo, nunca mais — nem para se aproximar nem para se afastar —, nem olhar para nós, nem desviar a vista. Não sei como resistimos a isso, nem como nos recuperamos. Não sei como por vezes nos esquecemos, quando o tempo já passou e nos afastou deles, que ficaram parados.

Mas eu o havia visto e ouvido falar e rir muitas manhãs, quase todas ao longo de alguns anos, de manhã cedo, não muito, na verdade eu costumava chegar ao trabalho um pouco atrasada para ter a oportunidade de encontrar um instante aquele casal, não ele — não me entendam mal — mas os dois, eram os dois que me tranquilizavam e me deixavam contente, antes de começar minha jornada. Transformaram-se quase numa obrigação. Não, a palavra não é adequada para o que nos proporciona prazer e sossego. Quem sabe numa superstição, mas nem isso: não é que eu acreditasse que o dia seria ruim se não compartilhasse com eles o desjejum, à distância, entenda-se; era que eu o iniciava com o moral mais baixo ou com menos otimismo, sem a visão que eles me ofereciam diariamente e que era a do mundo em ordem, ou, se preferirem, em harmonia. Bom, a de um fragmento diminuto do mundo que poucos de nós contemplavam, como acontece com todo fragmento ou vida, até a mais pública e exposta. Não gostava de me trancar horas a fio sem tê-los visto e observado, não às escondidas mas com discrição, a última coisa que eu gostaria era fazê-los sentir-se incomodados ou importuná-los. E teria sido imperdoável afugentá-los, além de ser negativo para mim. Me reconfortava respirar o mesmo ar, ou fazer parte da paisagem matinal deles — uma parte despercebida —, antes que se separassem até a refeição seguinte, que talvez já fosse o jantar, em muitos dias. Naquele último em que sua mulher e eu o vimos não puderam jantar juntos. Tampouco almoçaram. Ela o esperou vinte minutos sentada numa mesa de restaurante, estranhando mas sem temer nada, até que o telefone tocou e seu mundo acabou, e nunca mais voltou a esperá-lo.

Desde o primeiro dia saltou à vista que eram casados, ele uns cinquenta anos, ela bem menos, ainda não devia ter chegado aos quarenta. O que mais agradava neles era ver como se davam bem. Numa hora em que ninguém quer saber de nada, ainda menos de festas e risadas, falavam sem parar, se divertiam, se estimulavam, como se tivessem acabado de se encontrar ou até de se conhecer, e não como se tivessem saído juntos de casa, e tivessem deixado as crianças no colégio, e tivessem se arrumado ao mesmo tempo — talvez até no mesmo banheiro —, e tivessem acordado na mesma cama, e a primeira coisa que cada qual teria visto fosse a esperada figura do cônjuge, e assim um dia depois do outro fazia muitos anos, pois os filhos, que os acompanharam uma ou duas vezes, deviam ter uns oito, a menina, e uns quatro, o menino, que se parecia muitíssimo com o pai.

Este se vestia com distinção ligeiramente antiquada, sem chegar de modo algum a ser ridículo nem anacrônico. Quero dizer que andava sempre de terno, tudo combinando bem, camisas sob medida, gravatas caras e sóbrias, lenço aparecendo no bolso do paletó, abotoadura, sapatos de cadarço bem engraxados — pretos ou de camurça, estes só no fim da primavera, quando punha ternos claros —, mãos cuidadas por manicure. Apesar disso não dava impressão de executivo presunçoso nem de grã-fino exagerado. Parecia antes um homem cuja educação não lhe permitia sair à rua vestido de outra maneira, pelo menos nos dias úteis; nele aquela classe de indumentária era natural, como se o pai lhe houvesse ensinado que a partir de certa idade era essa a sua obrigação, independente das modas que já nascem caducas e dos esfarrapados tempos atuais, que não tinham por que afetá--lo. Era tão clássico que nunca descobri nele um só detalhe extravagante: não queria se passar por original, mas acabava sendo um pouco no contexto daquela cafeteria em que sempre o vi e também no de nossa cidade negligente. O efeito de naturalidade se via realçado por seu caráter indubitavelmente cordial e risonho, mas não informal (não o era com os garçons, por exemplo, a quem sempre tratava de senhor e com amabilidade incomum, sem cair no meloso): de fato, chamavam um tanto a atenção suas frequentes gargalhadas que eram quase escandalosas, mas de modo algum incômodas. Sabia rir, fazia-o com força mas com sinceridade e simpatia, nunca como se adulasse nem em atitude tolerante, mas como se reagisse a coisas em que achava verdadeira graça e em muitas achasse, um homem generoso, disposto a perceber o cômico das situações e aplaudir as brincadeiras, pelo menos as verbais. Talvez fosse em sua mulher que achava graça, no geral, há gente que nos faz rir mesmo sem se propor, conseguem fazê-lo principalmente porque sua presença nos deixa contentes e assim para soltar o riso basta muito pouco, só vê-las e estar em sua companhia e ouvi-las, mesmo que não estejam dizendo nada do outro mundo ou até emendem bobagens e piadas sem graça uma atrás da outra deliberadamente, mesmo assim achamos todas engraçadas. Pareciam ser dessas pessoas feitas uma para a outra; e embora se visse que eram casados, nunca surpreendi neles um gesto edulcorado nem forçado, tampouco estudado, como os de alguns casais que convivem há anos e fazem questão de exibir o quanto continuam enamorados, como um mérito que os revaloriza ou um adorno que os embeleza. Era, em vez disso, como se quisessem ser simpáticos um ao outro e se agradar antes de um possível namoro; ou como se tivessem tanto apreço e bem querer desde antes do casamento, ou de se juntarem, que em qualquer circunstância teriam se escolhido espontaneamente — não por dever conjugal, nem por comodidade, nem por hábito, nem mesmo por lealdade — como companheiro ou acompanhante, amigo, interlocutor ou cúmplice, na certeza de que, acontecesse o que acontecesse ou sobreviesse, ou o que houvesse que contar ou ouvir, sempre seria menos interessante ou divertido com um terceiro. Sem ela no caso dele, sem ele no caso dela. Havia camaradagem e, principalmente, convicção.

Miguel Desvern ou Deverne tinha feições agradáveis e uma expressão varonilmente afetuosa, o que o tornava atraente de longe e me fazia supor que devia ser irresistível na convivência. É provável que tivesse prestado mais atenção nele do que em Luisa, ou que ele é que tenha me obrigado a também prestar atenção nela, já que, se vi muitas vezes a mulher sem o marido — ele saía antes da cafeteria e ela ficava quase sempre mais uns minutos, às vezes sozinha, fumando, às vezes com uma ou duas colegas de trabalho ou mães do colégio ou amigas, que uma ou outra manhã se juntavam a elas na última hora, quando ele já estava se despedindo —, o marido eu nunca vi sem a mulher ao lado. Para mim, sua imagem sozinha não existe, é com ela (foi uma das razões pelas quais de início não o reconheci no jornal, porque Luisa não aparecia). Mas logo depois ambos passaram a me interessar, se é esse o verbo adequado.

Desvern tinha cabelo curto, basto e bem negro, com fios grisalhos somente nas têmporas, que se adivinham mais crespas que o resto (se houvesse deixado crescer as costeletas, quem sabe não teriam aparecido uns cacheados incongruentes). Seu olhar era vivo, sossegado e alegre, com uma centelha de ingenuidade ou puerilidade quando ouvia, o olhar de um indivíduo a que a vida em geral diverte, ou que não está disposto a passar por ela sem desfrutar dos mil aspectos engraçados que ela encerra, inclusive em meio às dificuldades e às desgraças. É bem verdade que deve ter sofrido muito poucas comparado ao que é o destino mais comum dos homens, o que devia ajudá-lo a conservar aqueles olhos confiantes e sorridentes. Eram cinzentos e pareciam registrar tudo como se tudo fosse novidade, até o insignificante que se repetia diariamente, aquela cafeteria do início da Príncipe de Vergara e seus garçons, minha figura muda. Tinha uma covinha no queixo. Ele me fazia lembrar de um diálogo do cinema em que uma atriz perguntava a Robert Mitchum ou Cary Grant ou Kirk Douglas, não lembro, como se arranjava para se barbear ali, tocando na covinha com o indicador. Eu tinha vontade de levantar da minha mesa todas as manhãs, aproximar-me da de Deverne e perguntar a mesma coisa, e tocar por minha vez na sua com o polegar ou o indicador, levemente. Sempre estava muito bem barbeado, inclusive na covinha.

Eles prestaram muito menos atenção em mim, infinitamente menos do que eu neles. Pediam seu desjejum no balcão e, uma vez servido, levavam-no para uma mesa junto da vidraça que dava para a rua, enquanto eu sentava numa mais ao fundo. Na primavera e no verão todos nos sentávamos no terraço, e os garçons nos passavam os pedidos por uma janela aberta na altura do balcão, o que dava lugar a várias idas e vindas de uns e outros e a maior contato visual, porque de outro tipo não houve. Tanto Desvern como Luisa cruzaram alguns olhares comigo, de mera curiosidade, sem intenção e jamais prolongado. Ele nunca olhou para mim de maneira insinuante, conquistadora ou presunçosa, o que teria sido uma decepção, e ela também nunca demonstrou ciúme, superioridade ou displicência, o que teria me causado desgosto. Eram os dois que me cativavam, os dois juntos. Eu não os observava com inveja, não era isso, em absoluto, mas com o alívio de verificar que na vida real podia existir o que a meu ver devia ser um par perfeito. E me pareciam mais ainda isso na medida em que o aspecto de Luisa não batia com o de Deverne, quanto ao estilo e ao vestir. Junto de um homem tão alinhado como ele a gente esperaria ver uma mulher com idênticas características, clássica e elegante, embora não necessariamente previsível, de saia e sapato de salto alto na maioria das vezes, com roupa de Céline, por exemplo, e brincos e pulseiras chamativos mas de bom gosto. Em vez disso, ela alternava um estilo esportivo com outro que não sei se qualifico de casual ou negligente, em todo caso nada rebuscado. Tão alta quanto ele, era morena de pele, com cabelos médios, castanhos muito escuros, quase negros, e pouquíssima maquiagem. Quando usava calça — geralmente jeans —, ela a acompanhava com um casaco convencional e bota ou sapato sem salto; quando usava saia, os sapatos eram de salto médio e sem extravagâncias, quase idênticos aos que muitas mulheres calçavam nos anos 50, ou no verão sandálias rasteiras que deixavam à mostra pés pequenos para sua estatura e delicados. Nunca a vi com nenhuma joia, e suas bolsas eram a tiracolo. Era tão simpática e alegre quanto ele, porém seu riso era menos sonoro; mas igualmente fácil e talvez mais caloroso, com seus dentes resplandecentes que lhe conferiam uma expressão um tanto infantil — devia rir da mesma forma desde os quatro anos, sem poder evitar —, ou eram as bochechas, que se arredondavam. Era como se houvessem adquirido o costume de respirar juntos um pouco, antes de irem para seus respectivos trabalhos, depois de porem fim à roda-viva matinal das famílias com filhos pequenos. Um instante para eles, para não se separar um do outro no meio da correria e conversar animadamente, eu me perguntava do que falavam ou o que se contavam — como é que tinham tanto para se contar, se iam para a cama e se levantavam juntos e mantinham um ao outro a par de seus pensamentos e andanças —, sua conversa só chegava a mim em fragmentos, ou em palavras soltas. Uma vez eu o ouvi chamá-la de "princesa".

Por assim dizer, eu desejava a eles todo o bem do mundo, como aos personagens de um romance ou de um filme cujo partido a gente toma desde o início, sabendo que alguma coisa de ruim vai acontecer com eles, que algo vai dar errado em algum momento, ou não haveria romance ou filme. Na vida real, entretanto, não tinha por que ser assim e eu esperava continuar a vê-los todas as manhãs tal como eram, sem encontrá-los um dia com desapego unilateral ou mútuo e sem saber o que se dizer, impacientes por se perderem de vista, com um esgar de irritação ou de indiferença. Eles eram o breve e modesto espetáculo que me punha de bom humor antes de entrar na editora para enfrentar meu chefe megalomaníaco e os chatos dos seus autores. Se Luisa e Desvern se ausentavam uns dias, sentia falta deles e encarava meu dia de trabalho mais mortificada. Em certa medida, eu me sentia em dívida com eles, porque, sem saber nem pretender, eles me ajudavam diariamente e me permitiam fantasiar sobre sua vida que imaginava sem mácula, tanto que me alegrava não poder comprovar nem averiguar nada a esse respeito e assim não sair do meu encantamento passageiro (eu tinha a minha com muitas máculas, e a verdade é que só voltava a me lembrar deles na manhã seguinte, enquanto praguejava no ônibus por ter madrugado, isso acaba comigo). Eu teria desejado oferecer a eles algo parecido, mas não era o caso. Eles não precisavam de mim, nem de ninguém provavelmente, eu era quase invisível, apagada pelo contentamento deles. Só uma ou outra vez, quando ele saiu e depois de dar o costumeiro beijo nos lábios de Luisa — ela nunca esperava esse beijo sentada, punha-se de pé para retribuí-lo —, fez um leve gesto de cabeça para mim, quase uma inclinação, depois de ter espichado o pescoço e erguido a mão a meia altura para se despedir dos garçons, como se eu fosse um destes, mas feminina. Sua mulher, observadora, me fez um gesto parecido quando saí — sempre depois dele e antes dela —, as mesmas duas vezes em que seu marido havia tido essa deferência. Mas quando quis corresponder a eles com minha inclinação mais leve ainda, tanto ele como ela já haviam desviado o olhar e não me viram. Tão rápidos foram, ou tão prudentes.

Enquanto eu os vi, não soube quem eram nem a que se dedicavam, embora se tratasse sem dúvida de gente endinheirada. Talvez não riquíssimos, mas bem de vida. Quero dizer que, se fossem a primeira coisa, não levariam os filhos à escola pessoalmente, como eu tinha certeza de que faziam antes da pausa na cafeteria, quem sabe ao Colégio Estilo, que ficava ali pertinho, embora haja vários no bairro, casarões de El Viso, ou *hotelitos*, como se chamavam antigamente, convertidos em escolas, eu mesma fiz a pré-escola numa delas, na rua Oquendo, não muito longe dali; nem tomariam café da manhã todo dia naquele estabelecimento de bairro, nem iriam para seus respectivos trabalhos às nove, ele um pouco antes disso, ela um pouco depois, conforme me confirmaram os garçons quando os questionei sobre eles e também uma colega da editora, com a qual comentei mais tarde o acontecimento macabro e que, apesar de conhecê-los tanto quanto eu, tinha se arranjado para obter umas tantas informações, imagino que as pessoas fofoqueiras e venenosas sempre encontram um jeito de descobrir o que querem, principalmente se for negativo ou envolver alguma desgraça, mesmo que não tenham nada a ver com o assunto.

Numa manhã de fins de junho não apareceram, o que não tinha nada de especial, acontecia às vezes, eu supunha que deviam estar viajando ou ocupados demais para dar aquela respirada que tanto deviam apreciar. Depois eu é que me ausentei por quase uma semana, enviada por meu chefe a uma estúpida Feira do Livro no exterior, para fazer relações públicas e papel de boba em seu nome, mais que qualquer outra coisa. Ao voltar continuavam não aparecendo, nenhum dia, e isso me inquietou, mais que por eles, por mim mesma, que de repente perdia meu estímulo matinal. "Como é fácil alguém sumir", pensava. "Basta que mude de trabalho ou de casa para que a gente não volte mais a ter notícias, nem ver a pessoa nunca mais na vida. Ou que altere seu horário. Como são frágeis os vínculos somente visuais." Isso me levou a me perguntar se acaso não deveria ter trocado umas palavras com eles alguma vez, após tanto tempo de lhes atribuir um significado alegre. Não com intenção de incomodá--los nem de estragar seu pequeno momento de companhia mútua nem de entabular contato fora da cafeteria, está claro, nada a ver com isso; só para mostrar minha simpatia e meu apreço, dar bom dia a eles a partir de então e, assim, me sentir obrigada a me despedir se um dia saísse da editora e não voltasse a pisar ali, e para obrigá-los um pouco a fazer o mesmo se eles é que mudassem ou alterassem seus hábitos, da mesma maneira que um comerciante do nosso bairro costuma avisar que vai fechar ou passar adiante seu ponto, ou que nós os avisamos quando estamos de mudança. Pelo menos ter consciência de que vamos deixar de ver as pessoas de cada dia, embora sempre as tenhamos visto à distância ou de forma utilitária e sem praticamente reparar nas suas caras. Sim, isso se costuma fazer.

Assim, acabei perguntando aos garçons. Eles me responderam que, conforme haviam entendido, o casal já havia saído de férias. Pareceu-me mais suposição do que fato. Era um pouco cedo, mas tem gente que prefere não passar o mês de julho em Madri, quando o calor é mais escaldante, ou talvez Luisa e Deverne pudessem se dar ao luxo de sair de férias dois meses, pareciam bastante abonados e livres (talvez seus salários dependessem deles mesmos). Apesar de ter lamentado que não ia dispor do meu pequeno estímulo matutino até setembro, também me tranquilizou saber que ele voltaria então e que não havia desaparecido da face da minha terra para sempre.

Lembro ter topado, naqueles dias, com o título de uma reportagem que falava da morte a facadas de um empresário madrilenho e de ter virado a página sem ler o texto completo, precisamente pela ilustração da notícia: a foto de um homem estendido no chão na metade da rua, na calçada, sem paletó nem gravata nem camisa, ou com ela aberta e suas abas de fora, enquanto o pessoal do Samur tentava reanimá-lo, salvá-lo, com uma poça de sangue ao seu redor e aquela camisa branca empapada e manchada, ou assim imaginei ao vislumbrá-lo. Pelo ângulo adotado não dava para ver direito o rosto e em todo caso não me detive para olhá-lo, detesto essa mania atual da imprensa de não poupar o leitor ou o espectador das imagens mais brutais — ou vai ver que estes é que as pedem, seres transtornados em seu conjunto; mas ninguém nunca pede mais do que já conhece e lhe foi dado —, como se a descrição com palavras não bastasse, e sem a menor consideração para com o indivíduo brutalizado, que já não pode se defender nem se preservar dos olhares a que nunca teria se submetido estando com a consciência alerta, tanto como não teria se exposto ante desconhecidos nem conhecidos de roupão ou de pijama, por se julgar inapresentável. E como fotografar um homem morto ou agonizante, ainda mais se for por violência, me parece um abuso e a máxima falta de respeito para com quem acaba de se tornar uma vítima ou um cadáver — se ainda se pode vê-lo é como se não houvesse morrido completamente ou não fosse inteiramente passado, e então há que deixá-lo morrer de verdade e sair do tempo sem testemunhas inoportunas nem público —, não estou disposta a participar desse costume que nos impõem, não me dá vontade de olhar o que nos instam a olhar ou quase nos obrigam, e somar meus olhos curiosos e horrorizados às centenas de milhares cujas cabeças estarão pensando enquanto observam, com uma espécie de fascinação reprimida ou de alívio certo: "Não sou eu mas outro, este que tenho diante de mim. Leio seu nome na imprensa e também não é o meu, não bate, não me chamo assim. Coube a outro, o que terá feito, em que encrenca ou dívidas terá se metido ou que danos terríveis teria causado para que o tenham crivado de facadas. Eu não me meto em nada nem creio que tenha inimigos, eu me abstenho. Ou me meto sim e faço o mal, mas não me pegaram. Por sorte é outro e não eu o morto que aqui nos mostram e de quem falam, logo estou mais a salvo do que ontem, ontem escapei. Já esse pobre coitado foi caçado". Em nenhum momento me ocorreu associar aquela notícia que deixei passar ao homem agradável e risonho que eu via diariamente tomar café e que, com sua mulher, sem se dar conta, fazia a gentileza infinita de levantar meu moral.

Por uns dias, já depois da minha viagem, senti falta do casal apesar de saber que não viria. Agora eu chegava à editora pontualmente (tomava meu café e pronto, sem motivo para fazer hora), mas com certo desalento e mais falta de vontade, é surpreendente como nossas rotinas aceitam mal as variações, até as que são para o bem, esta não era. Tinha mais preguiça para enfrentar minhas tarefas, ver meu chefe se pavonear, receber os chatérrimos telefonemas e visitas dos escritores, e isso, sei lá por quê, tinha acabado se transformando numa das minhas incumbências, talvez porque eu tendia a dar mais importância a eles do que meus colegas, que simplesmente fugiam dos ditos cujos, sobretudo dos mais convencidos e exigentes, por um lado, e, por outro, dos mais chatos e desorientados, dos que viviam sozinhos, dos que são um verdadeiro desastre, dos que paqueravam de um modo inverossímil, dos que anotavam nosso telefone para começar o dia e comunicar a alguém que ainda existiam, valendo-se de qualquer pretexto. São gente esquisita, a maioria. Levantam-se da mesma forma que se deitam, pensando em suas coisas imaginárias que no entanto lhes toma tanto tempo. Os que vivem da literatura e adjacências, e portanto não trabalham fora — e já vão sendo uns tantos, nesse negócio tem dinheiro, ao contrário do que se proclama, principalmente para os editores e distribuidores —, não saem de casa e a única coisa que têm de fazer é sentar ao computador ou à máquina de escrever — ainda tem um ou outro pirado que continua utilizando esta última e cujos textos têm de ser escaneados, depois que ele os entrega — com incompreensível autodisciplina: só mesmo sendo anormal para trabalhar em alguma coisa sem ninguém mandar. E assim eu me sentia com muito menos humor e paciência para ajudar a se vestir, como fazia quase todo dia, um romancista chamado Cortezo, que ligava para mim com alguma desculpa esfarrapada para depois me perguntar, "aproveitando que tenho você ao telefone", se eu achava que estaria bem produzido se usasse as roupas grotescas ou as velharias que tinha vestido ou pensava vestir, e que me descrevia.

— Você acha que com esta calça listada e mocassim marrom com borla, sabe, a modo de adorno, vai bem uma meia de losangos?

Eu evitava dizer que achava um horror meias de losangos, calça listada e mocassim marrom com borla, porque isso o preocuparia excessivamente e a conversa teria se eternizado.

— De que cores são os losangos? — eu perguntava.

— Marrom e laranja. Mas também tenho vermelho e azul, e verde e bege, o que você acha?

— Melhor marrom e azul, para como você disse que vai se vestir — eu respondia.

— Essa combinação eu não tenho. Acha que deveria ir comprar?

Cortezo me dava um pouco de pena, apesar de me irritar muito ele se permitir me fazer essas consultas como se eu fosse sua futura viúva ou sua mãe, e ser todo besta em relação a seus escritos, que a crítica elogiava e a mim pareciam grandes bobagens. Mas não queria mandá-lo procurar pela cidade mais meias ignominiosas que não iriam resolver nada.

— Não vale a pena. Por que não recorta os losangos azuis de uma e os marrons de outra e costura? Faça um patchwork, como se diz em espanhol hoje em dia. Uma obra de arte do remendo.

Demorava a entender que eu estava brincando.

— É que não sei fazer isso, María, não sei nem costurar um botão, e fora isso o encontro está marcado para daqui a uma hora e meia. Ah, já vi tudo. Você está me gozando.

— Eu? De jeito nenhum. É melhor então recorrer a meias lisas. Azul-marinho, se tiver, e nesse caso te aconselho sapato preto.

No fim das contas eu o ajudava um pouco, dentro do cabível. Agora eu estava de pior humor e o despachava logo, com fastio e falsidades um tanto mal-intencionadas: se me dizia que ia participar de um coquetel na Embaixada da França com um terno cinza-escuro, eu recomendava sem hesitar meias verde-Nilo e garantia que essa era a última ousadia e que todo mundo ficaria admirado, o que não era nenhuma mentira.

Também não conseguia ser amável com outro romancista, que se assinava Garay Fontina — assim, dois sobrenomes sem nome de batismo, devia achar original e enigmático, mas parecia nome de árbitro de futebol — e que considerava que a editora tinha de resolver qualquer dificuldade ou contratempo seu, mesmo que não tivesse a menor relação com seus livros. Ele nos pedia que fôssemos pegar um casaco em sua casa e levá-lo à tinturaria, que lhe mandássemos um técnico de informática ou uns pintores de parede ou que arranjássemos hospedagem para ele em Trincomalee ou em Batticaloa e cuidássemos dos preparativos de uma viagem particular sua para lá, as férias com sua senhora tirânica que de vez em quando telefonava ou aparecia em pessoa e não pedia, mandava. Meu chefe tinha grande apreço por Garay Fontina e lhe fazia agrados através de nós, não tanto porque vendesse muito quanto porque o havia feito acreditar que o convidavam com frequência a Estocolmo — eu sabia, por mero acaso, que ele ia para lá sempre por conta própria, para conchavar no vazio e respirar o ar — e que iam lhe conceder o Nobel, muito embora ninguém houvesse pedido publicamente o prêmio para ele, nem na Espanha nem em lugar nenhum. Nem mesmo na sua cidade natal, como costuma ocorrer com tantos. No entanto, ele dava a coisa por certa diante do meu chefe e de seus subordinados, que ficávamos vermelhos de vergonha ao ouvir dele frases como "Meus espiões nórdicos me dizem que está para sair este ano ou ano que vem", ou "Já memorizei em sueco o que direi a Carlos Gustavo na cerimônia. Vou reduzi-lo a pó, ele nunca ouvirá nada tão feroz em sua vida, e ainda por cima na sua língua que ninguém aprende". "O que é, o que é?", perguntava meu chefe com excitação antecipada. "Você vai ler na imprensa mundial no dia seguinte", respondia Garay Fontina regozijante. "Não haverá jornal que não publique, e todos terão de traduzi-lo do sueco, até os daqui, não é engraçado?" (Eu achava invejável viver com tanta confiança numa meta, mesmo que ambas fossem fictícias, a meta e a confiança.) Procurava ser bastante diplomática com ele, não ia arriscar meu emprego, mas nem dá para dizer quanto me custava agora quando ele me ligava cedo com suas pretensões desmedidas.

— María — ele me disse ao telefone uma manhã —, preciso que você me arranje uns gramas de cocaína, para uma cena do meu novo livro. Mande alguém trazer aqui em casa o quanto antes, em todo caso antes do anoitecer. Quero ver a cor dela à luz do dia, para que não me engane depois.

— Mas, senhor Garay...

— Garay Fontina, querida, já não é a primeira vez que te digo; Garay puro é quase qualquer um, no País Basco, no México e na Argentina. Poderia até ser um jogador de futebol.

Insistia tanto nisso que eu estava convencida de que o segundo sobrenome era inventado (olhei na lista telefônica de Madri um dia e não havia nenhum Fontina, só uma tal de Laurence Fontinoy, nome ainda mais inverossímil, como que de O morro dos ventos uivantes), ou talvez o sobrenome inteiro o fosse e na realidade ele se chamava Gómez Gómez ou García García ou qualquer outra redundância que o ofendia. Se fosse um pseudônimo, quando o escolheu certamente ignorava que Fontina é um tipo de queijo italiano, não sei se de vaca ou de cabra, que se faz no Val d'Aosta, acho, e que as pessoas comem mais derretido que de outra maneira. Mas, bem, afinal de contas tem um amendoim que se chama Borges, não creio que isso o teria perturbado.

— Sim, senhor Garay Fontina, desculpe, foi para abreviar um pouco. Mas olhe — não pude evitar de dizer, apesar de não ser o principal, longe disso —, não se preocupe com a cor. Posso garantir que é branca, com luz solar e com luz elétrica, quase todo mundo sabe. Aparece muito nos filmes, não via os do Tarantino na época? Ou o do Al Pacino em que faziam montinhos?

— Até aí eu sei, querida María — respondeu irritado. — Vivo neste planeta sujo, embora possa não parecer quando estou criando. Mas faça o favor de não se subestimar, você que não se limita a fazer livros como sua colega Beatriz e tantos outros, mas que além disso os lê, e com bom tino. — Ele me dizia coisas assim de vez em quando, suponho que para ganhar minha simpatia: eu nunca tinha lhe dado uma opinião sobre nenhum romance seu, não me pagavam para isso. — O que temo é não ser exato com os adjetivos. Vejamos, você pode me precisar se é de um branco leitoso ou de um branco calcário? E a textura. É mais como giz moído ou como açúcar? Como sal, como farinha ou como pó de talco? Vamos, diga.

Eu me vi envolvida numa discussão absurda e perigosa, dada a suscetibilidade do iminente galardoado. Eu própria tinha me metido nela.

— É como cocaína, senhor Garay Fontina. A esta altura não é preciso descrevê-la, porque quem não provou já viu. Salvo as pessoas idosas, que de qualquer modo também já viram na televisão milhares de vezes.

— Você está me dizendo como tenho de escrever, María? Se tenho de pôr adjetivos ou não? O que devo descrever e o que é supérfluo? Está dando lições a Garay Fontina?

— Não, senhor Fontina...

Eu era incapaz de chamá-lo todas as vezes pelos dois sobrenomes, demorava séculos e a combinação não era sonora nem me agradava. Que eu omitisse Garay não parecia incomodá-lo tanto.

— Se lhes peço dois gramas de coca para hoje, por alguma razão há de ser. É porque esta noite o livro vai precisar deles, e interessa a vocês que haja um novo livro e que esteja sem falhas, não? A única coisa que lhes cabe fazer é arranjá-los e enviá-los para mim, e não discutir comigo. Ou será que tenho de falar pessoalmente com Eugeni?

Dessa vez não arredei pé e me escapou um catalanismo. Quem me contagiava com eles era meu chefe, que era catalão de origem e os conservava em número abundante, apesar de estar em Madri a vida toda. Se a exigência de Garay chegasse aos ouvidos dele, era capaz de mandar todos nós para a rua em busca da droga (nos bairros mal-afamados e em povoados em que os táxis se recusam a entrar), a fim de satisfazê-lo. Ele levava demasiado a sério seu autor mais presunçoso, é inconcebível como esse tipo de gente convence muitos do seu valor, é um fenômeno universal enigmático.

— Está nos tomando por *aviões*, senhor Fontina? — disse a ele. — Não percebe que está pedindo que infrinjamos a lei? Não se compra cocaína nas tabacarias, isso o senhor sabe, nem no bar da esquina. Além do mais, para que quer dois gramas? Tem ideia de quanto são dois gramas, quantas carreirinhas dá? Se passa da dose, teremos uma grande perda. Para sua mulher e para a literatura. O senhor poderia ter um AVC. Ou ficar viciado e não pensar mais em outra coisa, não escrever mais nem nada, um farrapo humano incapaz de viajar, não se pode atravessar fronteiras com droga. Já pensou, adeus cerimônia sueca e sua impertinência com Carlos Gustavo.

Garay Fontina ficou calado um momento, como se avaliasse se tinha se excedido em seu petitório ou não. Mas creio que o que mais lhe pesava era a ameaça de acabar não pisando nos tapetes de Estocolmo.

— Não, aviões não! — disse por fim. — Vocês só comprariam, não venderiam.

Aproveitei sua hesitação para esclarecer de passagem um detalhe importante da operação que ele desejava:

— Ah, mas e depois, quando a passarmos ao senhor? Entregaríamos os dois gramas e o senhor nos daria o dinheiro, não? E isso o que é? Não é trabalhar como avião? Para a polícia seria, não tenha dúvida.

Não era uma questão insignificante, porque Garay Fontina nem sempre nos reembolsava a conta da tinturaria ou o estipêndio dos pintores nem os gastos com as reservas em Batticaloa, no melhor dos casos demorava a fazê-lo e meu chefe ficava perturbado e nervoso quando reclamávamos o dinheiro. Só faltava financiarmos também os vícios do seu novo romance incompleto e portanto ainda não contratado.

Notei que vacilava mais. Talvez não houvesse parado para pensar no dispêndio, mal acostumado que estava. Como tantos escritores, era um chupa-sangue, sovina e sem orgulho. Deixava tremendas despesas penduradas nos hotéis quando ia dar conferências por estes mundos, ou melhor, por estas províncias afora. Exigia suítes e o pagamento de todos os extras. Dizia-se que levava nas viagens seus lençóis e sua roupa suja, não por excentricidade nem por mania, mas para aproveitar e mandar lavá-los nos hotéis, até mesmo as meias sobre as quais não me consultava. Isso devia ser mentira — viajar com tanto peso seria um aborrecimento incrível —, mas ninguém explicava então como, certa feita, os organizadores da sua palestra tiveram de assumir uma descomunal fatura de lavanderia (uns mil e duzentos euros, correra de boca em boca).

— Sabe quanto está a cocaína, María?

Eu não sabia o preço exato, achava que uns sessenta euros, mas chutei um número bem alto, para assustá-lo e dissuadi-lo. Começava a pensar que poderia conseguir isso, ou pelo menos me safar do rolo que seria ir buscá-la, sabe-se lá em que birosca ou muquifo.

— Acho que uns oitenta euros o grama.

— *Caray!*

Depois ficou pensativo. Supus que estivesse fazendo cálculos muquiranas.

— É. Talvez você tenha razão. Talvez um grama chegue, ou meio. Dá para comprar meio?

— Não sei, senhor Garay Fontina. Eu não uso. Mas diria que não.

Convinha que não encontrasse jeito de economizar.

— Do mesmo modo que não se pode comprar meio frasco de água-de-colônia, suponho. Nem meia pera.

Mal pronunciei essas frases me dei conta do absurdo das comparações.

— Ou meio tubo de pasta de dentes.

Isso me pareceu mais adequado. Mas ainda precisava tirar totalmente essa ideia da sua cabeça, ou conseguir que ele comprasse a droga por conta própria, sem nos fazer delinquir nem adiantar o dinheiro. Com ele não se podia descartar que não tornássemos a vê-lo, e a editora estava para desperdícios.

— Mas me permita uma pergunta: o senhor quer a coca para usar ou só para vê-la e tocá-la?

— Ainda não sei. Depende do que o livro me peça esta noite.

Eu achava ridículo um livro pedir o que quer que fosse de noite ou de dia, ainda mais quando não estava escrito e a quem o estava escrevendo. Tomei aquilo por uma licença poética, deixei passar sem comentários.

— Sabe, se for apenas o segundo caso e o que o senhor quer é descrevê-la, ai, não sei como explicar... O senhor aspira a ser universal, já é, e como tal tem leitores de todas as idades. Não vai querer que os jovens pensem que para o senhor essa droga é uma novidade e que só a esta altura do campeonato o senhor ficou sabendo dela, se for contar como ela é e seus efeitos. E que tirem sarro do senhor por causa disso. Descrever a cocaína hoje em dia é como descrever um sinal de trânsito. Imagine os adjetivos! Verde, amarelo, vermelho! Estático, ereto, imperturbável, metálico! Seria risível.

— Está falando num sinal desses da rua? — perguntou alarmado.

— Eles mesmos.

Eu não sabia que mais podia significar "sinal de trânsito", pelo menos em linguagem corrente. Guardou silêncio por uns instantes.

— Tirar sarro, hein? A esta altura do campeonato — repetiu.

Me dei conta de que a utilização dessas expressões tinha sido um acerto, elas o impressionaram.

— Mas só sob esse aspecto, senhor Fontina, com certeza.

A perspectiva de que os jovens pudessem tirar sarro de uma só linha sua devia ser insuportável para ele.

— Bom, vou pensar. Não tem importância se eu atrasar um dia. Amanhã te digo o que decidi.

Soube que não diria nada, que deixaria de experiências e comprovações idiotas e que nunca mais faria referência àquela conversa telefônica. Dava uma de anticonvencional e transcontemporâneo, mas no fundo era como Zola e outros: fazia o impossível para viver o que imaginava, por isso, tudo em seus livros soava artificial e trabalhado.

Quando desliguei fiquei surpresa por ter negado alguma coisa a Garay Fontina, e além do mais sem consultar meu chefe, por conta própria. Tinha sido por causa do meu humor pior e do meu desânimo maior, de que meu café da manhã já não me dava prazer na ausência do casal perfeito, eles não estavam lá para me contagiar com seu otimismo. Pelo menos vi uma vantagem nessa perda: eu ficava mais intolerante com as fraquezas, as vaidades e as tolices.

Essa foi a única vantagem, e é claro que não valeu a pena. Os garçons estavam enganados e quando não estavam mais não me comunicaram. Desvern não voltaria nunca, nem portanto o par jovial, como tal também tinha sido suprimido do mundo. Foi minha colega Beatriz, que ocasionalmente tomava seu desjejum na cafeteria e a quem eu havia apontado como era extraordinário aquele casal, que uma manhã aludiu ao que acontecera, sem dúvida supondo que eu estivesse a par, que teria sabido por conta própria, quer dizer, pelos jornais ou pelos empregados do estabelecimento e que, além disso, já tivéssemos falado do caso, esquecendo que eu estivera fora naqueles dias, os que o sucederam. Tomávamos um café rápido no terraço quando ficou pensativa, fazendo girar à toa a colherinha no dela, e murmurou olhando para as outras mesas, todas cheias:

— Que horror acontecer isso com a gente, não?, o que aconteceu com seu casal. Começar um dia como outro qualquer, sem ter a menor ideia de que sua vida vai acabar, além do mais bestamente. Porque, embora de outra forma, imagino que a dela também se acabou. Pelo menos por uma longa temporada, anos a fio, e duvido que possa se recuperar um dia. Uma morte tão idiota, tão azarada, dessas que você pode passar a existência pensando: por que ele, por que eu, havendo milhões na cidade? Não sei. Olhe que já não gosto tanto do Saverio, mas, se acontecesse algo assim com ele, não creio que conseguisse tocar a vida. Não só pela perda, é que me sentiria como que marcada, como se alguém tivesse me escolhido e não fosse parar, entende o que estou dizendo? — Era casada com um italiano arrogante e parasita que ela mal suportava, só o aguentava por causa dos filhos ou porque tinha um amante que distraía seus dias com seus telefonemas libidinosos e a perspectiva de um ou outro encontro esporádico, faltavam oportunidades para se verem, os dois casados com filhos. E um autor da editora entretinha sua imaginação noturna, não precisamente Cortezo, o gordo, nem o repelente Garay Fontina, repelente também de aspecto.

— De que está falando?

E então contou, ou antes, começou a contar, surpresa com a minha ignorância, demasiadamente exclamativa e aturdida, porque já estava ficando tarde e sua posição na editora era mais instável que a minha e não queria correr riscos, já era bastante ruim que Fontina tivesse ojeriza por ela e dela se queixasse com frequência a Eugeni.

— Você não deu uma olhada nos jornais? Saiu com a foto do pobre homem e tudo, ensanguentado e caído no chão. Não lembro a data exata, procure na internet, com certeza vai encontrar. Ele se chamava Deverne, era daquela distribuidora cinematográfica, sabe: "Deverne Filmes apresenta", vimos no cinema mil vezes. Aí você vai saber de toda a história. Uma coisa inacreditável. De arrancar os cabelos até não deixar nenhum, de tanto azar. Fosse eu a mulher dele, não me recuperava mais. Ficaria louca. — Foi então que soube seu nome ou, por assim dizer, seu nome artístico.

Naquela noite digitei "Morte Deverne" no computador e de fato apareceu a notícia, extraída do caderno local de dois ou três jornais de Madri. Seu nome verdadeiro era Desvern, e me passou pela cabeça que sua família podia tê-lo modificado um dia, nos negócios voltados para o público, para facilitar a pronúncia dos catalão-não-falantes e talvez evitar que os catalão-falantes o associassem ao povoado de Sant Jus Desvern, que eu conhecia porque mais de uma editora barcelonesa tem seus depósitos lá. Ou talvez também para que a distribuidora parecesse francesa: sem dúvida quando foi fundada — nos anos 60 ou até antes — todo mundo ainda conhecia Júlio Verne e o francês tinha prestígio, não era como agora, com essa espécie de Louis de Funès cabeludo como presidente. Fiquei sabendo que além disso os Deverne eram donos de várias salas de cinema importantes da cidade e que, talvez pelo desaparecimento progressivo destas e sua conversão em shoppings, a empresa tinha se diversificado e agora se dedicava principalmente às operações imobiliárias, não só na capital, mas em toda parte. De modo que Miguel Desvern devia ser mais rico ainda do que eu imaginava. Ficou ainda mais incompreensível ele tomar quase todas as manhãs seu desjejum numa cafeteria que também estava ao alcance do meu bolso. Os fatos haviam ocorrido no último dia em que eu o vi ali mesmo, e por isso soube que sua mulher e eu tínhamos nos despedido dele ao mesmo tempo, ela com os lábios, eu somente com os olhos. Dava-se a cruel ironia de que era seu aniversário, por isso tinha morrido um ano mais velho que no dia anterior, com cinquenta.

As versões da imprensa diferiam em alguns detalhes (certamente dependia de com que morador ou transeunte cada repórter tinha falado), mas no conjunto concordavam. Deverne tinha estacionado seu carro, como parecia fazer sempre, numa transversal do Paseo de la Castellana por volta das duas da tarde — na certa ia se encontrar com Luisa para almoçarem no restaurante —, bem perto da sua casa e mais perto ainda de um pequeno estacionamento ao ar livre da Escola Técnica Superior de Engenharia Industrial. Ao sair do automóvel, um indigente que trabalhava de guardador de carro no lugar em troca da boa vontade dos motoristas — o chamado flanelinha — o havia abordado e começado a ofendê-lo com palavras incoerentes e acusações disparatadas. De acordo com algumas testemunhas — embora todas tenham ouvido pouco —, acusou-o de ter posto suas filhas numa rede de prostituição estrangeira. De acordo com outras, gritou uma série de frases ininteligíveis das quais só entenderam duas: "Você quer me deixar sem herança!" e "Você está tirando o pão dos meus filhos!". Desvern tentou por alguns segundos se livrar dele e chamá-lo de volta à razão, dizendo que não tinha nada a ver com as filhas dele, que nem as conhecia e que ele se enganava de pessoa. Mas o indigente, Luis Felipe Vázquez Canella, segundo a matéria, de trinta e nove anos, barbudo e muito alto, tinha ficado mais furioso ainda e continuado a xingá-lo e amaldiçoá-lo de maneira desconexa. O porteiro de um prédio ouviu-o berrar, fora de si: "Que você morra hoje e que amanhã sua mulher te esqueça!". Outro jornal reproduzia uma variação mais ferina: "Que você morra hoje mesmo e que amanhã sua mulher esteja com outro!". Deverne tinha feito um gesto de entregar os pontos e de rumar para a Castellana, abandonando a tentativa de acalmá-lo, mas o flanelinha, como se houvesse decidido não esperar a consumação da sua maldição e se tornar seu artífice, havia puxado uma faca borboleta, com lâmina de sete centímetros, corrido atrás dele e esfaqueado Deverne repetidamente, enfiando-lhe a lâmina no tórax e do lado, segundo um jornal, nas costas e no abdome, segundo outro, no tórax e no hemitórax, de acordo com um terceiro. Também divergiam quanto ao número de facadas levadas pelo empresário: nove, dez, dezesseis, e o que dava este último — talvez o mais confiável, porque o redator citava "revelações da autópsia" — acrescentava que "todas as facadas afetaram órgãos vitais" e que "cinco delas foram mortais, conforme deduziu o legista".

Desvern havia tentado se safar e fugir, num primeiro momento, mas as facadas tinham sido tão furiosas, tão raivosas e seguidas — e pelo visto tão certeiras — que ele não teve possibilidade de escapar a elas e havia desfalecido logo, desabando no chão. Só então seu assassino parou. Um segurança de uma empresa próxima "percebeu o que estava acontecendo e conseguiu retê-lo até a chegada da Polícia Municipal", dizendo a ele: "Não saia daqui até a polícia chegar!". Não entendia como tinha conseguido imobilizar com uma simples ordem um indivíduo armado, fora de si e que acabava de derramar muito sangue — vai ver foi a ponta do revólver, mas em nenhuma versão era mencionada sua arma de fogo, nem que a houvesse sacado ou apontado para ele —, já que o guardador de carros, de acordo com várias fontes, ainda estava de faca na mão quando os guardas fizeram ato de presença, e foram eles que o intimaram a largá-la. Só aí o indigente jogou-a no chão, foi algemado e levado para o distrito. "Segundo a Chefatura Superior de Polícia de Madri", isso ou algo assim saiu em todos os jornais, "o suposto homicida ficou à disposição da Justiça, mas se recusou a depor."

Luis Felipe Vázquez Canella morava num carro abandonado há um tempão naquele bairro, e os depoimentos dos moradores eram mais uma vez discrepantes, como acontece sempre que se pede depoimento a mais de uma pessoa. Para uns, era um indivíduo muito sossegado e correto que nunca se metia em confusão: ele se dedicava a arranjar vagas livres para os carros e guiá-los até elas com a habitual gesticulação imperiosa ou serviçal da sua profissão — às vezes desnecessária e indesejadamente, mas é assim que os flanelinhas trabalham — e ganhar umas gorjetas. Chegava por volta do meio-dia, deixava suas duas mochilas azuis debaixo de uma árvore e entregava-se a seu intermitente afazer. Já outros moradores salientaram que estavam fartos "dos seus acessos de violência e dos seus transtornos mentais", e que muitas vezes haviam tentado despejá-lo do seu lar locomotor imóvel e afastá-lo do bairro, mas sem sucesso até então. Vázquez Canella não tinha antecedentes policiais. O motorista de Deverne havia sido alvo de uma dessas suas altercações um mês antes. O mendigo tinha se dirigido a ele com maus modos e, aproveitando que o outro estava com a janela abaixada, lhe acertara um murro. A polícia, chamada, o deteve momentaneamente por agressão, mas no fim o motorista, embora "machucado", não quis prejudicá-lo nem apresentar queixa. E, na véspera da morte do empresário, vítima e carrasco haviam tido um primeiro desentendimento. O guardador de automóveis o havia insultado com seus desvarios. "Falava das filhas e do dinheiro dele, dizia que queriam tomá--los", contara um porteiro da transversal da Castellana onde se dera o esfaqueamento, certamente o mais falastrão. "O falecido explicou a ele que estava se enganando de pessoa e que não tinha nada a ver com os problemas dele", prosseguia uma das versões. "O indigente, atordoado, se afastou falando sozinho entre os dentes." E, com certo floreado narrativo e não pouca intimidade com os envolvidos, acrescentava: "Miguel nunca poderia imaginar que a perturbação de Luis Felipe ia lhe custar a vida vinte e quatro horas depois. O roteiro que estava escrito para ele começou a ganhar forma um mês antes, de forma indireta", isso em alusão ao incidente com o motorista, que alguns moradores viam como o verdadeiro objeto das iras: "Quem sabe cismou com o chofer", puseram na boca de um deles, "e o confundiu com o patrão". Sugeriam que o flanelinha devia estar de muito mau humor desde havia aproximadamente um mês, por não poder mais ganhar dinheiro com seu trabalho esporádico devido à instalação de parquímetros no lugar. Um dos jornais citava de passagem um dado desconcertante que os outros não levantaram: "Como o suposto homicida se recusou a prestar depoimento, não foi possível confirmar se ele era de fato parente da esposa da vítima, como se dizia no bairro".

Uma UTI móvel do Samur tinha se deslocado a toda velocidade para o local dos fatos. Os socorristas haviam praticado os "primeiros cuidados" em Desvern, mas ante a gravidade extrema e depois de "estabilizá-lo" levaram-no com urgência para o Hospital de La Luz — mas segundo um ou dois jornais teria sido o de La Princesa, nem nisso eram unânimes —, onde deu entrada imediatamente no centro cirúrgico, com parada cardiorrespiratória e em estado crítico. Debateu-se cinco horas entre a vida e a morte, sem recobrar consciência em nenhum instante, e finalmente "expirou na última hora da tarde, sem que os médicos pudessem fazer nada para salvá-lo".

Todos esses dados estavam repartidos em dois dias, os dois seguintes ao assassinato. Depois a notícia desapareceu por completo dos jornais, como costuma ocorrer com todas atualmente: as pessoas não querem saber por que alguma coisa aconteceu, só que aconteceu e que o mundo está cheio de imprudências, perigos, ameaças e acasos, que passam raspando por nós porém atingem e matam nossos semelhantes descuidados, ou talvez não eleitos. A gente convive com mil mistérios não solucionados que nos ocupam dez minutos de manhã e depois são esquecidos sem deixar mal-estar nem rastro. Precisamos não aprofundar nada nem nos demorar muito em nenhum fato ou história, para que nossa atenção não seja desviada de uma coisa a outra e que as desgraças alheias não se renovem, como se depois de cada uma pensássemos: "Puxa, que coisa. E o que mais? De que outros horrores nos livramos? Precisamos nos sentir sobreviventes e imortais diariamente, por comparação, de modo que nos contem atrocidades diferentes, porque as de ontem já eram".

Curiosamente, nesses dois dias dizia-se pouco do morto, só que era filho de um dos fundadores da conhecida distribuidora de filmes e que trabalhava na empresa familiar, já quase transformada em megagrupo empresarial graças a seu crescimento constante de décadas e a suas múltiplas ramificações, que incluíam até companhias aéreas de baixo custo. Em datas posteriores não parecia ter sido publicado nenhum necrológio de Deverne em lugar nenhum, nenhuma rememoração ou evocação escrita por um amigo, companheiro ou colega, nenhuma nota biográfica que falasse do seu caráter e de seus triunfos pessoais, o que era bastante estranho. Qualquer empresário com dinheiro, ainda mais se ligado ao cinema, mesmo que não seja famoso, tem contatos com a imprensa, ou amizades com quem os tenha, e não é difícil que uma dessas, com a maior boa vontade, publique uma sentida e elogiosa nota de falecimento em algum jornal em sua homenagem, como se ela compensasse um pouco o falecido ou sua falta fosse um insulto a mais (tantas vezes ficamos sabendo da existência de alguém somente quando esta cessou, e na verdade porque cessou).

Assim, a única foto visível era a que um repórter diligente havia tirado dele estendido no chão, antes que o levassem, enquanto o socorriam ao ar livre. Por sorte não dava para ver direito na internet, uma reprodução de má qualidade e muito pequena, porque aquela foto me pareceu uma canalhice para um homem como ele, sempre tão alegre e impecável na vida. Nem a olhei direito, não quis, e já havia jogado fora o jornal em que a tinha visto antes, maior, sem me dar conta de quem era e tampouco deter-me nela. Se tivesse sabido naquele dia que não era um completo desconhecido, mas uma pessoa que eu via diariamente com prazer e uma espécie de gratidão, a tentação de olhar teria sido forte demais para que eu resistisse, mas depois teria desviado a vista com indignação e espanto maior do que senti sem reconhecê-lo. Não só matam uma pessoa na rua da pior maneira e de surpresa, sem que ela nem mesmo houvesse desconfiado, mas, precisamente por ser na rua — "num lugar público", como se diz reverencial e estupidamente —, permitem depois exibir ante o mundo o indigno estropício que lhe fizeram. Agora, na foto de tamanho reduzido que a internet mostrava, não dava para reconhecê-lo, ou só porque o texto me garantia que aquele morto ou pré-morto era Desvern. Em todo caso, ele teria ficado horrorizado ao se ver ou se saber assim exposto, sem paletó nem gravata nem mesmo camisa ou com ela aberta — não dava para distinguir direito, e onde teriam ido parar suas abotoaduras se a tiraram? —, cheio de tubos e rodeado e sendo manipulado pelo pessoal da saúde, com seus ferimentos à vista, no meio da rua, numa poça de sangue e chamando a atenção dos transeuntes e dos automobilistas, inconsciente e desgrenhado. Sua mulher também deve ter ficado horrorizada com a imagem, se é que a viu: não deve ter tido tempo nem vontade de ler os jornais do dia seguinte, era o mais provável. Enquanto alguém chora e vela e enterra e não compreende, e além do mais precisa dar explicações às crianças, não liga para mais nada, o resto não existe. Mas talvez tenha visto posteriormente, talvez tenha tido a mesma curiosidade que eu uma semana depois e tenha entrado na internet para saber o que as outras pessoas souberam naquele momento, não só as próximas mas também as desconhecidas como eu. Que efeito podia ter causado nelas. Suas amizades menos próximas devem ter se inteirado pela imprensa, por aquela notícia local madrilenha ou por uma nota fúnebre, deve ter saído alguma em algum jornal, ou várias, como é a norma quando morre alguém endinheirado. Essa foto, em todo caso, principalmente essa foto — também a maneira de morrer infame e absurda ou, como dizer, ainda por cima tingida de miséria — era o que havia permitido a Beatriz referir-se a ele como "pobre homem". Não teria ocorrido a ninguém chamá-lo assim em vida, nem mesmo um minuto antes de descer do carro num bairro sossegado e encantador, junto dos pequenos jardins da Escola de Engenharia Industrial, ali tem árvores frondosas e um quiosque de bebidas com mesinhas e cadeiras em que mais de uma vez sentei com meus sobrinhos pequenos. Nem mesmo um segundo antes de Vázquez Canella abrir sua faca borboleta, é preciso muita perícia para abrir um troço desses com seu cabo duplo, ouvi dizer que não são vendidas em qualquer lugar ou que eram meio proibidas. E agora, no entanto, ele ia ser isso para sempre, sem reversão possível: pobre Miguel Deverne sem sorte. Pobre homem.

— Sim, era dia do aniversário dele, acredita? O mundo deixa entrar e faz sair as pessoas de forma totalmente desordenada para que alguém nasça e morra na mesma data, cinquenta anos depois, exatamente cinquenta. Não tem o menor sentido, precisamente por parecer que tem. Poderia não ter sido assim, era tão fácil não ter acontecido. Poderia ter sido outro dia qualquer, ou não ter sido nenhum. O certo era que não tivesse sido. De jeito nenhum. Que não tivesse sido.

Passaram-se vários meses até eu voltar a ver Luisa Alday e mais alguns até eu saber seu nome, esse nome, e me disse essas palavras junto com muitas outras. Não soube então se falava sempre do que lhe havia acontecido com qualquer um disposto a ouvi-la, ou se foi em mim que encontrou a pessoa com quem se sentiu à vontade para desabafar, alguém desconhecido e que não contaria o que ouvira a ninguém próximo dela e cuja relação incipiente podia interromper em qualquer momento sem explicações nem consequências, e ao mesmo tempo compassiva, leal, curiosa, e cujo rosto lhe era novo e ao mesmo tempo vagamente familiar e associado aos tempos sem brumas, embora eu tivesse acreditado muitas manhãs que ela mal havia reparado em mim, menos até que seu marido.

Luisa reapareceu um dia no fim do verão, setembro já ia avançado, na hora costumeira e em companhia de duas amigas ou colegas de trabalho, ainda havia mesas no terraço e da minha eu a vi chegar e sentar-se, ou antes, deixar-se cair numa cadeira, uma das amigas segurou com solicitude maquinal seu braço, como se temesse que ela fosse perder o equilíbrio e considerasse um fato sua fragilidade. Estava magérrima e com uma cara péssima, com uma dessas palidezes profundas, vitais, que acabam apagando todos os traços, como se não fosse só a pele a perder a cor e o brilho, mas também os cabelos, as sobrancelhas, as pestanas, os olhos, os dentes e os lábios, tudo fosco e esfumado. Parecia estar ali de passagem, na vida, quero dizer. Já não falava com vivacidade, como fazia com seu marido, e sim com uma falsa naturalidade que denotava um sentido de obrigação e desinteresse. Achei que talvez estivesse sob o efeito de alguma medicação. Tinham sentado bem perto de mim, a apenas uma mesa da minha, de modo que pude ouvir pedaços da conversa delas, mais as amigas do que ela, cujo tom de voz era apagado. Elas a consultavam ou lhe perguntavam sobre os detalhes de um funeral, o de Desvern sem dúvida, não fiquei sabendo se ia ser feita alguma cerimônia para lembrar os três meses de morte (devia estar perto de completar três meses, calculei) ou se era a primeira, realizada na época, ao cabo de uma ou duas semanas, como ainda é costume às vezes, pelo menos em Madri. Talvez ela não tivesse forças então, ou as circunstâncias truculentas houvessem desaconselhado — as pessoas nunca se abstêm de bisbilhotar nesses atos sociais, nem de espalhar boatos — e ainda estivesse por ser feita, se fosse uma família tradicional. Talvez alguma pessoa protetora — por exemplo, um irmão, ou seus pais, ou uma amiga

— a houvesse levado de Madri logo depois do enterro, para que fosse se acostumando à ausência na distância, sem que os cenários conjugais a ressaltassem ou a tornassem mais aguda, na realidade um adiamento inútil do horror que a aguardava. O máximo que eu a ouvia dizer era: "É, acho que assim está bom", ou "Que o padre seja breve, Miguel não gostava muito de padres, deixavam-no um pouco nervoso", ou "Não, Schubert não, é marcado demais pela morte, já nos basta a nossa".

Vi que os garçons da cafeteria, depois de parlamentarem um instante no balcão, se aproximaram juntos até a sua mesa com passo mais rígido que solene e, embora falassem com timidez e em voz bem baixa, ouvi que expressavam suas condolências sumariamente: "Queríamos dizer à senhora que sentimos muito pelo que aconteceu a seu marido, sempre foi tão amável", disse um. E outro acrescentou a fórmula antiquada e trivial: "Compartilhamos seu sentimento. Uma desgraça". Ela agradeceu com seu sorriso opaco e nada mais, me pareceu compreensível que não quisesse entrar em detalhes nem comentar nem se alongar. Ao me levantar tive o impulso de fazer a mesma coisa que eles, mas não me atrevi a adicionar outra interrupção à sua apática conversa com as amigas. Além do mais já era tarde e não queria chegar ao trabalho muito atrasada, agora que tinha me emendado e costumava estar pontualmente na minha sala.

Passou mais um mês antes de eu tornar a vê-la, e embora as folhas já estivessem caindo e o ar começasse a refrescar, ainda havia quem preferisse tomar seu café do lado de fora — cafés da manhã velozes, de gente com pressa que ficaria trancada horas a fio e que não tinha tempo nem de sentir frio; a maioria em silêncio e sonolenta, como eu mesma — e ainda não tinham sido retiradas as mesas da calçada. Luisa Alday chegou dessa vez com os dois filhos e pediu um sorvete para cada um. Imaginei — uma remota recordação da minha infância — que devia tê-los levado em jejum para fazer um exame de sangue e que os compensava com um mimo pela fome enfrentada e pela espetada, e ainda os deixava perder a primeira aula. A menina tinha muitos cuidados com o irmão, uns quatro anos mais moço que ela, e me deu a impressão de que a seu modo também se ocupava de Luisa, como se de quando em quando trocassem de papel ou, se não tanto, ambas disputassem um pouco o papel de mãe, nos escassos terrenos em que isso era possível. Quero dizer que, enquanto a menina tomava o sorvete numa taça, com zelo infantil no manejo da colherinha, atentava para que o café de Luisa não ficasse frio e a instava a tomá-lo. Também a observava com o canto dos olhos, como se espreitasse seus gestos e expressões, e se a via com o olhar demasiado perdido, abismando-se em seus pensamentos, dirigia-se a ela na mesma hora, fazendo algum comentário ou pergunta ou talvez lhe contando alguma coisa, como se quisesse impedir que ela se alheasse inteiramente e suas introspecções lhe dessem dó. Quando apareceu um carro, parou em fila dupla e tocou ligeiramente a buzina, as crianças se levantaram, pegaram suas mochilas, beijaram rapidamente a mãe e se encaminharam de mãos dadas em sua direção, com a certeza de que vinha por causa deles, tive a sensação de que a menina se separava com mais preocupação de Luisa do que o contrário (foi ela que fez a esta uma carícia fugaz no rosto, como se lhe recomendando que se comportasse e não se metesse em encrencas, ou procurasse lhe deixar algum consolo tátil até o momento de voltarem a se ver). O carro sem dúvida vinha buscá-los para levá-los ao colégio. Olhei quem dirigia, não pude evitar fazê-lo, com uma instantânea aceleração do pulso, porque, embora não entenda nada de automóveis e todos me pareçam iguais, aquele eu reconheci à primeira vista: era o mesmo em que Deverne costumava entrar quando ia para o trabalho, deixando sua mulher mais um pouco na cafeteria, sozinha ou com uma amiga. Com certeza também era o mesmo que ele havia dirigido e estacionado pessoalmente junto da Escola de Engenharia Industrial e do qual tinha descido em tão má hora no dia do seu aniversário. Havia um homem ao volante, pensei que devia ser aquele chofer com quem ele alternava e que podia tê-lo substituído na data fatídica, que podia ter morrido por ele, que era quem queriam efetivamente matar ou a quem o matar era voltado e que, por conseguinte, tinha escapado por pouco — por um acaso, quem sabe, talvez tivesse precisado ir ao médico naquele dia. Se fosse, não estava de uniforme. Não o vi direito, meio encoberto pelos outros veículos estacionados; apesar disso, me pareceu um homem atraente. Não que se parecesse com Miguel Desvern, mas havia algo em comum entre eles ou, em todo caso, não eram de tipo oposto, dava para explicar uma confusão, principalmente no caso de um transtornado. De sua mesa Luisa lhe disse adeus com a mão, ou foram alôs e adeuses seguidos, desde a sua chegada até a sua partida. Sim, ergueu e baixou a mão umas três ou quatro vezes, um tanto absurdamente, enquanto o carro ficou parado. Reiterou o gesto com olhos absortos que talvez só vissem o fantasma. Ou o adeus era dirigido aos filhos. Não consegui ver se o motorista respondia com algum cumprimento.

Foi então que decidi me aproximar dela. As crianças já tinham desaparecido no carro que fora do pai, ela havia ficado sozinha, não estava com nenhuma colega de trabalho, nem mãe do colégio nem amiga. Girava a colherinha comprida e pegajosa nos restos de sorvete que o filho menor tinha deixado em sua taça, como se quisesse liquefazê-los logo sem pensar no que fazia, acelerar o que ia ser o destino dele, em todo caso. "Quantos instantes eternos terá ela em que não saberá como ajudar a fazer o tempo avançar", pensei, "se é que se trata disso, o que não creio. Espera-se o tempo transcorrer na ausência passageira do outro — do marido, do amante —, e na indefinida, e na que não é definitiva, apesar de ter cara de ser e de o instinto nos sussurrar persistentemente que é, ao qual dizemos: 'Cale a boca, apague essa voz, ainda não quero te ouvir, ainda me faltam forças, não estou pronta'. Quando a gente é abandonada, pode fantasiar um retorno, pode fantasiar que um dia o abandonador terá um estalo e voltará ao nosso travesseiro, mesmo que saibamos que ele já nos substituiu e que está envolvido com outra mulher, em outra

49

história e que só vai se lembrar de nós se de repente não der certo com a nova ou se insistirmos e nos fizermos presentes contra a sua vontade e tentarmos preocupá-lo ou amolecê-lo ou lhe dar pena ou nos vingar, fazê-lo sentir que nunca se livrará inteiramente de nós, que não queremos ser uma lembrança minguante, e sim uma sombra inamovível que vai rondá-lo e espreitá-lo sempre; e tornar sua vida impossível, e na realidade levá-lo a nos odiar. Já no caso de um morto não se pode fantasiar, a não ser que percamos o juízo, há quem escolha perdê-lo, ainda que transitoriamente, quem consinta perdê-lo enquanto procura se convencer de que o que aconteceu, aconteceu, o inverossímil e mesmo o impossível, o que não cabia no cálculo de probabilidades pelo qual nos regemos para nos levantar diariamente sem que uma sinistra nuvem de chumbo tente fechar novamente nossos olhos, pensando: 'Bah, estamos todos condenados. Na realidade não vale a pena. O que quer que façamos, estaremos apenas esperando; como mortos de licença, conforme alguém disse uma vez'. Não me parece, porém, que Luisa tenha perdido assim o juízo, não passa de uma intuição, não a conheço. E, se não perdeu, o que espera então, e como passa as horas, os dias, as semanas e já os meses, com que fim empurra o tempo ou foge dele e se esquiva, e de que modo o afasta agora mesmo, neste instante. Não sabe que vou me aproximar e falar com ela, como os garçons da última vez que a vi neste lugar, nunca a vi em nenhum outro. Não sabe que vou lhe estender a mão e lhe tomar um ou dois minutos com minhas palavras convencionais, talvez três ou quatro no máximo se me responder algo mais que 'obrigada'. Ainda lhe sobrarão centenas até que venha em seu socorro o sono e turve sua consciência que conta, a consciência é que vai sempre contando: um, dois, três e quatro; cinco, seis, e sete, e oito, e assim indefinidamente, sem pausa, até que deixa de haver consciência."

— Desculpe a intromissão — disse a ela, de pé; ela não se levantou imediatamente. — Eu me chamo María Dolz e a senhora não me conhece. Mas anos a fio vi a senhora e seu marido aqui na hora do café da manhã. Só queria lhe dizer que lamento muito o que aconteceu e o que deve estar acontecendo com a senhora desde então. Li no jornal, com atraso, depois de sentir a falta de vocês por muitas manhãs. Embora só os conhecesse de vista, dava para ver que se entendiam muito bem e achava vocês muito simpáticos. Senti muito mesmo.

Me dei conta de que com a penúltima frase eu a tinha matado também, havia utilizado o verbo no passado para me referir aos dois, não só ao falecido. Procurei um modo de reparar o estrago, mas não me ocorreu nenhuma maneira que não complicasse desnecessariamente as coisas ou não fosse desastrada. Supus que devia ter me entendido: os dois como casal me agradavam e como tal já não existiam. Pensei então que talvez tivesse realçado o que ela procurava anular ou confinar a uma espécie de limbo a cada instante, pois seria impossível ela esquecer ou negar o sucedido: que em hipótese alguma eram dois e que ela já não fazia parte de nenhum casal. Ia acrescentar: "Não vou tomar mais seu tempo, só queria lhe dizer isso", dar meia-volta e ir embora, quando Luisa Alday se pôs de pé sorrindo — era um sorriso aberto que ela não podia evitar, aquela mulher não tinha falsidade nem malícia, podia até ser ingênua —, me pegou afetuosamente pelo ombro e me disse:

— Sim, também conhecemos você de vista, é claro. — Me chamou de você sem hesitar, apesar do meu tratamento inicial, éramos mais ou menos da mesma idade, ela talvez tivesse um ou dois anos a mais; falou no plural e no presente do indicativo, como se ainda não tivesse se acostumado a ser só na vida, ou talvez como se já considerasse do lado de lá, tão morta quanto seu marido e portanto na mesma dimensão ou território: em todo caso, como se ainda não se tivesse separado dele e não visse motivo algum para renunciar àquele "nós" que certamente a tinha estruturado durante quase uma década e do qual não ia se desprender em míseros três meses. Se bem que depois tenha passado ao imperfeito, talvez o verbo exigisse. — Chamávamos você de a Jovem Prudente. Obrigada pelo que me disse. Não quer sentar? — E indicou uma das cadeiras que seus filhos haviam ocupado, enquanto mantinha a mão em meu ombro; agora tive a sensação de que eu era um apoio para ela. Tive certeza de que, se houvesse feito um gesto, mínimo que fosse, de aproximação, ela teria me abraçado com naturalidade. Tinha um aspecto frágil, como um espectro recente que vacila e ainda não está convencido de ser um.

Olhei o relógio, já era tarde. Queria saber daquele meu apelido, senti-me surpresa e levemente lisonjeada. Tinham prestado atenção em mim, se referiam a mim, tinham me identificado. Sorri sem querer, as duas sorríamos com uma alegria tímida, a de duas pessoas que se reconhecem em meio a circunstâncias tristíssimas.

— Jovem Prudente? — fiz.

— Sim, é o que você parece ser para nós. — Voltou de novo ao presente do indicativo, como se Deverne estivesse em casa e continuasse vivo ou ela não pudesse se desligar dele salvo em alguns casos. — Espero que não tenha ficado aborrecida! Mas sente-se.

— Claro que não, por que me aborreceria, eu também chamava os senhores de um jeito, mentalmente. — Não era que não quisesse tratá-la de você, por minha vez, mas que não me atrevia a tratar assim seu marido, e nessa frase tinha voltado a incluí-lo. Também não se pode chamar pelo nome de batismo um morto que a gente não conheceu. Ou não deve, hoje ninguém observa essas nuances, todo mundo toma intimidades. — Infelizmente não posso ficar mais, sinto muitíssimo, tenho de ir para o trabalho. — Voltei a olhar para o relógio, maquinalmente ou para corroborar minha pressa, sabia muito bem que horas eram.

— Claro. Se quiser nos encontramos mais tarde, passe lá em casa, a que horas sai? Em que trabalha? E como nos chamava?

— Ainda estava com a mão em meu ombro, não notei intimação, mas antes um pedido. Um pedido superficial, isso sim, daquele momento. Se eu dissesse que não, provavelmente de tarde já teria esquecido nosso encontro.

Não respondi sua última pergunta — não tinha tempo —, menos ainda a penúltima: dizer que para mim eram o Casal Perfeito poderia ter lhe causado mais dor e amargura, afinal de contas ela ia ficar sozinha de novo quando eu fosse embora. Mas disse que sim, que se lhe conviesse passaria ao sair do trabalho, no fim da tarde, por volta das seis e meia ou sete. Pedi suas coordenadas, ela me deu, era ali perto. Eu me despedi pousando minha mão na dela um instante, a que tocava meu ombro, e aproveitei o contato para apertá-la e retirá-la em seguida, ambas as coisas suavemente, parecia grata por haver um, algum contato. Já ia atravessando a rua quando me dei conta. Tive de voltar.

— Ai, que distraída, ia me esquecendo — falei. — Não sei como você se chama.

Só então percebi, seu nome não tinha saído em nenhum jornal e eu não tinha visto o anúncio fúnebre.

— Luisa Alday — respondeu. — Luisa Desvern — corrigiu-se. Na Espanha a mulher não perde o sobrenome de solteira ao se casar, me perguntei se tinha resolvido chamar-se assim agora, em ato de lealdade ou homenagem. — Bem, sim, Luisa Alday — retificou, repetiu. Com certeza sempre tinha se considerado assim. — Fez bem em se lembrar, porque na porta de entrada não tem o nome de Miguel, só o meu. — Ficou pensativa e acrescentou: — Era uma precaução dele, seu sobrenome se associa a negócios. Adiantou muito, como vê.

— O mais estranho de tudo é que meu pensamento mudou — ela também me disse naquela tarde ou quando já anoitecia, na sala da sua casa, Luisa sentada no sofá e eu numa poltrona próxima, eu havia aceitado o vinho do Porto, que era o que ela tinha decidido tomar; bebia-o em goles pequenos mas frequentes, ela fora se servindo e já tomara três cálices, se não me equivocava; ela sabia como cruzar as pernas naturalmente, ficavam sempre elegantes, ia alternando-as, ora a direita em cima, ora a esquerda, naquele dia vestia saia e sapatos abertos de verniz preto e salto baixo, embora muito fino, que lhe davam um aspecto de americana educada, as solas por sua vez eram bem claras, quase brancas, como se fossem sapatos ainda não usados, faziam contraste; de vez em quando, entravam as crianças ou uma delas contando ou perguntando ou tirando alguma dúvida, viam tevê numa saleta contígua, era como uma extensão da sala de estar já que não tinha porta, Luisa me havia explicado que tinham outra tevê no quarto da menina, mas ela preferia que os dois não ficassem longe e que pudesse ouvi-los, caso acontecesse alguma coisa ou brigassem, e também pela companhia, isto é, obrigava-os a ficar ali ao lado, se não à vista, ao ouvido, afinal de contas não a impediam de se concentrar porque lhe era impossível concentrar-se no que quer que fosse, a isso havia renunciado para sempre, acreditava que seria para sempre, a ler um livro ou ver um filme até o fim, a preparar uma aula de outro modo que não fosse às pressas ou no táxi a caminho da faculdade, e só conseguia ouvir música esporadicamente, peças breves ou canções ou um movimento de sonata, qualquer coisa mais longa a cansava e impacientava; também acompanhava uma ou outra série de tevê, os episódios não duram muito, agora as comprava em DVD para poder retroceder quando perdia o fio da meada, custava-lhe manter a atenção, a mente ia para outros lugares, ou sempre para o mesmo, para Miguel, para a última vez que o vira com vida que também era a última em que eu o tinha visto, no estacionamentozinho aprazível da Escola de Engenharia da Castellana, perto do qual o haviam esfaqueado e esfaqueado e esfaqueado com uma faca tipo borboleta, dessas que pelo visto são proibidas. — Não sei, é como se tivesse outra cabeça, o tempo todo me ocorrem coisas em que antes eu nunca teria pensado — dizia ela com sincera estranheza, os olhos muito abertos, coçando um joelho com a ponta dos dedos como se pinicasse, certamente era apenas inquietude. — Como se eu fosse outra pessoa desde então, ou outro tipo de pessoa, com uma configuração mental desconhecida e alheia, alguém dada a fazer associações e a se sobressaltar com elas. Ouço a sirene de uma ambulância ou da polícia ou dos bombeiros e penso em quem estará morrendo ou se queimando ou quem sabe se asfixiando, e no mesmo instante me vem a ideia angustiante de que todos os que ouviram a sirene dos guardas que se apresentaram ali para prender o flanelinha, ou da UTI móvel do Samur que atendeu e levou Miguel, ouviram-nas distraidamente ou até sentindo-as como uma chateação, que estridência, sabe como é, o que normalmente todos nós dizemos, que exagero, eta barulhão, na certa não precisava tanto. Quase nunca nos perguntamos a que desgraça concreta correspondem, são um som familiar da cidade e além do mais um som sem conteúdo específico, um simples incômodo já vazio ou abstrato. Antes, quando não havia muitas nem apitavam tão alto, nem se suspeitava que seus motoristas as ligassem sem razão, para ir mais rápido e para lhes abrir passagem, as pessoas assomavam à sacada para saber o que estava acontecendo, e até esperavam que os jornais contassem tudo no dia seguinte. Agora ninguém mais assoma, esperamos que se afastem e que tirem de nosso campo auditivo o doente, o acidentado, o ferido, o quase morto, para que assim não tenhamos a ver com eles nem deem em nossos nervos. Agora já tornei a não ir espiar, mas nas primeiras semanas depois da morte de Miguel eu não conseguia evitar de correr para uma sacada ou uma janela e tentar avistar o carro da polícia ou a ambulância para acompanhar seu trajeto com o olhar até onde eu pudesse, mas na maioria das vezes a gente não os vê de casa, só ouve, de modo que em pouco tempo deixei de fazê-lo, no entanto, cada vez que uma soa, ainda interrompo o que estou fazendo, espicho o pescoço e escuto até desaparecer, escuto-as como se fossem lamentos e súplicas, como se cada uma dissesse: "Por favor, sou um homem em estado grave que se debate entre a vida e a morte e além do mais não tenho culpa, não fiz nada para que me esfaqueassem, desci do carro como em tantos outros dias e de repente percebi uma pontada nas costas, depois outra e outra e outra em outras partes do corpo e nem sei quantas, me dei conta de que sangrava pelos quatro costados e de que ia morrer sem ter me afeito a essa ideia nem ter procurado a morte. Deixem-me passar, eu suplico, vocês não têm nem metade da minha pressa, e se há uma possibilidade de me salvar depende de chegar a tempo. Hoje é meu aniversário e minha mulher não sabe de nada, ainda deve estar me esperando sentada num restaurante, pronta para comemorá-lo, deve ter um presente para mim, uma surpresa, não permitam que eu já esteja morto".

Luisa parou e tomou outro gole de seu cálice, foi mais um gesto maquinal do que outra coisa, na verdade só lhe restava uma gota. Não estava com os olhos baços, mas acesos, como se aquelas conjecturas, longe de deixá-la absorta, a pusessem em alerta e lhe dessem força momentânea e a fizessem sentir-se mais no mundo real, embora fosse um mundo real já passado. Eu mal a conhecia, mas ia tendo a sensação de que seu presente lhe causava tanto desconcerto que ela era muito mais vulnerável e lânguida nele do que quando se instalava no passado, inclusive no instante mais doloroso e final do passado, como acabava de fazer agora. Seus olhos castanhos eram bonitos com aquele fúlgor, rasgados, um visivelmente maior que o outro sem que isso os enfeasse, tinham intensidade e vivacidade quando ela se punha no lugar de Desvern moribundo. Sem dúvida era uma mulher quase bonita, até mesmo em meio às suas penas; ainda mais quando ficava alegre, como eu a tinha visto tantas manhãs.

— Mas ele não pôde pensar nada disso, se não entendi mal o que dizia o jornal — atrevi-me a comentar. Não sabia o que dizer ou não era para dizer nada, mas tampouco me pareceu adequado ficar calada.

— Não, claro que não — ela me respondeu com celeridade e uma leve ponta de desafio. — Não pôde pensar enquanto o levavam para o hospital, porque já estava inconsciente e não recobrou a consciência. Mas quem sabe algo parecido, antecipando-se, enquanto ainda o estavam apunhalando. Não consigo parar de imaginar esse momento, esses segundos, aqueles que o ataque durou até que ele parasse de se defender e não se desse mais conta de nada, até que perdesse os sentidos e não sentisse nada, nem desespero nem dor nem... — Procurou um instante o que mais podia ter experimentado logo antes de cair semimorto. — Nem despedida. Eu nunca havia pensado os pensamentos de ninguém, o que outro pode pensar, nem mesmo ele, não é meu estilo, careço de imaginação, minha cabeça não se presta. Agora, em compensação, faço isso quase o tempo todo. Acredite, meu cérebro se alterou, é como se não me reconhecesse; ou quem sabe, também me ocorre essa ideia, como se eu não me houvesse conhecido durante toda a minha vida anterior, e Miguel também não houvesse me conhecido então: na realidade não teria podido e teria estado fora do seu alcance, não é estranho?, se a verdadeira fosse esta que associa coisas continuamente, coisas que faz uns meses me teriam parecido disparatadas e não associáveis. Se sou a que sou em consequência da sua morte, para ele eu sempre fui outra, distinta, e teria continuado a ser a que não sou mais, indefinidamente, se ele houvesse continuado vivo. Não sei se me entende — acrescentou percebendo que o que explicava era obscuro.

Para mim era quase um trava-língua, porém eu entendia mais ou menos. Pensei: "Essa mulher está muito mal, e não é para menos. Sua tristeza deve ser incomensurável, e ela deve passar o dia e a noite espremendo os miolos sobre o acontecido, imaginando os últimos instantes conscientes do marido, perguntando-se o que pode ter pensado, quando seguramente só teve mais tempo de tentar esquivar as primeiras facadas e de tentar fugir ou se safar, não me parece provável que dedicasse a ela um pensamento nem mesmo meio, deve ter se concentrado apenas em sua avistada morte e em fazer o máximo para evitá-la, e se algo mais lhe passou pela mente deve ter sido sua estupefação e sua incredulidade e sua incompreensão infinitas, o que está acontecendo e como é possível, o que este homem está fazendo e por que me esfaqueia, por que me escolheu entre milhões e com que maldita pessoa está me confundindo, não percebe que não sou eu o causador de seus males?, e que ridículo, que penoso e estúpido morrer assim, por um equívoco ou uma obsessão alheia, com esta violência e nas mãos de um desconhecido ou de um personagem tão secundário em minha vida que mal tinha prestado atenção nele e ainda assim só pela sua insistência, por suas intromissões e seus destemperos, por ter nos incomodado e agredido Pablo um dia, um sujeito menos importante que o farmacêutico da esquina ou o garçom da cafeteria em que tomo o café da manhã, uma pessoa anedótica, insignificante, como se de repente quem me matasse fosse a Jovem Prudente, que também está ali todas as manhãs e com a qual nunca troquei uma palavra, pessoas que são apenas figurantes apagadas ou presenças marginais, que habitam num rincão ou no fundo escuro do quadro e que, se desaparecem, não sentimos a sua falta nem quase a percebemos, isso não pode estar acontecendo porque é absurdo demais e um azar inconcebível, e ainda por cima não vou poder contar a ninguém, única coisa que muito ligeiramente nos compensa das maiores desgraças, a gente nunca sabe o que ou quem adotará o disfarce ou a forma da sua morte individual e única, sempre única embora a gente deixe o mundo ao mesmo tempo que muitos outros numa catástrofe maciça, mas com certas previsões, uma doença herdada, uma epidemia, um desastre de automóvel, aéreo, o desgaste de um órgão, um atentado terrorista, um desmoronamento, um descarrilhamento, um infarto, um incêndio, ladrões violentos que irrompem de noite em nossa casa depois de planejarem o assalto, inclusive alguém a quem o acaso nos junta num bairro perigoso no qual entramos por descuido mal chegamos a uma cidade ainda não explorada, em lugares assim eu me vi em minhas viagens, principalmente quando era mais moço e viajava muito e me arriscava, notei que alguma coisa podia acontecer comigo por imprudência e desconhecimento em Caracas e em Buenos Aires e na Cidade do México, em Nova York e em Moscou e em Hamburgo, e até na própria Madri, mas não aqui, em outras ruas mais belicosas ou degradadas ou sombrias, não neste bairro tranquilo, iluminado e abastado que é mais ou menos o meu e que conheço na palma da mão, não ao sair do meu carro como em tantos outros dias, por que hoje e não ontem nem amanhã, por que hoje e por que eu, podia ter sido qualquer outro, inclusive o próprio Pablo, que já tivera uma altercação muito mais séria que a minha, se ele houvesse dado queixa quando esta besta lhe deu um soco, fui eu quem o aconselhou a deixar para lá, que imbecil eu sou, me dava pena este homem que nem sei como se chama e assim teríamos nos livrado dele, e eu tive meu aviso ontem mesmo agora que penso nisso, foi ontem que ele me xingou e eu me neguei a lhe dar importância e me apressei a esquecê-lo, deveria ter temido e sido mais cauteloso, não ter aparecido em seu território vários dias ou até deixar de ser seu alvo, não ter me posto hoje na linha de tiro deste demente furioso a quem deu na telha cravar-me várias vezes sua faca que além do mais deve estar sujíssima, mas isso já é o de menos, não será necessária uma infecção para a minha morte, me matam mais rapidamente a ponta e o gume que remexem e se retorcem dentro do meu corpo, como fede este homem, está tão perto, deve fazer séculos que não se lava, não deve ter onde, metido sempre em seu automóvel abandonado, não quero morrer com este cheiro, a gente não escolhe, por que há de ser este o último com que a terra vai me envolver antes de eu me despedir, este e o cheiro de sangue que já me invade, cheiro de ferro e de infância, que é quando a gente mais sangra, é o meu, não pode ser outro, o dele, eu não feri este louco, é muito forte e nervoso e eu não pude com ele, não tenho com que feri-lo mas ele sim abriu e trespassou minha pele e minha carne, por estes buracos se vai minha vida e eu vou dessangrando, quantos vão, não há nada a fazer, quantos vão, para mim acabou". E em seguida também pensei: "Mas ele não pôde pensar nada disso. Ou talvez sim, concentradamente".

— Quem sou eu para dar conselhos a alguém — disse então a Luisa, depois do meu prolongado silêncio —, mas acho que você não devia pensar tanto no que passou pela cabeça dele naqueles momentos. Afinal foram muito breves, no conjunto de sua vida quase inexistentes, talvez não tenha tido tempo de pensar em nada. Não tem sentido que, para você, eles durem todos estes meses e quem sabe mais, o que você ganha com isso? E ele também não ganha nada. Não adianta você ficar aí ruminando, porque nunca vai poder acompanhá-lo naqueles momentos, nem morrer com ele, nem em seu lugar, nem salvá-lo. Você não estava lá, não sabia, isso você não pode mudar por mais que se esforce. — Me dei conta de que eu é que tinha me alongado mais nesses pensamentos emprestados, é bem verdade que incitada ou contagiada por ela, é muito perigoso meter-se na mente de alguém imaginariamente, depois é difícil sair, às vezes, suponho que é por isso que tão pouca gente se mete e quase todo mundo evita fazê-lo e prefere dizer-se: "Não sou eu que estou ali, não me toca viver o que acontece com ele, e por que cargas d'água vou somar seus sofrimentos aos meus. Esse mau pedaço não é meu, cada qual que enfrente os seus". — Seja o que tenha sido, já passou, já não é, já não conta. Ele já não está pensando nem está acontecendo.

Luisa encheu de novo seu cálice, eram bem pequenos, e levou as mãos às faces, um gesto metade pensativo, metade espantado. Tinha mãos fortes e compridas, sem outro adorno além da aliança. Com os cotovelos apoiados nas coxas, pareceu encolher-se ou diminuir-se. Falou um pouco para si mesma, como se meditasse em voz alta.

— Sim, essa é a ideia que se costuma ter. Que o que cessou é menos grave do que o que está acontecendo, e que a cessação deve nos aliviar. Que o que passou deve nos doer menos do que o que está passando, ou que as coisas são mais suportáveis quando terminaram, por mais horríveis que tenham sido. Mas isso equivale a crer que é menos grave alguém morto do que alguém que está morrendo, o que não tem muito sentido, não acha? O irremediável e o mais doloroso é que tenha morrido; e o fato de que tal transe tenha acabado não significa que a pessoa não tenha passado por ele. Como não ter em mente esse transe, se foi o último que compartilhou conosco, que continuamos vivos. O que se seguiu a esse seu momento está fora do nosso alcance, mas, em compensação, quando ocorreu ainda estávamos todos aqui, na mesma dimensão, ele e nós, respirando o mesmo ar. Ainda coincidíamos no tempo, ou no mundo. Não sei, não sei me explicar. — Fez uma pausa e acendeu um cigarro, era o primeiro; tinha-os à mão desde o princípio mas não havia acendido nenhum até então, como se tivesse se desacostumado a fumar, talvez tivesse deixado por um tempo e agora havia voltado, ou só em parte: comprava mas procurava evitá-los. — Além do mais, nada acaba totalmente, estão aí os sonhos, os mortos aparecem vivos e nossos vivos às vezes morrem. Sonho muitas noites com esse momento, e então estou presente sim, estou ali sim, sei sim, estou no carro com ele e nós dois descemos, e eu o aviso porque sei o que vai acontecer com ele e mesmo assim ele não pode escapar. Bem, você sabe como são essas coisas, os sonhos são ao mesmo tempo confusos e precisos. Eu me livro deles assim que acordo e em poucos minutos eles desvanecem, esqueço os detalhes; mas depois me dou conta de que o fato permanece, de que é verdade, de que aconteceu, de que Miguel está morto e de que o mataram de maneira parecida com a que sonhei, embora a cena do sonho tenha se diluído no mesmo instante. — Ficou imóvel, apagou o cigarro fumado pela metade, como se houvesse estranhado estar com um na mão. — Sabe qual é uma das piores coisas? Não poder ficar com raiva nem pôr a culpa em ninguém. Não poder odiar ninguém apesar de Miguel ter tido uma morte violenta, de ter sido assassinado em plena rua. Se o tivessem matado por um motivo, porque queriam pegá-lo, sabendo quem era, porque alguém o via como um obstáculo ou queria se vingar, sei lá, pelo menos para roubá-lo. Se tivesse sido uma vítima do ETA eu poderia me reunir com outros familiares de vítimas e odiar todos os terroristas juntos ou até todos os bascos, quanto mais pudermos compartilhar e distribuir o ódio, melhor, não é mesmo?, melhor quanto mais amplo for. Lembro-me que, quando era mocinha, um namorado me deixou por uma canarina. Não só a detestei, mas decidi detestar todos os canarinos. Um absurdo, uma mania. Se na televisão havia uma partida em que jogavam o Tenerife ou o Las Palmas, eu desejava que perdessem contra quem quer que fosse, embora não ligue para futebol e não estivesse vendo o jogo, meu irmão ou meu pai é que estavam. Se havia um desses concursos idiotas de misses, eu desejava que as representantes canarinas não ganhassem, e ficava uma fera porque costumavam ganhar, geralmente são lindas. — E riu de si mesma gostosamente, sem poder evitar. O que achava engraçado achava mesmo, inclusive em meio à sua mortificação. — Até me prometi não ler mais Galdós: por mais madrilenho que tenha se tornado, era canarino de origem, e eu me proibi terminantemente lê-lo por uma longa temporada. — E riu de novo, agora sua risada foi tão aberta que resultou contagiosa, e eu também ri da inquisitorial medida. — São reações irracionais, pueris, mas ajudam momentaneamente, acarretam certa variação de ânimo. Agora não sou mais jovem, nem disponho desse recurso para passar um pedaço do dia furiosa, em vez de triste o tempo todo.

— E o flanelinha? — perguntei. — Não consegue odiá-lo? Ou odiar todos os vagabundos?

— Não — respondeu sem pensar, quer dizer, como se já tivesse considerado o assunto. — Não quis mais saber desse homem, creio que se negou a prestar depoimento, que desde o primeiro instante se encerrou no mutismo e que nele continua, mas está claro que se confundiu e que vai mal da cabeça. Ao que parece tem duas filhas envolvidas com a prostituição, duas filhas moças, e deu de pensar que Miguel e Pablo, o chofer, tinham a ver com isso. Um disparate. Matou Miguel como podia ter matado Pablo ou qualquer morador do bairro com que houvesse cismado. Suponho que ele também precisava de inimigos, alguém em quem depositar a culpa da sua desgraça. O que, por sinal, todo mundo faz, as classes baixas assim como as médias, as altas e os desclassificados: ninguém mais aceita que as coisas aconteçam sem que haja um culpado, ou que exista o azar, ou que as pessoas se enrasquem e se desgracem e rumem sozinhas para o infortúnio ou a ruína. — "Tu mesmo forjaste tua ventura", pensei recordando, citando Cervantes, cujas palavras, de fato, já não são levadas em conta. — Não, não consigo me enfurecer com quem o matou à toa, com quem o tornou por acaso um homem marcado, por assim dizer, isso é que é ruim; com um louco, com um transtornado que na realidade não o malqueria por ele ser ele e que nem sequer sabia seu nome, mas que o viu como a encarnação do seu infortúnio ou o causador da sua situação amarga. Bem, sei lá o que ele viu, não me importa, não estou dentro da cabeça dele nem quero estar. Às vezes tentam me falar dele, meu irmão ou o advogado ou Javier, um dos melhores amigos de Miguel, mas eu os interrompo e digo que não desejo explicações mais ou menos hipotéticas nem investigações a esmo, que o que aconteceu é tão grave que seu porquê para mim tanto faz, ainda mais sendo um porquê incompreensível, que não existe nem pode existir fora dessa mente alucinada ou doente na qual não tenho por que adentrar. — Luisa falava bastante bem, com um vocabulário nada escasso e com verbos que no falar geral são infrequentes, como "malquerer" ou "adentrar"; afinal era professora universitária, de filologia inglesa, tinha me dito, ensinava a língua; por força tinha de ler e traduzir muito. — Exagerando um pouco, esse homem tem para mim o mesmo valor que um beiral de telhado que se desprende e cai na sua cabeça bem quando você passa embaixo, você podia não ter passado naquele instante: um minuto antes, e você nem teria ficado sabendo. Ou que uma bala perdida proveniente de uma caçada, disparada por um inexperiente ou um imbecil, você podia não ter ido naquele dia passear no campo. Ou que um terremoto que te pega numa viagem, você podia não ter ido àquele lugar. Não, odiá-lo não adianta, não consola nem dá forças, não me reconforta esperar que o condenem nem desejar que apodreça na prisão. Não é que tenha dó dele, claro, não posso ter. O que venha a acontecer com ele me é indiferente, nada nem ninguém vai me devolver Miguel. Suponho que irá para uma instituição psiquiátrica, se é que ainda existem, não sei o que se faz com os desequilibrados que cometem crimes de sangue. Suponho que vão tirá-lo de circulação por ser um perigo e para evitar que repita o que fez. Mas não busco seu castigo, seria como cair na estupidez dos exércitos de antigamente, que apresavam e até executavam um cavalo que houvesse jogado um oficial no chão causando a sua morte, quando o mundo era mais ingênuo. Também não posso descontar em todos os mendigos e nos sem-teto. Agora eles me metem medo, isso sim. Quando vejo um procuro me afastar ou mudar de calçada, é um reflexo justificado, que durará para sempre. Mas isso é diferente. O que não posso é me empenhar em odiá-los ativamente, como alguém poderia odiar empresários rivais que houvessem contratado um matador de aluguel, não sei se você sabe que isso é cada vez mais comum, também na Espanha, indivíduos que mandam vir um assassino de fora, um colombiano, um sérvio, um mexicano, para que tire do caminho quem lhes faz muita concorrência e os impede de se expandir, ou atrapalha um mero negócio. Trazem um sujeito, ele faz o trabalho, pagam-no e ele vai embora, tudo em um dia ou dois, nunca os encontram, são discretos e profissionais, são assépticos e não deixam rastro, quando o cadáver é encontrado eles já estão no aeroporto ou voando de volta. Quase nunca há modo de provar o que quer que seja, ainda menos quem o contratou, quem o induziu ou lhe deu a ordem. Se houvesse acontecido algo assim, eu nem poderia odiar muito esse matador abstrato, a tarefa teria cabido a ele como poderia ter cabido a outro que estivesse disponível; não teria conhecido Miguel nem teria nada contra ele, pessoalmente. Mas dos indutores, sim, eu teria a possibilidade de desconfiar de uns e outros, de qualquer concorrente ou ressentido ou prejudicado, todo empresário faz vítimas sem querer ou por querer; e até dos colegas amigos, como li outro dia, sempre no Covarrubias. — Luisa percebeu minha cara de conhecimento apenas vago. — Não conhece? O *Tesouro da língua castelhana ou espanhola* foi o primeiro dicionário, de 1611, quem o escreveu foi Sebastián Covarrubias. — Levantou-se, trouxe um volumoso livro verde que tinha à sua mão e procurou em suas páginas. — Precisei

66

consultar a palavra "inveja" para cotejar com a definição inglesa e olhe como termina a dele. — Ela me leu em voz alta: — "O pior é que esse veneno costuma ser gerado no peito dos que são mais amigos, e nós os temos como tais, confiando neles; e são mais prejudiciais que os inimigos declarados." E esse saber já vinha de muito antes, porque olhe o que acrescenta: "Esta matéria é lugar-comum e tratada por muitos; não é minha intenção revolver o que outros juntaram. Fiquemos aqui." — Fechou o livro e voltou a se sentar, com ele no colo, havia papeizinhos marcando não poucas páginas. — Minha mente estaria ocupada em outra coisa, não só no lamento e na saudade. Sinto saudade dele sem parar, sabe? Sinto saudade ao acordar e ao me deitar e ao sonhar e todo o resto do dia, é como se o levasse comigo incessantemente, como se estivesse incorporado a mim, em meu corpo. — Olhou para seus braços, como se a cabeça do marido repousasse neles. — Tem gente que me diz: "Fique com as boas lembranças e não com a última, pense em quanto vocês se amaram, pense em tantos momentos fantásticos que outros não conheceram". É gente bem-intencionada, que não consegue entender que todas as recordações agora estão tingidas por esse final triste e sangrento. Cada vez que me lembro de uma coisa boa, no mesmo instante aparece a sua derradeira imagem, a da sua morte gratuita e cruel, tão facilmente evitável, tão tola. Sim, é o que pior suporto: tão sem culpado e tão tola. E a recordação se turva e fica ruim. Na realidade, já não me resta nenhuma boa. Todas são ilusórias. Todas se contaminaram.

Ficou calada e olhou para o cômodo contíguo em que estavam as crianças. Ouvia-se a televisão ao fundo, logo tudo devia estar em ordem. Eram crianças bem-educadas, pelo que eu havia visto, muito mais do que é a norma hoje em dia. Curiosamente não me surpreendia nem me constrangia que Luisa falasse comigo com tanta intimidade, como se eu fosse uma amiga. Talvez não conseguisse falar de outra coisa, e nos meses transcorridos desde a morte de Deverne havia esgotado com sua estupefação e com suas desgraças todos os seus próximos, ou tinha vergonha de insistir no mesmo tema com eles, e para se desafogar aproveitava a novidade que eu era. Talvez tanto lhe fizesse quem eu era, bastava-lhe ter a mim como interlocutora não desgastada, com quem podia começar tudo desde o começo. É outro dos inconvenientes de sofrer uma desgraça: para quem a sofre, os efeitos duram muito mais do que dura a paciência dos que se mostram dispostos a escutá-lo e acompanhá-lo, a incondicionalidade nunca é muito longa se tingida de monotonia. E assim, mais dia menos dia, a pessoa triste fica sozinha quando ainda não terminou seu luto ou já não lhe consentem falar mais do que ainda é seu único mundo, porque esse mundo de angústia resulta insuportável e afugenta. Ela se dá conta de que para os outros qualquer desgraça tem data de caducidade social, de que ninguém é feito para a contemplação do pesar, de que esse espetáculo só é tolerável durante uma breve temporada, enquanto nele ainda há comoção e padecimento e certa possibilidade de protagonismo para os que olham e assistem, que se sentem imprescindíveis, salvadores, úteis. Mas, ao verificar que nada muda e que a pessoa afetada não avança nem emerge, sentem-se rebaixados e supérfluos, consideram isso quase uma ofensa e se afastam: "Será que não lhe basto? Como é que não sai do poço, se me tem a seu lado? Por que se apequena em sua dor, se já passou algum tempo e eu lhe dei distração e consolo? Se não pode levantar a cabeça, que afunde ou que desapareça". E então o abatido faz esta última coisa, se retrai, se ausenta, se esconde. Talvez Luisa tenha se aferrado a mim naquela tarde porque comigo ela podia ser a Luisa que ainda era e não se ocultar: uma viúva inconsolável, segundo a frase consagrada. Obcecada, chata, desconsolada.

Olhei para o quarto das crianças, apontei na direção dele com a cabeça.

— Devem ser um amparo para você, nestas circunstâncias — falei. — Ter de cuidar deles obriga você a se levantar cada manhã com algum ânimo, a ser forte e aguentar firme, suponho. Saber que dependem de você inteiramente, mais do que antes. Devem ser um peso, mas também um salva-vidas forçoso, devem ser a razão para começar cada dia. Não? Ou não? — acrescentei ao ver que seu rosto se nublava ainda mais e que seu olho grande se contraía, igualando-se ao pequeno.

— Não, é exatamente o contrário — respondeu respirando fundo, como se tivesse de se abastecer de serenidade para dizer o que disse em seguida. — Daria qualquer coisa para que não estivessem aqui agora, para não tê-los. Entenda: não é que de repente eu me arrependa, a existência deles é vital para mim e são o que mais amo, mais do que a Miguel provavelmente, ou pelo menos me dou conta de que a perda deles teria sido muito pior, de qualquer um dos dois, eu já teria morrido. Mas agora eu não os aguento, eles me pesam demais. Quem dera fosse possível pô--los entre parênteses, ou hiberná-los, não sei, pô-los para dormir e que não acordassem até segunda ordem. Quisera me deixassem em paz, não me perguntassem nem me pedissem nada, não me puxassem, não se pendurassem em mim como fazem, coitadinhos. Eu precisava estar sozinha, não ter responsabilidades nem ter de fazer um esforço para o qual não me sinto capacitada, não pensar se comeram ou se agasalharam ou se estão resfriados e com febre. Quisera poder ficar na cama o dia inteiro, ou estar à vontade, sem cuidar de nada ou só de mim mesma, e assim me recompor pouco a pouco, sem interferências nem obrigações. Se é que um dia me recomporei, espero que sim, embora não veja como. Mas estou tão debilitada que a última coisa de que preciso são duas pessoas mais frágeis ainda que eu a meu lado, que não podem se virar sozinhas e que entendem o acontecido ainda menos que eu. E que ainda por cima me dão pena, uma pena inamovível e constante, que vai muito além das circunstâncias. As circunstâncias a acentuam, mas ela já estava presente desde sempre.

— Como constante? Como muito além? Como desde sempre?

— Você não tem filhos? — perguntou. Neguei com a cabeça. — Os filhos dão muita alegria e tudo o mais que se costuma dizer, mas também, e isso não se costuma dizer, dão muita pena, permanentemente, o que não creio que mude nem quando forem maiores. Você vê a perplexidade deles diante das coisas, e isso dá pena. Vê a boa vontade deles, quando estão a fim de ajudar e acrescentar algo próprio mas não podem, e isso também dá pena. Dá pena a seriedade deles e dão pena suas brincadeiras elementares e suas mentiras transparentes, dão pena suas desilusões e também suas ilusões, suas expectativas e suas pequenas decepções, sua ingenuidade, sua incompreensão, suas perguntas tão lógicas e até a ocasional má intenção que possam ter. Dá pena pensar quanto lhes falta aprender e no longuíssimo percurso que têm pela frente e que ninguém pode fazer por eles, apesar de estarmos há séculos fazendo e não vejamos a necessidade de que todos os que nascem devam começar outra vez desde o início. Que sentido tem cada um passar pelos mesmos desgostos e descobertas, mais ou menos, eternamente? E, claro, além disso coube a eles algo infrequente, de que podiam ter sido poupados, uma grande desgraça que não estava prevista. Não é normal que em nossas sociedades matem o pai de alguém, e a tristeza que eles sentem é uma pena a mais para mim. Não sou a única que sofreu uma perda, quem me dera que fosse. Cabe a mim explicar a eles, e não tenho uma explicação a lhes dar. Tudo isso está além das minhas forças. Não posso lhes dizer que aquele homem odiava o pai deles, nem que era seu inimigo, e se lhes conto que ficou louco a ponto de matá-lo dificilmente entenderão. Carolina sim, mas Nicolás não.

— Claro. E o que disse a eles? Como estão aceitando?

— A verdade, no fundo, mais ou menos, adaptada. Hesitei em contar ao menino, é muito pequeno, mas me garantiram que seria pior se os colegas da escola dissessem alguma coisa. Como saiu na imprensa, todo mundo que nos conhece ficou logo sabendo, e imagine as versões de crianças de quatro anos, podiam ser mais truculentas e disparatadas do que realmente aconteceu. Então eu disse a eles que aquele homem estava furioso porque tinham tomado as filhas dele e que se confundiu de pessoa e atacou o papai em vez da pessoa que as tomou. Me perguntaram quem as tinha tomado, e respondi que não sabia e que na certa aquele homem também não sabia e que por isso estava assim, procurando alguém para descontar sua raiva. Que não distinguia direito as pessoas e que desconfiava de todo mundo, e que por isso havia batido no Pablo outro dia, achando que ele era o responsável. É curioso, mas isso eles entenderam bem rápido, que alguém ficasse furioso porque lhe roubaram as filhas, e até agora me perguntam às vezes se alguém sabe alguma coisa delas ou se apareceram, como se fosse uma história por terminar, devem imaginar que elas são crianças. Disse a eles que foi tudo um grande azar. Que era como um desastre, como quando um carro atropela um pedestre ou um pedreiro que trabalha num edifício despenca. Que o pai deles não tinha nenhuma culpa nem tinha feito nada de mal a ninguém. O menino me perguntou se ele não ia voltar mais. Respondi que não, que agora estava muito longe, como quando viajava ou mais longe até, tão longe que não dava para voltar, mas que de onde estava continuava vendo e cuidando dos dois. Também me ocorreu dizer a eles, para que tudo não fosse tão definitivo de uma vez, que eu poderia falar com ele de vez em quando e que se quisessem algo dele, algo importante, que me dissessem e eu transmitiria. A menina não acreditou nessa parte, acho, porque nunca me dá nenhum recado, mas o menino sim, de modo que agora às vezes me pede que conte isto ou aquilo ao pai, bobagens do colégio que ele vive como um acontecimento, e no dia seguinte me pergunta se já contei e o que ele respondeu, ou se ficou contente ao saber que já está jogando futebol. Respondo que ainda não falei, que tem de esperar, que não é fácil entrar em contato, deixo passar uns dias e, se ele se lembra e insiste, invento alguma coisa. Deixarei passar cada vez mais tempo até que se desacostume e se esqueça, com o tempo mal vai se lembrar dele. Acreditará se lembrar, principalmente, do que sua irmã e eu contarmos. Carolina me preocupa mais. Quase não o menciona, está mais séria e mais calada, e quando conto ao irmão que seu pai riu ao ouvir suas histórias, por exemplo, ou que mandou dizer que era para ele não dar pontapés nos outros meninos mas só na bola, ela olha para mim com uma espécie de pena parecida com a que eles me inspiram, como se achasse lastimáveis minhas mentiras, de maneira que há momentos em que todos nós temos pena, eles de mim e eu deles, ou pelo menos a menina. Eles me veem triste, me veem como nunca me haviam visto, apesar de eu me esforçar, acredite, para não chorar e para que não notem muito minha tristeza quando estou com eles. Mas devem notar, tenho certeza. Só chorei uma vez na presença deles. — Lembrei-me da impressão que a menina tinha me causado quando observei os três de manhã no terraço: como prestava atenção na mãe e quase zelava por ela, dentro das suas possibilidades; e a fugaz carícia no rosto que tinha feito ao se despedir. — Além do mais, temem por mim — acrescentou Luisa, servindo-se mais uma dose com um suspiro. Fazia um instante que não bebia, tinha se refreado, talvez fosse dessas pessoas que sabem parar a tempo ou que dosam até os excessos, que passam rente aos perigos mas nunca caem neles, nem mesmo quando sentem que já não têm o que perder e que tudo lhes é indiferente. Era indubitável que estava desesperada, mas eu não conseguia imaginá-la em pleno abandono, de nenhum tipo: nem se embriagando bestialmente nem descuidando das crianças nem apelando para a droga nem faltando ao trabalho nem se entregando a um homem atrás do outro (isso mais tarde) para se esquecer do que lhe importava; era como se houvesse nela um último alento de sensatez, ou de senso do dever, ou de serenidade, ou de preservação, ou de pragmatismo, eu não sabia direito o que era. E então enxerguei claramente: "Vai sair desta", pensei, "vai se recuperar antes do que acredita, vai lhe parecer surreal o que viveu nestes meses e até tornará a se casar, talvez com um homem tão perfeito quanto Desvern, ou com o qual pelo menos voltará a formar um casal parecido, isto é, quase perfeito". — Descobriram que a gente morre e que morrem os que pareciam mais indestrutíveis, os pais. Não é mais um pesadelo, e Carolina havia começado a tê-los, está na idade: já sonhava certas noites que eu é que morria ou que seu pai morria, antes que houvesse acontecido aquilo. Tinha nos chamado de seu quarto no meio da noite, angustiada, e nós a tínhamos convencido de que era impossível. Viu que nos enganávamos ou talvez que lhe mentíamos; que tinha motivos para temer, que o que tinha imaginado em sonhos se consumou. Não me recriminou isso às claras, mas no dia seguinte ao que Miguel foi enterrado e quando não havia mais volta nem nada mais a fazer senão continuar vivendo sem ele, me disse duas vezes, como que carregada de razão: "Está vendo? Está vendo?". E eu perguntei a ela sem entender: "O que é que eu tenho de ver, meu anjo?". Eu estava tonta demais para entender. Então ela se encolheu e continuou a fazê-lo desde aquele momento: "Nada, nada. Que papai não está em casa, não está vendo?", replicou. Me faltaram as forças e sentei na beira da cama, estávamos no meu quarto. "Claro que estou vendo, amor", falei, e as lágrimas jorraram dos meus olhos. Ela não tinha me visto chorar e ficou com pena, até hoje fica. Aproximou-se e começou a secá-las com o vestido. Quanto a Nicolás, descobriu cedo demais, sem nem mesmo poder sonhar e temer antes, quando ainda não tinha consciência da morte, acho que nem entendeu bem em que ela consiste, embora vá se dando conta de que isso significa que as pessoas deixam de estar presentes, que nunca mais vai tornar a vê-las. E se seu pai morreu e desapareceu de um dia para o outro; pior ainda, se mataram de repente seu pai e ele deixou de existir sem aviso, se se revelou tão frágil a ponto de cair morto à primeira investida de um desgraçado, como não vão pensar que a mesma coisa pode acontecer qualquer dia comigo, que eles consideram menos forte? Sim, eles temem por mim, temem que aconteça algo de ruim comigo e que eu os deixe totalmente sozinhos, olham para mim com apreensão, como se fosse eu que estivesse em perigo e desprotegida, mais do que eles. No menino é algo instintivo, na menina é muito consciente. Noto como olha ao redor de mim quando estamos na rua, como fica alerta perante qualquer desconhecido, ou melhor, perante qualquer homem desconhecido. Fica tranquila quando estou acompanhada de gente amiga ou de mulheres. Agora faz um instante que se sente despreocupada, porque estou em casa e porque estou com você, pode ver que não aparece para nos vigiar com algum pretexto, nem nos incomodar. Embora tenha acabado de te conhecer, você lhe inspira confiança, é mulher e não te vê como um perigo. Ao contrário, ela te vê como um escudo, uma defesa. Me preocupa um pouco que venha a ficar com medo dos homens, que se ponha na defensiva e nervosa diante deles, diante dos que não conhece. Espero que isso passe, não se pode a vida toda temer metade da espécie.

— Sabem exatamente como o pai morreu? Quero dizer — hesitei, não soube se devia tocar naquele ponto —, a faca.

— Não, nunca entrei em detalhes, só disse que esse indivíduo o havia atacado, nunca lhes contei o modo. Mas Carolina deve saber, tenho certeza de que leu em algum jornal e de que seus colegas comentaram o fato, impressionados. A ideia deve lhe apavorar tanto que jamais me fez perguntas nem se referiu a isso. É como se nós duas concordássemos tacitamente em não falar nesse assunto, não lembrá-lo, em apagar da morte de Miguel esse elemento (o elemento-chave, o que a produziu), para que possa ficar como um fato isolado e asséptico. É o que todo mundo faz com seus mortos, aliás. Tenta esquecer o como, fica com a imagem do vivo e, no máximo, com a do morto, mas evita pensar na fronteira, no trânsito, na agonia, na causa. Alguém agora está vivo, depois está morto, e entre uma coisa e outra nada, como se passassem sem transição nem motivo de um estado ao outro. Mas eu ainda não posso evitá-lo e é o que não me deixa viver nem começar a me recuperar, supondo-se que haja recuperação para isso. — "Vai haver sim, vai haver", voltei a pensar, "antes do que você imagina. E é o que te desejo, pobre Luisa, com toda a minha alma." — Com Carolina, sim, posso fazer, convém a ela e isso me basta. Quando estou só, em compensação, não é possível, principalmente nestas horas, quando já não é dia e tampouco é noite. Penso naquela faca entrando e no que Miguel deve ter sentido, e se teve tempo de pensar em alguma coisa, se pensou que ia morrer. Então me desespero e fico doente. Não é uma maneira de falar: fico literalmente doente. Todo o meu corpo me dói.

A campainha tocou e, sem imaginar quem podia ser, soube que a conversa e minha visita haviam chegado ao fim. Luisa não havia inquirido nada sobre mim, nem mesmo voltara às perguntas que tinha me feito no terraço de manhã: em que eu trabalhava e que nome eu atribuía mentalmente a Deverne e a ela quando os observava no desjejum a dois. Ainda não estava para curiosidades, não se interessava por ninguém nem queria se voltar para outras vidas, a sua a consumia e monopolizava todas as suas forças e sua concentração, provavelmente também sua imaginação. Eu não passava de um ouvido no qual derramar sua desgraça e seus pensamentos tenazes, um ouvido virgem mas intercambiável, ou talvez não inteiramente, este último detalhe: tal como a menina, eu devia lhe inspirar confiança e familiaridade, e talvez não houvesse se aberto da mesma forma com qualquer um, não com qualquer um. Afinal de contas, eu havia visto seu marido muitas vezes e portanto punha um rosto na sua perda, conhecia a ausência que era causa da sua desolação, a figura desaparecida do seu campo visual, um dia depois do outro e mais

77

outro e mais outro, e assim monótona e irremediavelmente até o fim. Em certo sentido, eu era "de antes", logo também capaz de sentir falta do falecido a meu modo, embora os dois sempre tenham me ignorado e Desvern já se visse obrigado a me ignorar por toda a eternidade, eu chegava tarde demais para ele, nunca seria mais que a Jovem Prudente em quem tinha prestado muito pouca atenção e tão só de passagem. "No entanto, é sua morte que me permite estar aqui", pensei espantada. "Se ela não tivesse se produzido eu não estaria em sua casa, porque esta era sua casa, aqui ele viveu e esta era a sua sala e talvez agora eu esteja ocupando o lugar em que ele sentava, daqui saiu na última manhã em que o vi, a última em que também sua mulher o viu." Era evidente que ela simpatizava comigo e que me percebia como estando a seu favor, compassiva e condoída; devia notar vagamente que em outras circunstâncias poderíamos ter sido mais amigas. Mas agora estava como no interior de uma esfera, falante mas no fundo isolada e alheia a todo o exterior, e essa esfera demoraria muito para furar. Só então poderia me ver de verdade, só então eu deixaria de ser aquela Jovem Prudente da cafeteria. Se naquele momento eu lhe perguntasse como me chamava, provavelmente não teria lembrado ou, talvez, somente o nome mas não o sobrenome. Também não sabia se voltaríamos a nos ver, se haveria outra ocasião: quando saísse dali, ela me perderia numa nebulosa.

Não esperou que a empregada atendesse, havia pelo menos uma, que foi quem me atendeu quando cheguei. Levantou-se, foi até a entrada e pegou o interfone. Ouvi-a dizer "Sim?" e depois "Olá, vou abrir para você". Era alguém conhecido, que ela esperava ou que costumava passar todo dia àquela hora, não houve o menor tom de surpresa nem de emoção em sua voz, podia até ser o rapaz do mercadinho trazendo um pedido. Aguardou com a porta aberta que o visitante percorresse o trecho de jardim que separava o portão da rua da casa propriamente dita, vivia numa espécie de casarão ou *hotelito*, que existem em várias ruas nos bairros centrais de Madri, não só em El Viso, também atrás da Castellana e em Fuente del Berro e outros lugares, milagrosamente escondidos do monstruoso trânsito e do perpétuo caos geral. Então me dei conta de que na realidade ela também não tinha me falado de Deverne. Não o havia evocado, nem havia descrito seu temperamento ou sua maneira de ser, não tinha dito quanto sentia falta desta ou daquela característica dele ou deste ou daquele costume comum, ou como a mortificava que houvesse deixado de viver — por exemplo — alguém que aproveitava, tanto a vida, que era a impressão que eu tinha dele. Percebi que não sabia daquele homem mais do que antes de entrar. Até certo ponto era como se sua morte anômala houvesse obscurecido ou apagado todo o resto, às vezes acontece: o fim de alguém é tão inesperado ou tão doloroso, tão espetacular ou tão prematuro ou tão trágico — em certas ocasiões, tão pitoresco ou ridículo, ou tão sinistro —, que é impossível referir-se a essa pessoa sem que imediatamente esse fim a engula ou contamine, sem que sua aparatosa forma de morrer manche toda a sua existência prévia e de certo modo a prive dela, coisa das mais injustas. A morte espetaculosa se faz tão predominante no conjunto da figura que a sofreu, que custa muito recordá-la sem que na mesma hora paire sobre a recordação esse dado anulador último, ou pensá-la de novo nos longos tempos em que ninguém desconfiava de que tão abrupto ou pesado pano pudesse cair sobre ela. Tudo é visto à luz desse desenlace, ou, melhor dizendo, a luz desse desenlace é tão forte e ofuscante que impossibilita recuperar o anterior e sorrir na rememoração ou na fantasia, e poder-se-ia dizer que, quem assim morre, morre mais profunda e cabalmente, ou talvez seja duplamente, na realidade e na memória dos outros, porque essa é uma memória para sempre ofuscada pelo fato estúpido e conclusivo, amargurada e distorcida e também, talvez, envenenada.

Podia ser, também, que Luisa ainda se encontrasse na fase do egoísmo extremo, isto é, que só fosse capaz de olhar para a sua própria desgraça e não tanto para a de Desvern, apesar da preocupação expressa por seu derradeiro instante, o que ele teve de compreender que era de adeus. O mundo é tão dos vivos, e tão pouco na verdade dos mortos — embora todos eles permaneçam na terra e sem dúvida sejam muito mais —, que aqueles tendem a pensar que a morte de alguém querido é algo que aconteceu mais com eles do que com o falecido, que na verdade foi quem a sofreu. Ele é que teve de se despedir, quase sempre contra a sua vontade, ele é que perdeu o que estava por vir (que não viu mais seus filhos crescerem e mudarem, por exemplo, no caso de Deverne), que teve de renunciar à sua sede de saber ou à sua curiosidade, que deixou projetos por concretizar e palavras por pronunciar para as quais sempre acreditou que haveria tempo mais tarde, que já não pôde assistir; ele, se era autor, é que não pôde completar um livro ou um filme ou um quadro ou uma composição, ou que não pôde terminar de ler o primeiro ou de ver o segundo ou de ouvir a quarta, se era só receptor. Basta dar uma olhada no quarto do desaparecido para se dar conta de quanta coisa ficou interrompida e no vazio, de quanta coisa passa num instante a ser imprestável e sem função: sim, o romance com sua marca pessoal que não avançará mais páginas, mas também os medicamentos que de repente se tornam a coisa mais supérflua de tudo e que logo vai se ter de jogar fora, ou o travesseiro e o colchão especiais nos quais a cabeça e o corpo já não vão repousar; o copo d'água de que não tomará mais nenhum gole, e o maço de cigarros proibidos do qual só restavam três, e os bombons que compravam para ele e que ninguém ousará acabar, como se fazê-lo parecesse um roubo ou supusesse uma profanação; os óculos que não servirão a ninguém mais e as roupas expectantes que permanecerão em seu armário dias ou anos, até que alguém se atreva a tirá-las do cabide, armado de muita coragem; as plantas de que a desaparecida cuidava e regava com esmero, talvez ninguém vá querer se encarregar delas, e o creme que passava de noite, as marcas dos seus dedos suaves ainda serão vistas no pote; alguém, isso sim, vai querer herdar e levar o telescópio com que se entretinha observando as cegonhas que faziam ninho numa torre à distância, mas o utilizará sabe-se lá para quê, e a janela pela qual espiava quando fazia uma pausa no trabalho ficará sem contemplador, o que equivale a dizer sem visão; a agenda em que anotava seus compromissos e seus quefazeres não terá mais nenhuma página preenchida, e o último dia carecerá da anotação final, que costumava significar: "Por hoje está feito". Todos os objetos que falavam ficam mudos e sem sentido, é como se caísse sobre eles um manto que os aquieta e cala fazendo-os crer que a noite chegou, ou como se eles também lamentassem a perda de seu dono e se retraíssem instantaneamente com uma estranha consciência do seu desemprego ou inutilidade, e se perguntassem em coro: "E agora, o que estamos fazendo aqui? Chegou a hora de sermos retirados. Não temos mais dono. O exílio ou o lixo nos esperam. Acabou nossa missão". Talvez todas as coisas de Desvern tenham se sentido assim meses atrás. Luisa não era uma coisa. Luisa, portanto, não.

Chegaram duas pessoas, apesar de ela ter dito "Vou abrir para você", no singular. Ouvi a voz da primeira, a que ela havia cumprimentado, anunciando a segunda, obviamente imprevista: "Olá, trouxe o professor Rico para não deixá-lo jogado na rua. Precisa fazer hora até o jantar. Ficou no bairro e não dá tempo de ir ao hotel e voltar. Você não se incomoda, não é?". Em seguida apresentou-os: "O professor Francisco Rico, Luisa Alday". "Claro que não, é um prazer", ouvi a voz de Luisa. "Estou com visita, entrem, entrem. O que querem tomar?"

A cara do professor Rico eu conhecia bem, apareceu várias vezes na tevê e na imprensa, com sua boca mole, sua careca limpa e muito bem cuidada, seus óculos um pouco grandes, sua elegância negligente — meio inglesa, meio italiana —, seu tom desdenhoso e sua atitude entre indolente e mordaz, talvez uma forma de dissimular uma melancolia de fundo que se percebe em seu olhar, como se fosse um homem que, já se sentindo passado, deplorasse ainda ter de se relacionar com seus contemporâneos, ignorantes e triviais em sua maioria, e ao mesmo tempo lamentasse antecipadamente se ver obrigado a deixar de se relacionar com eles um dia — relacionar-se também seria um alívio —, quando por fim seu sentimento coincidisse com a realidade. A primeira coisa que fez foi rebater o que seu acompanhante tinha dito:

— Olhe, Díaz-Varela, nunca fico jogado na rua mesmo que me encontre na rua sem saber efetivamente o que fazer, coisa que me acontece com frequência, por sinal. Muitas vezes saio em Sant Cugat, onde vivo — esse esclarecimento ele dirigiu com olhares oblíquos a Luisa e a mim, que ainda não havia sido apresentada —, e de repente me dou conta de que não sei para que saí. Ou vou até Barcelona e chegando lá não me lembro do motivo da viagem. Então fico parado por um momento, não vagabundeio nem fico dando passinhos ao léu, até que me vem a lembrança do propósito. Pois bem, nem mesmo nessas ocasiões fico jogado na rua, na verdade sou uma das poucas pessoas que sabem ficar na rua inativas e desconcertadas sem causar essa impressão. Sei perfeitamente que a impressão que dou é, pelo contrário, a de estar concentradíssimo: como se estivesse sempre prestes a fazer uma descoberta crucial ou a completar na minha mente um soneto de alto nível. Se algum conhecido me avista nessas circunstâncias, nem se atreve a me cumprimentar, apesar de me ver sozinho e imóvel no meio da calçada (nunca me encosto na parede, me dá a sensação de ter levado um bolo), temendo interromper um raciocínio exigente ou uma profunda meditação. Também nunca estou exposto a nenhum atropelo, porque meu ar severo e absorto dissuade os meliantes. Percebem que sou um indivíduo com minhas faculdades intelectivas alertas e em pleno funcionamento (a mil por hora, em linguagem vulgar) e não ousam se meter comigo. Percebem que seria perigoso para eles, que eu reagiria com inusitada violência e celeridade. Tenho dito.

Luisa deixou escapar uma risada e creio que eu também.

Que ela passasse tão rapidamente das angústias que havia me relatado a achar divertido alguém que acabava de conhecer me fez pensar de novo que tinha uma enorme capacidade para se divertir e — como dizer — ser cotidiana ou momentaneamente feliz. Não há muita, mas há gente assim, pessoas que se impacientam e se aborrecem na infelicidade e com as quais esta tem pouco futuro, embora durante uma temporada tenha abusado delas, nítida e objetivamente. Pelo que eu havia visto, Desvern também devia ser assim, e ocorreu-me que, se Luisa é que tivesse morrido e ele continuado vivo, era provável que houvesse tido uma reação parecida com a da sua mulher agora. ("Se ele continuasse vivo, viúvo, eu não estaria aqui", pensei.) Sim, há quem suporte a desgraça. Não por serem frívolos nem cabeças ocas. Padecem-na quando ela os atinge, claro, certamente como os demais. Porém estão destinados a se livrar logo dela sem precisar se esforçar muito, por uma espécie de incompatibilidade. Está em sua natureza ser leves e risonhos e não veem vestígio no sofrimento, ao contrário da maior parte da pesada humanidade, e nossa natureza sempre acaba nos pegando, porque quase nada a pode alterar nem quebrar. Talvez Luisa fosse um mecanismo simples: chorava quando a faziam chorar e ria quando a faziam rir, e uma coisa podia suceder a outra sem solução de continuidade, ela respondia ao estímulo que recebesse. A simplicidade não estava brigada com a inteligência, além do mais. Eu não tinha dúvida de que ela possuía esta última. Sua falta de malícia e seu riso pronto não a menoscabavam, em absoluto, são coisas que não dependem dela mas do temperamento, que é outra categoria e outra esfera.

O professor Rico vestia um bonito paletó verde-nazista e usava uma gravata ligeiramente afrouxada com despreocupação, uma gravata mais intensa e luminosa — verde-melancia, talvez — sobre uma camisa marfim. Combinava sem que parecesse ter havido algum estudo para chegar à combinação apropriada, apesar do lencinho verde-trevo que aparecia no bolso, talvez fosse este um verde em excesso.

— Mas você foi assaltado aqui em Madri uma vez, professor — protestou o chamado Díaz-Varela. — Faz anos, mas eu me lembro muito bem. Em plena Gran Vía, mal sacou o dinheiro de um caixa eletrônico, não foi assim?

O professor não gostou muito dessa lembrança. Tirou um cigarro e acendeu-o, como se fazê-lo sem consultar fosse hoje tão normal quanto há quarenta anos. Luisa logo lhe passou um cinzeiro, que ele pegou com a outra mão. Com as duas ocupadas, abriu os braços quase em cruz e disse como um orador aborrecido com a falácia ou a estupidez:

— Isso foi completamente diferente. Não teve nada a ver.

— Por quê? Você estava na rua e o meliante não o respeitou.

O professor fez um gesto condescendente com a mão que segurava o cigarro e, ao fazê-lo, o cigarro caiu. Olhou-o no chão com desagrado e curiosidade, como se fosse uma barata andante que não era da sua responsabilidade e esperasse que alguém a pegasse ou matasse com uma pisada e a afastasse com um pontapé. Como ninguém se inclinou, pegou o maço para tirar outro cigarro. Não parecia lhe importar que o caído queimasse a madeira, devia ser um desses homens para os quais nada é grave e que sempre supõem que outros porão tudo em seu devido lugar e corrigirão o que está errado. Não esperam isso por afetação nem por falta de consideração, é que a cabeça deles não registra as coisas práticas, ou o mundo ao seu redor. Os filhos de Luisa haviam aparecido ao ouvir a campainha, agora já tinham se insinuado na sala para observar as visitas. O menino é que correu para pegar o cigarro no chão, e antes que o tocasse sua mãe se antecipou e o apagou no cinzeiro que havia utilizado antes, para os seus também por consumir. Rico acendeu o segundo e respondeu. Nem ele nem Díaz-Varela estavam muito dispostos a interromper a discussão, tê-los diante de você era como assistir a uma função teatral, como se dois atores houvessem entrado em cena já falando e ignorassem o público da sala, como de resto seria dever deles.

— Primeiro: eu estava de costas para a rua, quer dizer, nessa indigna posição a que os caixas obrigam e que não é outra que de cara para a parede, logo meu olhar dissuasório era invisível para o assaltante. Segundo: estava ocupado digitando respostas demais a perguntas inúteis demais. Terceiro: à pergunta de em que idioma eu queria me comunicar com a máquina, eu havia respondido que em italiano (costume de minhas muitas viagens à Itália, passo metade da vida lá), e estava distraído memorizando os crassos erros ortográficos e gramaticais que apareciam na tela, aquilo tinha sido programado por um farsante dono de um italiano fajuto. Quarto: tinha passado o dia todo às voltas com uma porção de gente e não tivera outro remédio senão tomar uns tantos drinques escalonados em diferentes lugares; minha atenção não é a mesma nessas circunstâncias, cansado e com um pingo de embriaguez, como você nem imagina. Quinto: chegava tarde a um encontro já tardio por si mesmo e o fiz desconcentrado e perturbado, temia que a pessoa que me aguardava impaciente se desesperasse e fosse embora do lugar em que íamos nos rever, já havia sido um custo convencê-la a estender sua noite para nos vermos a sós; atenção, só para conversar. Sexto: por tudo isso, o primeiríssimo aviso de que eu ia ser assaltado foi notar, já com o dinheiro na mão mas ainda não no bolso, a ponta de uma faca na região lombar, com a qual o indivíduo fez pressão e chegou a me espetar um pouquinho; quando no fim da noite me despi no hotel, tinha um ponto de sangue aqui. Aqui. — E, abrindo as abas do paletó, tocou rapidamente em algum lugar acima do cinto, tão rapidamente que nenhum dos presentes, sem dúvida, pôde precisar que lugar era. — Quem ainda não experimentou a sensação dessa leve espetada, ali ou em qualquer outra zona vital, com a consciência de que é só empurrar para que essa ponta adentre na carne sem oposição, não pode saber que a única coisa que tem a fazer é entregar o que lhe pedem, o que for, e o sujeito se limitou a dizer: "Vai passando isso aí, ô!". Você sente um formigamento insuportável na virilha, curiosamente, que se estende dali a todo o corpo. Mas a origem não está onde você é ameaçado, mas aqui. Aqui. — E assinalou os dois lados da virilha com seus dois dedos médios ao mesmo tempo. — Veja bem: não é nos ovos, é na virilha, não tem nada a ver, embora a gente se confunda e por isso utilize a expressão "enfiaram aqui", assinalando a garganta — e tocou-a com o indicador e o polegar —, porque o formigamento se estende até em cima. Bem, como todo mundo sabe desde que a frágil roda do mundo começou a rodar, isso é uma emboscada ou um ataque à traição, contra os quais, e é essa a sua condição, é impossível se prevenir e até quase se defender. Tenho dito. Ou querem que continue a enumeração? Porque não me custa nada prosseguir, pelo menos até dez. — E ao ver que Díaz-Varela não respondia, pensou que a discussão estava encerrada por atordoamento, olhou pela primeira vez à sua volta e reparou em mim, nos meninos e quase também em Luisa, embora ela já o tivesse cumprimentado. Realmente não devia ter nos visto com precisão, senão, creio eu, teria se abstido de empregar a palavra "ovos", principalmente por causa das crianças. — Vejamos, quem há para conhecer aqui? — acrescentou com desenvoltura.

Me dei conta de que Díaz-Varela tinha se calado e ficado sério pela mesma razão pela qual Luisa deu três passos até o sofá e teve de sentar sem antes convidar os dois homens a fazê-lo, como se suas pernas houvessem fraquejado e não conseguisse se manter de pé. Do riso espontâneo de um momento antes havia passado a uma expressão de aflição, o olhar turvo e a tez empalidecida. Sim, devia ser um mecanismo muito simples. Levou a mão à testa e baixou os olhos, temi que fosse chorar. O professor Rico não tinha por que saber o que lhe havia acontecido fazia uns meses e como uma faca que espetou até a saciedade havia destroçado sua vida, talvez seu amigo não houvesse contado — mas era estranho, as desgraças alheias a gente conta quase sem querer —, ou sim, e ele tinha esquecido: dizia sua fama (que é muita) que ele tendia a reter tão somente a informação remota, a dos passadíssimos séculos nos quais era uma autoridade mundial, e a ouvir o recente com mera tolerância e desatenção. Qualquer crime, qualquer fato medieval ou do Século de Ouro lhe importavam muito mais do que o sucedido anteontem.

Díaz-Varela se aproximou de Luisa com solicitude, tomou-lhe as mãos entre as suas e murmurou:

— Pronto, pronto, não foi nada. Sinto muito mesmo. Não me dei conta de até onde essa bobagem podia ir. — E me pareceu notar seu impulso de acariciar o rosto dela, como quando se consola uma criatura pela qual se daria a vida; mas reprimiu-o.

Mas assim como pude ouvir seu murmúrio, também pôde ouvi-lo o professor.

— O que foi? O que é que eu disse? Foi pela palavra "ovos"? Ai, vocês são muito cheios de trique-triques aqui. Eu podia ter utilizado uma pior, afinal de contas "ovos" é um eufemismo. Vulgar e gráfico e muito abusado, reconheço, mas não deixa de ser um eufemismo.

— O que é trique-trique? O que são os ovos? — perguntou o menino, a quem não havia passado despercebido o gesto de apontar para a virilha do professor. Por sorte, ninguém lhe deu atenção nem lhe respondeu.

Luisa logo se recompôs e se deu conta de que ainda não tinha me apresentado. De fato, não se lembrava do meu sobrenome, porque assim como disse o nome completo dos dois homens ("Professor Francisco Rico; Javier Díaz-Varela"), de mim, como das crianças, só deu o nome de batismo, e depois acrescentou a modo de compensação ("Minha nova amiga, María; Miguel e eu a chamávamos de Jovem Prudente quando a víamos quase todos os dias na hora do café da manhã, mas até agora não tínhamos nos falado"). Considerei oportuno sanar seu esquecimento ("María Dolz", precisei). Aquele Javier devia ser o que ela havia mencionado um instante antes, referindo-se a ele como "um dos melhores amigos de Miguel". Em todo caso era o homem que eu havia visto de manhã ao volante do carro de Deverne, o homem que havia pegado as crianças na cafeteria para levá-las presumivelmente ao colégio, um pouco tarde para o costumeiro. Não era o chofer, portanto, como eu havia pensado. Talvez Luisa tenha se imaginado obrigada a prescindir deste, quando alguém fica viúva sempre reduz os gastos em primeira instância, como um reflexo de retraimento ou de desamparo, mesmo que tenha herdado uma fortuna. Eu não sabia em que situação econômica ela havia ficado, supunha que boa, mas era possível que se sentisse sem recursos embora não estivesse de modo algum, o mundo inteiro parece cambalear depois de uma morte importante, não se vê nada sólido nem firme e o parente mais atingido tende a se perguntar: "Para que isso e para que aquilo, para que o dinheiro, ou um negócio e suas ramificações, para que uma casa e uma biblioteca, para que sair e trabalhar e fazer projetos, para que ter filhos e para que tudo. Nada dura o bastante porque tudo se acaba, e uma vez acabado resulta que nunca foi bastante, ainda que haja durado cem anos. Para mim Miguel durou só uns poucos, por que haveria de durar o que ele deixou e sobrevive a ele? Nem o dinheiro nem a casa nem eu nem as crianças. Estamos todos no limbo e ameaçados". E também há um impulso de acabamento: "Queria estar onde ele está, e o único âmbito em que me consta que nos encontraríamos é o passado, o não ser e no entanto ter sido. Se fosse passado, pelo menos eu me igualaria a ele nisso, já é alguma coisa, e não estaria na situação de sentir sua falta nem de me lembrar dele. Estaria em seu mesmo nível nesse aspecto, ou em sua dimensão, ou em seu tempo, e já não permaneceria neste mundo precário que vai tirando nossos costumes. Nada mais se tira de nós se nos tiram de cena. Nada mais se acaba para nós se alguém já acabou".

Era varonil, sereno e bem-apessoado, aquele Javier Díaz-
-Varela. Apesar de barbeado com esmero, adivinhava-se sua barba, uma sombra levemente azulada, sobretudo à altura do queixo enérgico, como de herói de gibi (segundo o ângulo e conforme a luz incidente, via-se ou não uma covinha). Tinha pelo no peito, aparecia um pouco sob a camisa com o botão de cima aberto, não usava gravata, Desvern sempre usava, seu amigo era um pouco mais moço. As feições eram delicadas, com olhos rasgados de expressão míope ou sonhadora, pestanas bem compridas e uma boca carnuda e firme muito bem desenhada, tanto que seus lábios pareciam os de uma mulher transplantados para a cara de um homem, era muito difícil não se fixar neles, quer dizer, desviar o olhar deles, eram como um ímã para a vista, tanto quando falavam como quando estavam calados. Dava vontade de beijá-
-los, ou de tocá-los, de circundar com o dedo suas linhas tão bem traçadas, como se ele as houvesse feito com um pincel fino, e depois apalpar com a polpa do dedo o vermelho, ao mesmo tempo duro e macio. Além disso parecia discreto, deixava que o pro-

fessor Rico perorasse à larga sem procurar lhe fazer a menor sombra (isso também não devia ser factível, fazer-lhe sombra). Sem dúvida tinha senso de humor, porque havia sabido não contrariá-lo e lhe fazer contraponto com eficácia, dando-lhe ensejo a brilhar diante de desconhecidos, ou melhor, desconhecidas, notava-se logo que o professor era um homem vaidoso, dos que dão teoricamente em cima das mulheres em quase qualquer circunstância. Com teoricamente quero dizer que carecem de verdadeiro propósito, que seus galanteios não são destinados a conquistar ninguém de verdade ou a sério (não a mim nem a Luisa, em todo caso), mas a despertar a curiosidade por sua pessoa, ou a deslumbrar se possível, ainda que nunca mais vá voltar a ver os deslumbrados. Díaz-Varela se divertia com seu pavonear pueril e permitia que ele se espalhasse ou o incitava a isso, como se não temesse a concorrência ou tivesse um objetivo tão definido, e tão ansiado, que não restasse dúvida de que mais cedo ou mais tarde ia consegui-lo, acima de qualquer eventualidade ou ameaça.

Não fiquei muito mais ali, eu não tinha nada a ver com aquela reunião, improvisada no que dizia respeito a Rico e provavelmente costumeira no tocante a Díaz-Varela, dava a impressão de ele ser uma presença habitual e quase contínua naquela casa ou naquela vida, a de Luisa viúva. Era a segunda vez que aparecia no mesmo dia, que eu soubesse, e isso devia acontecer quase todos, porque ao chegar com Rico as crianças o tinham recebido com excessiva naturalidade, nas raias da indiferença, como se sua visita ao entardecer (um "dar uma passada") fosse coisa esperada. Claro que também o haviam visto naquela manhã, e os três haviam feito juntos um breve trajeto de carro. Era como se ele estivesse mais a par de Luisa do que ninguém, mais do que a família dela, eu sabia que pelo menos tinha um irmão, ela o havia mencionado na mesma frase que citara Javier e um advogado. Como isso, como um irmão postiço ou que acaba de surgir em sua vida, assim me pareceu que Luisa o via, alguém que vai e vem e entra e sai, alguém que dá uma mão com as crianças ou com qualquer outra coisa quando surge um imprevisto, com quem se pode contar em quase qualquer ocasião e sem lhe perguntar antes, e a quem como que por reflexo se pede conselho diante das hesitações, que faz companhia quase sem que se note, nem ele nem sua companhia, que se presta e se oferece sempre espontânea e gratuitamente, alguém que não é preciso chamar para que apareça, e que de maneira paulatina, inadvertida, acaba compartilhando todo o território e se tornando imprescindível. Alguém que está presente sem ser demasiadamente notado e de quem se sente indescritivelmente falta se se retira ou desaparece. Esta última coisa podia acontecer a qualquer instante com Díaz-Varela, porque não era um irmão incondicional e dedicado que nunca vai se afastar totalmente, mas um amigo do marido morto, e a amizade não se transfere. No melhor dos casos se usurpa. Talvez fosse um desses amigos íntimos aos quais num momento de fraqueza ou de premonição obscura se pede ou se encomenda algo:

"Se um dia me acontecer uma desgraça e eu não estiver mais aqui", Deverne poderia ter lhe dito uma vez, "conto com você para cuidar de Luisa e das crianças."

"O que está querendo dizer? De que está falando? Está com alguma coisa? Por que isso? Você não tem nada, não é?", Díaz-Varela teria respondido com inquietação e sobressalto.

"Não, não prevejo que aconteça nada comigo, nada iminente nem próximo, nada concreto, estou bem de saúde e tudo mais. É que os que, como eu, pensamos na morte e paramos para observar o efeito que ela produz nos vivos, não podemos evitar de nos indagar de vez em quando o que aconteceria depois da nossa, em que situação ficariam as pessoas para as quais significamos muito, até que ponto ela as afetaria. Não falo da situação econômica, isso está mais ou menos arranjado, mas do resto. Imagino que as crianças passariam um mau pedaço por um tempo, e que minha lembrança duraria a vida toda para Carolina, cada vez mais vaga e difusa, e que por isso mesmo seria capaz de me idealizar, porque a gente pode fazer o que quiser com o vago e o difuso, manipulá-lo a seu bel-prazer, transformá-lo no paraíso perdido, no tempo feliz em que tudo estava em seu devido lugar e não faltava nada nem ninguém. Mas enfim ela é bastante pequena para não se livrar disso um dia, levar sua vida e criar mil ilusões, as que caibam a cada idade. Seria uma menina normal, com um ocasional rastro de melancolia. Tenderia a se refugiar na minha lembrança toda vez que tivesse um desgosto ou se desse mal em alguma coisa, mas isso todos nós fazemos em maior ou menor grau, buscar refúgio no que existiu e não existe mais. Em todo caso ajudaria a ela que uma pessoa real e viva ocupasse meu lugar, na medida do possível, alguém que combinasse. Ter por perto uma figura paterna, que visse com frequência e com a qual já estivesse acostumada. Não vejo ninguém mais capaz do que você para desempenhar esse papel substitutivo. Nicolás me preocuparia menos: por força me esqueceria, é muito pequeno. Mas também seria bom para ele que você estivesse pronto para acudi-lo quando tivesse problemas, o temperamento dele lhe trará uns tantos, bastantes. Mas Luisa é que seria a mais desconcertada e a mais desamparada. Claro que poderia voltar a se casar, mas não acho isso muito factível, por certo não seria logo, e quanto menos moça fosse mais difícil seria. Imagino sobretudo que, passado o desespero inicial, passado o luto, e essas duas coisas duram muito, somadas, o processo todo lhe daria uma infinita preguiça. Você sabe: conhecer alguém novo, contar a ele sua vida mesmo que em linhas gerais, deixar-se cortejar ou tornar-se receptiva, estimular, mostrar interesse, exibir suas melhores facetas, explicar como é um, escutar como é o outro, vencer receios, acostumar-se a alguém e esse alguém se acostumar com ela, relevar o que desagrada. Tudo isso a aborreceria, e a quem não, pensando bem. Dar um passo, depois outro, e outro. É muito cansativo e tem inevitavelmente algo de repetitivo e já experimentado, para mim, na minha idade, eu não queria. Parece que não, mas são muitos passos até você se recompor. Não consigo imaginá-la com uma curiosidade ou uma ilusão mínimas, ela não é inquieta nem difícil de contentar. Quero dizer que, se fosse, um tempo depois de ter me perdido poderia começar a ver alguma vantagem ou compensação na perda. Sem reconhecê-la, claro, mas veria. Pôr fim a uma história e voltar a um princípio, ao que for, se você se vê obrigado, não é amargo, com o tempo. Mesmo que você estivesse contente com o que se acabou. Vi viúvos e viúvas desconsolados que por muito tempo acreditaram que nunca mais levantariam a cabeça novamente. Mas depois, quando por fim se refizeram e encontraram outro par, têm a sensação de que este é o verdadeiro e bom, e se alegram intimamente de que o antigo tenha desaparecido, de que tenha deixado o caminho livre para o que agora construíram. É a horrível força do presente, que esmaga tanto mais o passado quanto mais o distancia, e além do mais o falseia sem que o passado possa abrir a boca, protestar nem contradizê-lo nem refutá-lo em nada. Sem falar nesses maridos ou mulheres que não se atrevem a abandonar o cônjuge, ou que não sabem como fazê-lo, ou que temem lhe causar demasiado mal: esses desejam secretamente que o outro morra, preferem sua morte a enfrentar o problema e dar a ele uma solução razoável. É absurdo, mas é assim: no fundo não é que não lhe desejem nenhum mal e tentem preservá-lo de tudo com seu sacrifício pessoal e seu silêncio esforçado (porque de fato desejam sim, contanto que o percam de vista, e o maior e mais irreversível mal), mas que não estão dispostos a ocasioná-lo pessoalmente, querem não se sentir responsáveis pela infelicidade de ninguém, nem mesmo a de quem os atormenta com sua simples existência próxima, com o vínculo que os une e que poderiam cortar se fossem corajosos. Mas, como não são, fantasiam ou sonham com uma coisa tão radical como a morte do outro. 'Seria uma solução fácil e um enorme alívio', pensam, 'eu não teria nada a ver com isso, não lhe causaria dor nem tristeza alguma, ele não sofreria por minha culpa, ou ela, seria um acidente, uma doença veloz, uma desgraça em que eu não teria nem arte nem parte; ao contrário, eu seria uma vítima aos olhos do mundo e também dos meus, mas uma vítima beneficiada. E seria livre.' Mas Luisa não é desses. Está plenamente instalada, acomodada em nosso matrimônio, e não concebe outra forma de vida além da que escolheu e já tem. Só anseia mais do mesmo, sem nenhuma mudança. Um dia depois do outro idênticos, sem tirar nem pôr nada. Tanto assim que nem sequer lhe passará pela cabeça, nunca, o que passa pela minha, quer dizer, minha possível morte ou a dela, para ela isso não está no horizonte, não cabe. Bem, a dela para mim também não, é muito mais difícil para mim pensar na sua morte e mal a considero. Mas a minha sim, de vez em quando, me vem periodicamente, cabe a cada um de nós enfrentar nossa vulnerabilidade e não a dos outros, por mais queridos que sejam. Não sei, não sei como dizer, há temporadas em que vejo o mundo sem mim muito facilmente. De modo que se alguma coisa acontecesse um dia comigo, Javier, se me sucedesse algo definitivo, ela há de ter você como sobressalente. Sei que a expressão é pragmática e nada nobre, mas é a adequada. Entenda-me bem, não se assuste. Não estou pedindo que se case com ela nem nada do gênero, evidentemente. Você tem sua vida de solteiro e suas muitas mulheres às quais não iria renunciar por nada deste mundo, ainda menos para fazer um favor póstumo a um amigo que nunca mais te pediria satisfações nem jogaria nada na sua cara, que estaria bem calado no passado que não protesta. Mas, por favor, mantenha-se perto dela, se um dia eu vier a faltar. Não se retraia por causa da minha ausência, muito pelo contrário: faça-lhe companhia, dê a ela apoio, conversa, consolo, vá vê-la um instante todo dia e ligue para ela sempre que puder sem necessidade de pretextos, como uma coisa natural e que faça parte do seu dia a dia. Seja uma espécie de marido sem ser, um prolongamento de mim. Não creio que Luisa fosse em frente sem uma referência cotidiana, sem alguém para tornar partícipe de seus pensamentos e a quem contar seu dia, sem um sucedâneo do que tem agora comigo, pelo menos em algum aspecto. Ela te conhece faz tempo, no seu caso não teria de vencer suas resistências, como com um desconhecido. Você até poderia lhe contar suas aventuras e distraí-la com elas, permitir-lhe viver por intermédio de você o que lhe pareceria impossível tornar a viver por conta própria. Sei que é muito o que estou te pedindo e que para você não haveria grandes vantagens, quase tão só um peso. Mas Luisa também poderia me substituir em parte, ser por sua vez um prolongamento meu, no que te diz respeito. A gente sempre se prolonga nos mais próximos, e esses se reconhecem e se juntam através do morto, como se seu contato passado com ele os fizesse pertencer a uma irmandade ou a uma casta. Digamos que você não me perderia de todo, que me conservaria um pouco nela. Você está muito rodeado por suas várias mulheres, mas também não tem tantos amigos. Não creia que não vai sentir a minha falta. E ela e eu temos o mesmo senso de humor, por exemplo. São muitos anos fazendo troça juntos."

Díaz-Varela teria caído na risada, provavelmente, para atenuar o tom sinistro do amigo e também porque seu pedido havia tido uma graça involuntária, de tão extravagante e inesperado.

"Está me pedindo que eu te substitua se você morrer", teria

respondido, a meio caminho entre a afirmação e a pergunta. "Que eu me transforme num falso marido de Luisa e num pai a certa distância? Não sei como te ocorreu isso, quero dizer, que você possa sair da vida deles logo, se está bem de saúde, como você diz, e não existe motivo para temer que te aconteça o que quer que seja. Tem certeza de que não está acontecendo nada com você? Não tem nenhuma doença. Não está metido em nenhuma encrenca da qual eu não saiba. Não está sufocado por dívidas que não pode saldar ou que já não pode pagar com dinheiro. Ninguém te ameaçou. Não está pensando em desaparecer por conta própria, em sumir de vista."

"Não. Mesmo. Não estou escondendo nada. É só o que eu disse, que às vezes dou de imaginar o mundo sem mim e o medo me invade. Pelas crianças e por Luisa, por ninguém mais, não se preocupe, não me tenho por importante. Só quero estar seguro de que você se encarregaria deles, pelo menos nos primeiros tempos. De que teriam o mais parecido comigo para se apoiar. Goste você ou não, saiba você ou não, você é quem mais se parece comigo. Apesar de só o ser por nosso longo convívio."

Díaz-Varela teria ficado pensativo um momento, depois talvez teria sido parcialmente sincero, com toda certeza não inteiramente:

"Mas você se dá conta da situação em que você me meteria? Se dá conta de como é difícil transformar-se num falso marido sem passar a ser real com o tempo? Numa situação como a que você descreveu, é muito fácil que a viúva e o solteiro se creiam mais do que são, e com todo direito. Ponha uma pessoa no cotidiano de alguém, faça que ela se sinta responsável e protetora e que se torne imprescindível ao outro, e verá como terminam. Desde que sejam medianamente atraentes e que não haja um abismo de idade entre eles. Luisa é muito atraente, não te revelo nenhum segredo, e eu não posso me queixar de como tenho me dado com as mulheres.

Não creio que vá me casar nunca, não é isso. Mas se você morrer um dia e eu for diariamente à sua casa, seria dificílimo que não acontecesse o que não deveria acontecer nunca enquanto você estivesse vivo? Queria morrer sabendo disso? E mais: propiciando e procurando isso, empurrando-nos a isso?"

Desvern teria ficado calado uns segundos, matutando, como se antes de formular seu pedido houvesse levado em conta aquele ponto de vista. Depois teria rido um pouco, paternalisticamente, e teria dito:

"Você é incorrigível em sua vaidade, em seu otimismo. Por isso seria tão bom arrimo, tão bom suporte. Não creio que isso acontecesse. Precisamente porque você é muito familiar a ela, como um primo que seria impossível enxergar com outros olhos", e aqui teria hesitado um instante ou teria fingido hesitar, "que não os meus. A visão que ela tem de você vem de mim, é herdada, está viciada. Você é um velho amigo do marido, do qual me ouviu falar muitas vezes, como você pode imaginar, tanto com afeto como fazendo gozação. Antes que Luisa te conhecesse, eu já havia contado a ela como você era, tinha pintado seu retrato. Ela sempre te viu sob essa luz e com esses traços, não pode mais mudá-los, tinha uma imagem acabada de você antes de eu apresentá-los. Bem, não te escondo que suas encrencas e, como dizer, suas bravatas nos fazem dar boas risadas. Temo que você não seja alguém que ela pudesse levar a sério. Tenho certeza de que não fica chateado por eu te dizer isso. É uma das suas virtudes, além do mais é o que você sempre procurou, não ser levado a sério. Não vá negar agora."

Díaz-Varela teria ficado chateado, provavelmente, mas teria dissimulado. Ninguém gosta que lhe anunciem que não tem chance com alguém, ainda que esse alguém não lhe interesse nem ele tenha planejado conquistá-lo. Muitas seduções foram levadas a cabo, ou pelo menos iniciadas, por despeito ou desafio.

só por isso, por uma aposta ou para refutar uma asserção. O interesse vem depois. Costuma vir nessas ocasiões, suscitado pelas manobras e pelo empenho pessoal. Mas não está no início, ou em todo caso não está antes da dissuasão ou do repto. Talvez Díaz-Varela tenha desejado naquele momento que Deverne morresse para lhe demonstrar que Luisa podia levá-lo a sério sim, quando não houvesse mais mediadores. Mas como demonstrar algo a um morto? Como obter sua retificação, seu reconhecimento? Nunca nos dão a razão de que necessitamos, e só cabe pensar: "Se esse morto levantasse a cabeça...". Mas nenhum levanta. Ele demonstraria então a Luisa, em quem Desvern se prolongaria ou continuaria vivendo por um tempo, conforme dissera seu marido. Talvez fosse assim, talvez estivesse certo. Até que Díaz-Varela o varresse. Até que apagasse sua lembrança e seu rastro e o suplantasse.

"Não, não vou negar, e é claro que não fico chateado. Mas as maneiras de olhar mudam muito, principalmente se quem pintou o retrato já não pode continuar a retocá-lo e o retrato fica nas mãos do retratado. Este pode corrigir e desmentir todos os traços, um a um, e deixar o primeiro artista como um embusteiro. Ou como um equivocado, ou como um mau artista, superficial e sem perspicácia. 'Que ideia mais errada me induziram a ter', pode pensar quem o via. 'Este homem não é como tinham me descrito, mas tem peso, paixão, entidade, fundamento.' Isso acontece diariamente, Miguel, continuamente. A gente começa vendo uma coisa e acaba vendo a coisa contrária. Começa amando e acaba odiando, ou sentindo indiferença e depois adorando. Nunca conseguimos estar seguros do que vai nos ser vital nem a quem vamos dar importância. Nossas convicções são passageiras e frágeis, até as que consideramos mais fortes. Nossos sentimentos também. Não deveríamos confiar neles."

Deverne teria percebido algo do orgulho ferido, mas teria passado por cima.

"Mesmo assim", teria dito. "Se não acredito que isso possa acontecer, que me importaria o que acontecesse depois da minha morte? Eu não ficaria sabendo. E teria morrido convencido da impossibilidade desse vínculo entre você e ela, o que a gente prevê é o que conta, o que a gente vê e vive no último instante é o final da história, o final do nosso conto. A gente sabe que tudo continuará sem nós, que nada para porque um desaparece. Mas esse depois não nos diz respeito. O crucial é que a gente para e, em consequência, tudo se detém, o mundo é definitivamente como é no momento do término de quem termina, ainda que não seja assim de fato. Mas esse 'de fato' já não importa. É o único instante em que não há mais futuro, em que o presente se apresenta a nós como inalterável e eterno, porque já não assistiremos a nenhum fato e a nenhuma mudança. Houve gente que tentou adiantar a publicação de um livro para que seu pai chegasse a vê-lo impresso e se despedisse com a ideia de que seu filho era um escritor consumado, pouco importando se não voltasse a escrever mais nenhuma linha. Houve tentativas desesperadas de reconciliar momentaneamente duas pessoas para que um agonizante acreditasse que haviam feito as pazes e que tudo estava arranjado e em ordem, pouco importava que os inimizados voltassem a jogar trastes na cabeça um do outro dois dias depois do passamento, o que contava era o que ficava ou havia imediatamente antes dessa morte. Houve quem tenha fingido perdoar um moribundo para que este se fosse em paz, ou mais tranquilo, pouco importando que na manhã seguinte o perdoador desejasse em seu foro íntimo que ele apodrecesse no inferno. Houve quem mentisse como louco diante do leito do cônjuge a ponto de convencê-lo de que jamais lhe foi infiel e de que o amou sem fissuras e com constância, pouco importando que um mês depois já estivesse convivendo com seus amantes veteranos. A única coisa verdadeira, e além do mais definitiva, é o que aquele que vai morrer vê ou crê imediatamente antes da partida, porque para ele não há mais história. Há um abismo entre o que acreditou Mussolini, que foi executado por seus inimigos, e o que Franco acreditou em sua cama, rodeado por seus entes queridos e adorado por seus compatriotas, digam o que disserem agora esses hipócritas. Ouvi meu pai contar que Franco tinha em seu escritório uma fotografia de Mussolini pendurado de cabeça para baixo como um porco no posto de gasolina de Milão, para onde o levaram a fim de exibir e escarnecer de seu cadáver e do de sua amante Clara Petacci, e que a algumas visitas que ficavam olhando impressionadas ou desconcertadas para a foto ele dizia: 'Pois é, veja, eu nunca sairei assim'. E teve razão, tratou que assim fosse. Ele sem dúvida morreu feliz, dentro do possível, na ideia de que tudo continuaria como havia determinado. Muitos se consolam dessa grande injustiça, ou da sua raiva, pensando depois: 'Se levantasse a cabeça', ou 'Do jeito que foram as coisas, deve estar se virando no túmulo', sem aceitar que ninguém nunca levanta a cabeça nem se vira no túmulo nem se inteira do que está acontecendo quando expira. É mais ou menos como pensar que pudesse importar a quem ainda não nasceu o que acontece no mundo. A quem ainda não existe, tudo é tão indiferente, por força, como a quem já morreu. Nenhum dos dois é nada, nenhum possui consciência, o primeiro não pode nem pressentir sua vida, o segundo não está capacitado a recordá-la, como se não houvesse uma. Estão no mesmo plano, quer dizer, não estão nem sabem, embora nos custe admitir isso. Que me importaria o que acontecesse depois de eu ter ido? Só conta para mim o que agora creio ou prevejo. Creio que seria melhor para meus filhos se você estivesse perto deles, na minha ausência. Prevejo que Luisa se recuperaria antes e sofreria um pouco menos se tivesse você à mão como amigo. Não posso penetrar nas conjecturas alheias, embora sejam as suas ou mesmo que fossem de Luisa, só me cabe considerar as minhas e não posso imaginar vocês de outra maneira. Por isso continuo pedindo que, se me acontecer algo de ruim, você me dê sua palavra de que se encarregará deles."

Díaz-Varela talvez ainda houvesse discutido um pouco:

"Sim, você tem razão em parte. Mas não num ponto: não ter nascido não é a mesma coisa que ter morrido, porque quem morre deixa rastro e sabe disso. Sabe que não tomará conhecimento de mais nada, mas que vai deixar marcas e lembrança. Que sentirão sua falta, como você mesmo está dizendo, e que as pessoas que o conheceram não agirão como se não tivesse existido. Haverá quem se sinta culpado em relação a ele, quem desejará tê-lo tratado melhor em vida, quem chorará por ele e não compreenderá que não responda, quem se desesperará com sua ausência. Não custa a ninguém recuperar-se da perda de quem não nasceu, à parte a mãe que sofre um aborto, é difícil para ela abandonar a esperança e se perguntar de vez em quando pela criança que poderia ter sido. Mas na realidade não se tem aí uma perda de nenhum tipo, não há vazio nem fatos passados. Em compensação, quem viveu e morreu não desaparece totalmente, pelo menos por umas duas gerações; há registro de seus atos e ao morrer está sabendo disso. Sabe que já não vai ver nem averiguar mais nada, que a partir desse momento ficará na ignorância e que o final da história é o que é nesse instante. Mas você mesmo está se preocupando com o que aguardaria sua mulher e seus filhos, você tratou de pôr em ordem os assuntos financeiros, está consciente do vazio que deixaria e está me pedindo para preenchê-lo, para te substituir até certo ponto, se você vier a faltar. Nada disso estaria ao alcance de um recém-nascido."

"Claro que não", teria respondido Desvern, "mas tudo isso eu estou fazendo vivo, quem faz é um vivo, que não tem nada a ver com um morto, apesar de normalmente crermos que são a mesma pessoa e assim se diga. Quando morrer não serei uma pessoa e não poderei resolver ou pedir nada, nem ter consciência de nada, nem me preocupar. Nada disso tampouco estaria ao alcance de um morto, é nisso que se parece com um não nascido. Não estou falando dos outros, dos que sobrevivem e evocam e ainda estão no tempo, nem de mim mesmo agora, do que ainda não se foi. Esse faz coisas, é evidente, e as pensa, só faltava não ser assim; maquina, toma medidas e decisões, tenta influir, tem desejos, é vulnerável e também pode fazer mal. Estou falando de mim mesmo morto, vejo que é mais difícil para você do que para mim me imaginar como tal. Pois você não deve nos confundir, eu vivo e eu morto. O primeiro te pede uma coisa que o segundo não poderá te reclamar nem te lembrar nem saber se você cumpre. O que te custa me dar sua palavra, então? Nada te impede de faltar a ela, sai grátis para você."

Díaz-Varela teria passado a mão na testa e teria ficado olhando para ele com estranheza e um pouco de saturação, como se saísse de um devaneio ou de um torpor provocado. Saía em todo caso de uma conversa inesperada, imprópria e de mau agouro.

"Dou minha palavra de honra, o que você pedir, conte com ela", teria lhe dito. "Mas faça-me o favor de não voltar a me encher o saco com histórias como essa, até me fez sentir mal. Bom, vamos tomar algo e falar de coisas menos macabras."

— Mas que porcaria de edição é esta — ouvi que o professor Rico resmungava puxando um volume da estante, estivera dando uma olhada nos livros como se não houvesse ninguém na sala. Vi que era uma edição do *Quixote* que ele pegava com a ponta dos dedos, como se lhe desse arrepios. — Como é que alguém pode ter esta edição, quando existe a minha! É pura besteira intuitiva, não há método nem ciência nela e nem sequer é engenhosa, copia muito. Ainda por cima, para piorar, em casa de uma professora universitária, se bem entendi. Assim vai a universidade madrilenha — acrescentou olhando com reprovação para Luisa.

Ela deu uma risada gostosa. Apesar de ser a destinatária da reprimenda, achou graça na inconveniência. Díaz-Varela também riu, talvez por mimetismo ou por adulação — para ele não podia haver surpresa na impertinência de Rico nem na intimidade que se permitia —, e tentou lhe dar trela, provavelmente para ver se Luisa ria mais e saía de seu momento sombrio. Mas pareceu espontâneo. Era encantador e fingir combinava com ele, se é que fingia.

— Bem, não vá me dizer que o organizador dessa edição não é uma autoridade respeitada, bem mais do que você em alguns círculos — disse ele a Rico.

— Bah, respeitada pelos ignorantes e pelos eunucos, que quase não cabem neste país, e nos Círculos de Amizade dos povoados mais chinfrins e preguiçosos — respondeu o professor. Abriu o volume ao acaso, deu uma olhada displicente e rápida e cravou o indicador numa linha, como que impulsionado por uma porrada. — Aqui já temos um erro vultoso. — Em seguida o fechou como se não houvesse mais o que olhar. — Eu o esfregarei em suas fuças num artigo. — Levantou os olhos com ar triunfal, sorriu de orelha a orelha (um sorriso enorme, sua boca flexível o permitia) e acrescentou: — Além do mais, ele tem inveja de mim.

II.

Levei muito tempo para ver novamente Luisa Alday e nesse longo entretanto comecei a sair com um homem de quem gostava mais ou menos e me apaixonei estúpida e caladamente por outro, por seu enamorado Díaz-Varela, que encontrei pouco depois num lugar improvável de encontrar alguém, pertinho de onde Deverne havia morrido, no edifício avermelhado do Museu Nacional de Ciências Naturais, que fica bem ao lado, ou antes, forma um conjunto com a Escola Técnica Superior de Engenharia Industrial, com sua brilhante cúpula de vidro e zinco, de uns vinte e sete metros de altura e uns vinte de diâmetro, erigida em 1881, quando esse conjunto não era escola nem museu, mas o reluzente Palácio Nacional das Artes e Indústrias que abrigou uma importante exposição naquele ano, o bairro era conhecido antigamente como Altos do Hipódromo, por suas várias colinas e a proximidade de uns cavalos cujas façanhas são dupla ou definitivamente fantasmagóricas, pois já não deve sobrar mais ninguém vivo que tenha assistido a elas ou delas se lembre. O Museu de Ciências é pobre, principalmente se comparado com os que se encontram na Inglaterra, mas às vezes eu ia lá com meus sobrinhos pequenos para que vissem os animais estáticos detrás das suas vitrines e se familiarizassem com eles, e foi assim que peguei o gosto de visitá-lo sozinha de quando em quando, misturada — na verdade invisível para eles — aos grupos de alunos de colégios e institutos acompanhados por uma professora exasperada ou paciente e com distraídos turistas com tempo ocioso que ficam sabendo da sua existência por algum guia demasiado detalhista e exaustivo da cidade: à parte as numerosíssimas vigilantes, quase todas sul-americanas hoje em dia, eles costumam ser os únicos seres vivos desse lugar um tanto irreal, supérfluo e feérico, como todos os Museus de Ciências.

Estava olhando a maquete da imensa bocarra aberta de um crocodilo — sempre pensava que eu caberia nelas, e na sorte de não viver num lugar em que houvesse esses répteis — quando me chamaram por meu nome e eu me virei um pouco alarmada, pelo inesperado: quando você está nesse museu semivazio, tem quase a absoluta e reconfortante certeza de que nesses instantes ninguém pode saber do seu paradeiro.

Reconheci-o logo, com seus lábios femininos e seu queixo com a falsa covinha, seu sorriso sereno e uma expressão ao mesmo tempo atenta e indefinida. Perguntou o que eu fazia ali, e eu respondi: "Gosto de vir de vez em quando. É um lugar cheio de feras tranquilas, das que a gente pode se aproximar". Mal disse isso pensei que feras mesmo havia poucas e que a frase era uma besteira, e além do mais me dei conta de que eu a tinha acrescentado para me fazer de interessante, supus que com nefastos resultados. "É um lugar tranquilo", concluí sem mais enfeites. Perguntei a mesma coisa para ele, o que fazia ali, e ele me respondeu: "Também gosto de vir de vez em quando", e esperei uma besteira dele, que para minha desgraça não chegou, Díaz-Varela não desejava me impressionar. "Moro pertinho. Quando saio para dar uma volta, meus passos às vezes acabam me trazendo até aqui." Isso dos passos trazendo-o pareceu meio literário e cafona, o que me deu alguma esperança. "Depois sento um instante no terraço ali fora e volto para casa. Vamos, eu a convido para tomar alguma coisa, a não ser que você queira continuar olhando esses dentes ou outras salas." Do lado de fora, debaixo do arvoredo, ainda na colina, em frente à escola, tem um quiosque de bebidas com suas mesas e cadeiras ao ar livre.

— Não — respondi —, conheço as salas de cor. Só pensava descer um instante para ver aquelas absurdas figuras de Adão e Eva. — Ele não reagiu, não disse "Ah, sim" ou algo do gênero, como teria dito qualquer um que visitasse com frequência aquele museu: no porão tem uma vitrine vertical não muito grande, feita por uma americana ou inglesa, uma certa Rosamund de tal, que representa o Jardim do Éden de maneira extravagante. Todos os animais que rodeiam o casal primigênio estão supostamente vivos e em movimento ou em estado de alerta, macacos, lebres, pavões, cegonhas, texugos, talvez um tucano e até a serpente, que aparece com uma expressão humana demais entre as verdes folhas da macieira. Adão e Eva, porém, os dois de pé e separados, são apenas esqueletos, e a única coisa que permite distingui-los aos olhos de um leigo é que um deles tem uma maçã na mão direita. Com certeza li uma vez a ficha correspondente, mas não me lembro que desse alguma explicação satisfatória. Se se tratava de mostrar os ossos de uma mulher e de um homem e de assinalar suas diferenças, não entendo que necessidade havia de transformá-los em nossos primeiros pais, como eram chamados na fé antiga, e colocá-los naquele cenário; se se tratava de representar o Paraíso com sua fauna um tanto pobre, o que não se entende são os esqueletos, enquanto todos os outros animais conservam sua carne e seu pelo ou plumagem. É uma das mais incoerentes instalações do Museu de Ciências Naturais, e a ninguém que o visite pode passar despercebida, não por ser bonita, mas sem sentido.

— María Dolz, não? É Dolz, não é? — perguntou Díaz--Varela quando sentamos no terraço, como se quisesse se gabar da sua capacidade de retenção e de sua boa memória, afinal eu é que havia pronunciado, e apressadamente, meu sobrenome, tinha-o colado como um inciso que não era do menor interesse para os presentes. Me senti lisonjeada pelo detalhe, mas não cortejada.

— Você tem boa memória e bom ouvido — disse a ele para não ser descortês. — Sim, é Dolz, não Dols nem Dolç, com cedilha. — E desenhei no ar uma cedilha. — Como vai Luisa?

— Ah, você não a tem visto. Pensava que tinham feito amizade.

— Sim, se se pode dizer isso do que durou somente um dia. Não tornei a vê-la desde aquela vez na casa dela. Nos demos muito bem então e ela me falou como se de fato fosse uma amiga, acho que mais por fraqueza do que por outra coisa. Mas depois não tornei a encontrá-la. Como ela vai? — insisti. — Você sim deve vê-la quase diariamente, não?

Isso pareceu contrariá-lo um pouco, ficou calado uns segundos. Ocorreu-me que talvez só quisesse me sondar, acreditando que ela e eu mantínhamos contato e que de repente sua aproximação a mim havia ficado sem objetivo antes de começar, ou mais irônico ainda: ele é que teria de me dar notícias e informação sobre ela.

— Não vai bem — respondeu por fim —, já estou ficando preocupado. Não é que tenha passado tempo demais, claro, mas não consegue reagir, não avança um milímetro, não é capaz de erguer a cabeça nem mesmo fugazmente, olhar à sua volta e ver quanto lhe resta. Depois da morte de um marido ainda ficam muitas coisas; na idade dela, de fato, resta outra vida inteira. A maioria das viúvas dá a volta por cima rapidamente, principalmente se são mais ou menos jovens e têm filhos para cuidar. Mas não são apenas as crianças, que logo deixam de sê-lo. Se ela pudesse se ver daqui a alguns anos, daqui a um ano até, verificaria que a imagem de Miguel, que agora a ronda incessantemente, se esfuma cada dia que passa e quanto se atenuou, e que seus novos afetos só lhe permitem recordá-lo de quando em quando, com uma quietude surpreendente hoje, com invariável pesar mas praticamente sem desassossego. Porque terá novos afetos e seu primeiro casamento acabará parecendo algo quase sonhado, uma lembrança vacilante e amortecida. O que hoje é visto como anomalia trágica será percebido como normalidade irremediável, e até desejável, por ter acontecido. Hoje é inadmissível para ela que Miguel já não seja, mas chegará um momento em que o incompreensível seria que ele voltasse a viver, que ele fosse; em que a mera fantasia de uma reaparição milagrosa, de uma ressurreição, da sua volta, o tornaria intolerável, porque já teria lhe atribuído seu lugar definitivo e seu rosto apaziguado no tempo, e não consentiria que esse seu retrato acabado e fixo se expusesse de novo às modificações do que permanece vivo e, portanto, é imprevisível. Tendemos a desejar que ninguém morra e que nada termine, nada do que nos acompanha e é nosso querido costume, sem nos dar conta de que a única coisa que mantém nossos costumes intactos é que não os suprimam de repente, sem desvio nem evolução possíveis, sem que eles nos abandonem nem que nós os abandonemos. O que dura se estropia e acaba apodrecendo, nos aborrece, se volta contra nós, nos satura, nos cansa. Quantas pessoas que nos pareciam vitais ficam em nosso caminho, quantas se esgotam para nós e com quantas nosso convívio se dissolve sem haver motivo aparente nem portanto motivo de peso. As únicas que não nos falham nem decepcionam são as que nos arrebatam, as únicas que não largamos são as que desaparecem contra nossa vontade, abruptamente, e assim carecem de tempo para nos dar desgostos ou nos decepcionar. Quando isso acontece, nós nos desesperamos momentaneamente, porque acreditamos que poderíamos ter continuado com elas muito mais, sem lhes dar prazo. É um equívoco, porém compreensível. O prolongamento altera tudo, e o que ontem era estupendo amanhã teria sido um tormento. A reação que todos nós temos diante da morte de alguém próximo é parecida com a que Macbeth teve diante do anúncio da morte de sua mulher, a rainha. *"She should have died hereafter"*, responde ele de maneira um tanto enigmática: "Devia ter morrido a partir de agora", é o que ele diz, ou "de agora em diante". Também poderia se entender com menos ambiguidade e mais naturalidade, isto é, "mais tarde" simplesmente, ou "Devia ter esperado um pouco mais, ter aguentado"; em todo caso, o que ele diz é "não neste instante, não no instante escolhido". E qual seria o instante escolhido? Nunca parece ser o momento justo, sempre pensamos que o que nos agrada ou alegra, o que nos alivia ou ajuda, o que nos move ao longo dos dias, podia ter durado um pouco mais, um ano, meses, semanas, umas tantas horas, parece que sempre é cedo demais para pôr fim às coisas ou às pessoas, nunca vemos o momento oportuno, aquele em que nós mesmos diríamos: "Chega. Está bom. Já basta, melhor assim. O que vier de agora em diante será pior, uma deterioração, um rebaixamento, uma mancha". Nunca nos atrevemos a tanto, a dizer "Este tempo passou, apesar de ser o nosso", e por isso não está em nossas mãos o final de nada, porque se dependesse delas tudo continuaria indefinidamente, contaminando-se e sujando-se, sem que nenhum vivo jamais passasse à condição de morto.

Fez uma breve pausa para tomar um gole de cerveja, falar com a garganta já seca, ele tinha se embalado, depois do seu desconcerto inicial, quase com veemência, como se aproveitasse para desabafar. Tinha lábia e vocabulário, sua pronúncia em inglês era boa sem afetação, o que dizia não era vazio e concatenado, eu me perguntei qual seria sua profissão mas não podia lhe perguntar sem interromper seu discurso, e isso eu não queria fazer. Olhava para seus lábios enquanto ele perorava, olhava para eles fixamente e temo que descaradamente, me deixava acalentar por suas palavras e não podia desviar os olhos do lugar por onde saíam, como se todo ele fosse boca beijável, dela procede a abundância, dela surge quase tudo, o que nos persuade e o que nos seduz, o que nos faz mudar de ideia e o que nos encanta, o que nos suga e o que nos convence. "Do que há em abundância no coração fala a boca", lê-se na Bíblia em algum lugar. Fiquei perplexa ao verificar quanto aquele homem que eu mal conhecia me agradava e me fascinava, ainda mais ao me lembrar que para Luisa era, em compensação, quase invisível e inaudível, de tão visto e ouvido. Como era possível, a gente acha que o que nos apaixona todo mundo devia desejar. Eu não queria dizer nada para não quebrar a magia, mas me ocorreu também que, se não o fizesse, ele podia imaginar que eu não prestava atenção, quando a verdade é que não perdia um vocábulo, tudo que provinha daqueles lábios me interessava. Devia ser breve, contudo, pensei, para não distraí-lo demais.

— Bem, os finais dependem de nossas mãos, sim, se elas forem suicidas. Para não dizer se forem assassinas — falei. E estive a ponto de acrescentar: "Aqui mesmo, logo ali, mataram seu amigo Desvern estupidamente. É estranho que estejamos agora sentados aqui e que tudo esteja em paz e limpo, como se não houvesse acontecido nada. Se fosse naquele dia, talvez o tivéssemos salvado. Se bem que, se ele não houvesse morrido, não poderíamos estar juntos em lugar nenhum. Nem sequer nos conheceríamos".

Estive a ponto mas não acrescentei, entre outras razões porque ele deu uma rápida olhada para a rua próxima na qual tinha se produzido o esfaqueamento — estava de costas para ela, eu de frente —, e pensei se não estaria pensando a mesma coisa que eu ou algo parecido, pelo menos a primeira parte do meu pensamento. Penteou com os dedos o cabelo com entradas, cabelo para trás, cabelo de músico, depois tamborilou com as unhas dos mesmos quatro dedos em seu copo, unhas duras, bem cortadas.

— Essas são a exceção, essas são a anomalia. Claro que há aqueles que decidem pôr fim à sua vida, e o fazem, mas são minoria e por isso impressionam tanto, porque contradizem a ânsia de duração que domina a grande maioria, a ânsia que nos faz crer que sempre há tempo e que nos leva a pedir um pouco mais, um pouco mais, quando este se acaba. Quanto às mãos assassinas de que você fala, não se deve vê-las nunca como *nossas*. Elas põem fim como põe a doença, ou um acidente, quero dizer que são causas externas, inclusive nos casos em que o morto o procurou, por sua vida mal escolhida ou pelos riscos que assumiu ou porque por sua vez matou e se expôs a uma vingança. Nem o mafioso mais sanguinário nem o presidente dos Estados Unidos, para dar dois exemplos de indivíduos que estão em permanente perigo de ser assassinados, que contam com essa possibilidade e convivem diariamente com ela, nunca desejam que essa ameaça, essa tortura latente, essa angústia insuportável termine. Não desejam que termine nada do que há, do que têm, por mais odioso e opressivo que seja; vão passando de dia a dia com a esperança de que o seguinte também chegará, um idêntico ao outro ou muito semelhantes, se hoje existi por que não amanhã, e amanhã leva a depois e depois a outro depois. Assim vamos vivendo todos nós, os contentes e os descontentes, os afortunados e os infelizes, e se dependesse de nós continuaríamos até o fim dos tempos.

— Pensei que tinha se enrolado um pouco ou que tinha tentado me enrolar. "As mãos assassinas não são *nossas*, a não ser que sejam efetivamente as nossas de repente, e em todo caso sempre pertencem a alguém, que falará 'as minhas'. Sejam de quem forem, não é verdade que elas não querem que nenhum vivo passe jamais à condição de morto, mas que é justamente isso o que desejam e além do mais não podem esperar que o acaso as beneficie nem que o tempo faça seu trabalho; elas mesmas se encarregam de transformá-los. Elas não querem que tudo continue ininterruptamente, ao contrário, necessitam suprimir alguém e infringir vários costumes. Elas nunca diriam da sua vítima '*She should have died hereafter*', mas '*He should have died yesterday*', 'Devia ter morrido ontem', ou faz séculos, faz muito mais tempo; quem dera não houvesse nascido nem deixado rastro algum no mundo, assim não teríamos precisado matá-lo. O flanelinha infringiu seus costumes e os de Deverne de um golpe, os de Luisa e os das crianças e os do chofer, que talvez tenha se salvado por uma confusão, por muito pouco; os do próprio Díaz-Varela e até os meus, em parte. E os de outras pessoas que não conheço." Mas não disse nada disso, não quis tomar a palavra, não queria falar, mas que ele continuasse a fazê-lo. Queria ouvir sua voz e rastrear sua mente, e continuar vendo seus lábios em movimento. Corria o risco de não perceber o que ele dizia, por estar a fitá-los abobada. Tomou mais um gole e continuou, depois de pigarrear como que procurando centrar-se. — O espantoso é que quando as coisas acontecem, quando se produzem as interrupções, as mortes, no mais das vezes se dá por bom o acontecido, com o passar do tempo. Não me entenda mal. Não é que ninguém dê por boa uma morte, menos ainda um assassinato. São fatos de que se lamentarão a vida toda, por terem ocorrido quando ocorreram. Mas o que a vida traz sempre se impõe por fim, com tal força que a longo prazo é quase impossível nos imaginarmos sem isso, não sei como explicar, imaginar que uma coisa acontecida não houvesse acontecido. "Mataram meu pai durante a guerra", alguém pode contar com amargura, com enorme dor ou raiva. "Uma noite foram pegá-lo, tiraram-no de casa e meteram-no num carro, eu vi como resistia e como o arrastavam. Arrastaram-no pelos braços, era como se as pernas se paralisassem e não o sustentassem mais. Levaram-no até os arredores da cidade e ali lhe deram um tiro na nuca e o jogaram numa sarjeta, para que a visão do seu cadáver servisse de aviso." Quem conta isso sem dúvida deplora o sucedido e pode até passar a vida alimentando o ódio pelos assassinos, um ódio universal e abstrato se não souber direito quem foram eles, seus nomes, como foi tão frequente durante a Guerra Civil, sabia-se somente que haviam sido "os outros", tantas vezes. Mas o caso é que em boa medida é esse fato odioso que constitui esse alguém, que não poderia renunciar nunca a ele porque seria como negar a si mesmo, apagar o que é e não ter substituto. Ele é o filho de um homem assassinado estupidamente na guerra; é uma vítima da violência espanhola, um órfão trágico; isso o configura, o define e o condiciona. Essa é sua história ou o ponto de partida da sua história, sua origem. Em certo sentido é incapaz de desejar que isso não houvesse acontecido, porque se não houvesse acontecido ele seria outro, não sabe quem, não tem a menor ideia. Não se vê nem se imagina, ignora como teria saído e como teria se dado com esse pai vivo, se o haveria detestado ou o haveria querido ou se teria sido indiferente a ele, e principalmente não sabe se imaginar sem esse pesar e esse rancor de fundo que o acompanharam sempre. A força dos fatos é tão espantosa que todo mundo acaba se conformando mais ou menos com sua história, com o que lhe aconteceu e o que fez ou o que deixou de fazer, mesmo que ache que não ou que não reconheça isso. A verdade é que quase todos amaldiçoam sua sorte de certo momento e quase ninguém reconhece isso.

Aqui não tive outro remédio senão intervir:

— Luisa não pode estar conformada com o que aconteceu. Ninguém pode se conformar com que seu marido tenha sido esfaqueado gratuita e bestamente, por equívoco, sem motivo e sem que ele houvesse tido sua parte de culpa. Ninguém pode se conformar com que tenham lhe destroçado a vida para sempre.

Díaz-Varela ficou me observando atentamente, com uma face apoiada no punho e o cotovelo apoiado na mesa. Desviei a vista, perturbada por seus olhos imóveis, de olhar nada transparente nem penetrante, talvez fosse nebuloso e envolvente ou tão só indecifrável, suavizado em todo caso pela miopia (provavelmente usava lentes), era como se aqueles olhos rasgados estivessem me dizendo: "Por que você não me entende?", não com impaciência mas com dó.

— Esse é o erro — disse ao cabo de alguns segundos, sem tirar de mim seu olhar fixo nem alterar sua postura, como se em vez de falar estivesse prestando atenção —, um erro próprio das crianças mas em que incorrem muitos adultos até o dia da sua morte, como se ao longo da vida inteira não houvessem conseguido se dar conta do seu funcionamento e carecessem de toda experiência. O erro de crer que o presente é para sempre, que o que existe a cada instante é definitivo, quando todos nós deveríamos saber que nada o é, enquanto nos restar um pouco de tempo. Carregamos nas costas suficientes reviravoltas e suficientes variações não só da sorte mas também de nosso ânimo. Vamos aprendendo que o que nos pareceu gravíssimo chegará um dia que nos parecerá neutro, apenas um fato, apenas um dado. Que a pessoa sem a qual não podíamos viver e por causa da qual não dormíamos, sem a qual não concebíamos nossa existência, de cujas palavras e de cuja presença dependíamos dia após dia, chegará um momento em que não ocupará nem sequer um pensamento nosso, e quando ocupar, de tarde em tarde, será para um alçar de ombros, e o máximo a que esse pensamento chegará será se perguntar um segundo: "O que terá sido feito dela?", sem nenhuma preocupação, sem nem mesmo curiosidade. O que nos importa hoje a sorte da nossa primeira namorada, cujo telefonema ou cujo encontro com ela esperávamos ansiosamente? O que nos importa, inclusive, a sorte da penúltima, se já faz um ano que não a vemos? O que nos importam os amigos do colégio, e os da universidade, e os seguintes, apesar de terem girado em torno deles longuíssimos trechos da nossa existência que parecia não iriam terminar nunca? O que nos importam os que se desgarram, os que se vão, os que nos dão as costas e se afastam, os que abandonamos e transformamos em invisíveis, em meros nomes que só recordamos quando por acaso voltam a alcançar nossos ouvidos, os que morrem e assim nos desertam? Não sei, minha mãe morreu faz vinte e cinco anos, e embora eu me sinta obrigado a ficar triste ao pensar nisso, e acabe me sentindo mesmo cada vez que penso, sou incapaz de recuperar a tristeza que senti então, não digamos de chorar como fiz então. Agora é só um fato: minha mãe morreu faz vinte e cinco anos, e não tenho mãe desde aquele momento. É parte de mim, simplesmente, é um dado que me configura, entre muitos outros: não tenho mãe desde jovem, isso é tudo ou quase tudo, assim como eu ser solteiro ou outros serem órfãos desde a infância, ou serem filhos únicos, ou o mais novo de sete irmãos, ou descenderem de um militar ou de um médico ou de um delinquente, qual a diferença, com o tempo todos são dados e nada tem muita importância, cada coisa que acontece conosco ou que nos precede cabe num par de linhas de uma narrativa. De Luisa, destroçaram a vida que ela tinha *agora*, mas não a futura. Pensa quanto tempo lhe resta para ir em frente, ela não vai ficar presa neste instante, ninguém fica em nenhum, muito menos nos piores, dos que sempre se emerge, salvo os que possuem um cérebro doentio e sentem-se justificados e até protegidos na confortável infelicidade. O ruim das desgraças muito grandes, daquelas que nos partem ao meio e parece que não vamos poder suportar, é que quem as sofre crê, ou quase exige, que com elas se acabe o mundo, e no entanto o mundo não dá importância e segue em frente, e além do mais arrasta quem sofreu a desgraça, quero dizer que não lhe permite sair dele como quem sai de um teatro, a não ser que o desgraçado se mate. Acontece, não digo que não. Mas pouquíssimas vezes, e em nossa época é mais infrequente do que em qualquer outra. Luisa poderá submeter-se à reclusão, retrair-se por um tempo, não se deixar ver por ninguém, salvo por sua família e por mim, se não se cansar e não prescindir da minha pessoa; mas não vai se matar, mesmo porque tem dois filhos para criar e porque isso não faz parte do seu caráter. Vai demorar mais ou menos, mas, terminado esse tempo, a dor e o desespero não serão tão intensos para ela, diminuirá o estupor e principalmente terá ido se acostumando à ideia: "Sou viúva", pensará, ou "Fiquei viúva". Será esse o fato e o dado, será isso o que contará para os que aparecerem e lhe perguntarem sobre seu estado, e seguramente nem vai querer explicar como foi o caso, truculento e desventurado demais para relatá-lo a um recém-conhecido quando houver um pouco de distância, seria tornar sombria na mesma hora qualquer conversa. E será também isso o que se contará dela, e o que se conta de nós contribui para nos definir ainda que superficial e inexatamente, afinal não podemos deixar de ser superficiais para quase todo mundo, um esboço, simples rabiscos desatentos. "É viúva", dirão, "perdeu o marido em circunstâncias terríveis e nunca esclarecidas totalmente, eu mesma tenho minhas dúvidas, parece que foi atacado por um homem na rua, não sei se um louco ou um assassino de aluguel ou se foi uma tentativa de sequestro a que resistiu com todas as forças e, devido a isso, mataram-no ali mesmo, no local; era um homem endinheirado, tinha muito a perder ou resistiu mais do que devia, instintivamente, não estou segura." E quando Luisa estiver casada de novo, e isso será no máximo daqui uns dois anos, o fato e o dado, por serem idênticos, terão mudado e ela não pensará mais de si mesma: "Fiquei viúva" ou "Sou viúva", porque já não será, e sim "Perdi meu primeiro marido e ele está cada vez mais distante de mim. Faz muito tempo que não o vejo, já este outro homem está aqui a meu lado, e está sempre. Também o chamo de marido, isso é estranho. Mas ocupou o lugar daquele na minha cama e, ao se justapor, o esfuma e o apaga. Um pouco mais cada dia, um pouco mais cada noite".

Essa conversa continuou em outras ocasiões, creio que cada vez que nos vimos — não foram tantas — ela surgiu ou quem a fez surgir foi Díaz-Varela, que resisto a chamar de Javier, embora fosse assim que o chamava e como pensava nele algumas noites em que voltava tarde para casa depois de ter estado um instante com ele na cama (nas camas alheias a gente sempre fica só um instante e provisoriamente, a não ser que sejamos convidados a dormir nelas, e com ele isso nunca aconteceu; tem mais, ele inventava pretextos desnecessários e absurdos para que eu tivesse de ir embora, apesar de eu nunca ter permanecido demais da conta em nenhum lugar se não me pediam). Olhava pela janela aberta antes de fechar os olhos, olhava para as árvores que tenho em frente de casa, sem poste que as ilumine e quase sem distingui-las, mas eu as ouvia se agitar na escuridão bem perto como prelúdio das tempestades que em Madri nem sempre desabam e me dizia: "Que sentido isso tem, pelo menos para mim. Ele não dissimula, não me engana, não me esconde qual é sua esperança nem o que o move, dá para perceber muito bem, ele não se dá conta, enquanto espera que ela saia da sua prostração ou do seu embotamento e comece a vê-lo de outra maneira, não como o amigo fiel do seu marido que este lhe deixou de herança. Tem de ter cuidado com isso, com os pequenos passos que dá e por força têm de ser bem pequenos, para que não pareça que não respeita seu abatimento natural ou até a memória do morto, e cuidar ao mesmo tempo que ela não se apaixone por ninguém enquanto isso, não se deve desprezar como rival nem o mais feio nem o mais bobo nem o mais extemporâneo nem o mais chato ou mais lânguido, qualquer um pode ser um perigo imprevisto. Enquanto a espreita, ele me vê de vez em quando e talvez também outras mulheres (combinamos evitar perguntas), e não sei mais se eu não faço a mesma coisa de certo modo, eu esperava me tornar imprescindível sem que ele se desse conta, conseguir fazer parte dos seus costumes, ainda que esporádicos, para que fosse difícil ele me substituir quando resolvesse me abandonar. Há homens que desde o princípio deixam tudo muito claro sem que ninguém peça: 'Vou avisando que não vai haver mais do que há entre você e mim, e se você aspirar a outra coisa é melhor acabarmos já'; ou então: 'Você não é a única nem pretenda ser, se busca exclusividade errou de endereço'; ou então, como foi o caso com Díaz-Varela: 'Estou apaixonado por outra para a qual ainda não chegou o momento de me corresponder. Logo chegará, devo ser constante e paciente. Não há nada de mal em que você me entretenha durante a espera, se quiser, mas tenha sempre em mente que é isto que somos um para o outro: companhia provisória, entretenimento e sexo, no máximo camaradagem e afeto contido'. Não é que Díaz-Varela tenha me dito essas palavras alguma vez, na realidade não fazem falta, porque é esse o significado inequívoco que se desprende de nossos encontros. No entanto, esses homens que avisam às vezes se desdizem com os fatos, com o passar do tempo, e além do mais muitas mulheres tendemos a ser otimistas e no fundo pretensiosas, mais profundamente do que os homens, que no terreno amoroso só o são passageiramente, eles se esquecem de continuar a sê-lo: pensamos que logo mudarão de atitude e de convicções, que descobrirão paulatinamente que sem nós eles não podem viver, que seremos a exceção da vida deles ou as visitas que acabam ficando, que a certa altura nos fartaremos dessas outras invisíveis mulheres que começamos a desconfiar que existem e preferimos pensar que não existem, conforme vamos repetindo com eles e mais os amamos contra a nossa própria vontade; que seremos as escolhidas se tivermos a paciência de permanecer a seu lado quase sem queixas nem insistência. Quando não provocamos paixões imediatas, acreditamos que a lealdade e a presença acabarão sendo premiadas e tendo mais duração e mais força do que qualquer arrebatamento ou capricho. Nesses casos sabemos que dificilmente nos sentiremos lisonjeadas ainda que se realizem nossas melhores expectativas, mas caladamente triunfantes sim, se de fato elas se realizarem. Mas disso nunca há certeza enquanto se prolonga a batalha, e inclusive as mais convencidas, com toda razão, inclusive as cortejadas universalmente até então, podem ter grandes decepções com esses homens que não se rendem a elas e lhes fazem presunçosas advertências. Não pertenço a essa classe, a das convencidas, a verdade é que não acalento esperanças triunfais, ou as únicas que me permito passam por que Díaz-Varela fracasse com Luisa antes, e então, quem sabe, com sorte, fique comigo por não se mexer, até os homens mais inquietos e diligentes ou maquinadores podem se tornar preguiçosos em algumas épocas, principalmente depois de uma frustração ou de uma derrota ou de uma espera inútil e demorada demais. Sei que não me ofenderia ser uma substituta, porque na realidade todo mundo sempre é, inicialmente: Díaz-Varela seria para Luisa, na falta de seu marido morto; Leopoldo seria para mim, que ainda não o descartei apesar de só gostar um pouco dele — suponho que por via das dúvidas — e com o qual eu acabava de começar a sair, que oportuno, justo antes de encontrar Díaz-Varela no Museu de Ciências e ouvi-lo falar e falar olhando sem parar para seus lábios como ainda continuo a fazer cada vez que estamos juntos, só posso desviar deles minha vista para levá-la a seus olhos nublados; talvez a própria Luisa tenha sido para Deverne um dia, quem sabe, depois do primeiro casamento daquele homem tão agradável e risonho que não dava para entender como alguém pode ter lhe feito mal ou tê-lo deixado, e no entanto foi o que aconteceu, morto a facadas por nada e a caminho do esquecimento. Sim, todos nós somos arremedos de gente que quase nunca conhecemos, gente que não se aproximou ou passou ao largo na vida de quem agora queremos, ou que se deteve mas se cansou com o tempo e desapareceu sem deixar rastro ou só a poeira dos pés que vão fugindo, ou que morreu para aqueles que amamos causando-lhes mortal ferida que quase sempre acaba cicatrizando. Não podemos pretender ser os primeiros, ou os preferidos, somos apenas quem está disponível, os restos, as sobras, os sobreviventes, o que vai ficando, os saldos, e é com esse pouco nobre que se erigem os maiores amores e se fundam as melhores famílias, disso provimos todos, produto da casualidade e do conformismo, dos descartes e das timidezes e dos fracassos alheios, e mesmo assim daríamos qualquer coisa às vezes para continuar junto de quem resgatamos um dia de um sótão ou de um leilão, ou tiramos à sorte nas cartas ou nos recolheu dos detritos; inverossimilmente conseguimos nos convencer dos nossos fortuitos enamoramentos, e são muitos os que creem ver a mão do destino no que não é mais que uma rifa de vilarejo quando o verão já agoniza...". Então apagava a luz da mesa de cabeceira e segundos depois as árvores que o vento agitava ficavam um pouco mais visíveis e eu podia dormir observando, ou talvez adivinhando, o balançar das suas folhas. "Que sentido tem isso", eu pensava. "O único sentido que tem é que qualquer indício nos vale nessas tolas e inevitáveis circunstâncias, qualquer coisa em que nos agarrar. Mais um dia, mais uma hora a seu lado, mesmo que essa hora demore séculos para se apresentar; a vaga promessa de tornar a vê-lo ainda que passem muitas datas de permeio, muitas datas de vazio. Assinalamos na agenda aquelas em que nos ligou ou nos vimos, contamos as que se sucedem sem ter nenhuma notícia, e esperamos até bem avançada a noite para dá-las por definitivamente remotas ou perdidas, vai que na última hora o telefone toque e ele nos sussurre uma bobagem que nos faça sentir injustificada euforia e que a vida é boa e tem dó. Interpretamos cada inflexão da sua voz e cada insignificante palavra, que no entanto dotamos de estúpido e promissor significado, e a repetimos. Apreciamos qualquer contato, embora tenha sido apenas o justo para receber uma desculpa tosca ou um desplante ou para ouvir uma mentira pouco ou nada elaborada. 'Pelo menos pensou em mim em algum momento', nos dizemos agradecidas, ou 'Ele se lembra de mim quando se chateia, ou se sofreu um revés com quem para ele é importante, que é Luisa, talvez eu esteja em segundo lugar, o que já é alguma coisa.' Às vezes supõe — mas só às vezes — que bastaria que quem ocupa o primeiro caísse, isso intuíram todos os irmãos mais moços dos reis e dos príncipes e até os parentes menos próximos e os distantes e remotos bastardos, que sabem que desse modo também se passa do décimo ao nono, do sexto ao quinto e do quarto ao terceiro, e em algum momento todos eles devem ter se formulado em silêncio seu inexprimível desejo: 'He should have died yesterday', ou 'Ele devia ter morrido ontem, ou há séculos'; ou o que em seguida se acende na cabeça dos mais ousados: 'Ainda é tempo de morrer amanhã, que será o ontem de depois de amanhã, se eu então continuar vivo'. Não nos incomodamos com nos rebaixar diante de nós mesmos, afinal ninguém vai nos julgar e não há testemunhas. Quando a teia de aranha nos captura fantasiamos sem limite e ao mesmo tempo nos conformamos com qualquer migalha, com ouvi-lo, com sentir seu cheiro, com entrevê-lo, com pressenti-lo, com que ainda esteja em nosso horizonte e não tenha desaparecido totalmente, com que ainda não se veja ao longe a poeirada de seus pés que vão fugindo."

Comigo Díaz-Varela não dissimulava a impaciência que se via obrigado a ocultar na frente de Luisa, quando voltávamos à sua conversa favorita, a que não podia ter com ela e a única que me parecia que lhe importava de verdade, como se todo o resto fosse adiável e provisório enquanto esse assunto não fosse resolvido, como se o esforço investido nele fosse tão grande que o resto das decisões devesse ficar em suspenso e aguardar que aquilo se resolvesse num sentido ou noutro, e o conjunto da sua vida futura dependesse do fracasso ou do êxito daquela obstinada ilusão sua sem data de consumação estabelecida. Talvez tampouco houvesse data de não consumação definitiva: o que aconteceria se Luisa não reagisse a suas solicitudes e insinuações, ou a suas paixões, se as expressasse, e permanecesse sozinha? Quando ele consideraria que já era hora de abandonar tão longo plantão? Eu não queria resvalar para a mesma coisa imperceptivelmente e por isso continuava cultivando Leopoldo, a quem eu havia preferido não informar a existência de Díaz-Varela. Se já teria sido ridículo que meus passos também dependessem, indiretamente, dos que desse ou deixasse de dar uma viúva desconsolada, mais ainda teria sido que a eles se acrescentassem os de um pobre homem inconsciente que nem a conhecia, e assim a corrente crescesse: com um pouco de azar e mais uns tantos enamorados pelos quais só se deixam amar e aos quais não repelem nem correspondem, a corrente teria se tornado interminável. Uma série de pessoas como peças de dominó enfileiradas esperando o vencimento de uma mulher alheia a tudo, para saber com quem cair ou ficar, ou com ninguém.

Em momento algum ocorreu a Díaz-Varela que a exposição dos seus anseios poderia me exasperar, embora seja verdade que ele nunca se apresentava como a salvação ou o destino de Luisa; nunca dizia "Quando ela sair do seu abismo e respirar de novo ao meu lado, e sorrir", muito menos ainda "Quando voltar a se casar, e será comigo". Ele nunca se postulava nem se incluía, mas era diáfano, era o homem inamovível que espera, se tivesse vivido em outra época teria contado os dias de luto que faltavam, e os de meio-luto ou luto aliviado ou como quer que o chamassem antigamente, e teria consultado as mulheres mais velhas — as mais entendidas nessas questões — que data seria aceitável para ele tirar a máscara e começar a cortejá-la. O ruim de terem se perdido todos os códigos é que não sabemos quando é para fazer algo nem a que nos atermos, quando é cedo e quando já é tarde e nosso tempo passou. Temos de nos guiar por nós mesmos e assim é fácil dar uma mancada.

Não sei se é porque ele via tudo sob a mesma luz ou se procurava textos literários e históricos que apoiassem seus argumentos e acudissem em sua ajuda (talvez fosse orientado por Rico, homem de saber imenso, embora, pelo que eu saiba, seja um esforço inútil tentar fazer esse desdenhoso erudito sair do Renascimento e da Idade Média, já que nada do havido e acontecido depois de 1650 merece pelo visto seu respeito, inclusive sua existência mesma).

— Li um livro famoso que não sabia que era — me dizia, e pegava o volume francês na estante e o agitava diante dos meus olhos, como se com ele na mão pudesse me falar com maior conhecimento de causa e, além disso, me demonstrasse que de fato o havia lido. — É um romance de Balzac que me dá razão com respeito a Luisa, com respeito ao que acontecerá daqui a um tempo. Conta a história de um coronel napoleônico que foi dado por morto na Batalha de Eylau. Essa batalha ocorreu entre os dias 7 e 8 de fevereiro de 1807, nas cercanias do povoado desse nome, na Prússia Oriental, e enfrentou os exércitos francês e russo num frio dos diabos, diz-se que talvez tenha sido a batalha travada sob o tempo mais inclemente de toda a história, mas ignoro como se pode saber disso e menos ainda afirmá-lo. Esse coronel, Chabert seu nome, comandante de um regimento de cavalaria, recebe no crânio um brutal ferimento a sabre no transcurso do combate. Há um momento da novela em que, ao tirar o chapéu em presença de um advogado, levanta também a peruca que usa e se vê uma monstruosa cicatriz transversal que vai do occipital ao olho direito, imagine — e mostrou a trajetória na cabeça, passando lentamente o indicador —, formando "uma grossa costura saliente", nas palavras de Balzac, que acrescenta que o primeiro pensamento que tal ferimento lhe sugeria era "A inteligência escapou por ali!". O marechal Murat, o mesmo que sufocou em Madri o levante de 2 de maio, lança então uma carga de mil e quinhentos cavaleiros para socorrê-lo, mas todos eles, Murat em primeiro lugar, passam por cima de Chabert, do seu corpo recém-abatido. Dão-no por morto, apesar de o imperador, que tinha por ele grande apreço, ter enviado dois cirurgiões para verificar sua defunção no campo de batalha; mas esses dois homens negligentes, sabendo que lhe haviam aberto a cabeça de lado a lado e que depois dois regimentos de cavalaria o haviam pisoteado, nem se dão ao trabalho de lhe tomar o pulso e atestam-na oficialmente, embora com displicência, e essa morte passa a constar dos boletins do Exército francês, nos quais é registrada e detalhada, e se transforma assim num fato histórico. É amontoado numa vala com os outros cadáveres nus, conforme o costume: havia sido um vivo ilustre, mas agora é apenas um morto no meio do frio e todos vão para o mesmo lugar. O coronel, de maneira inverossímil mas muito convincente, como relata a um advogado parisiense, Derville, que quer se encarregar do caso, recobra a consciência antes de ser sepultado, acredita estar morto, se dá conta de que está vivo, e com muita dificuldade e sorte consegue sair daquela pirâmide de fantasmas depois de ter pertencido a eles sabe-se lá por quantas horas e de ter ouvido, ou acreditado ouvir, como se diz — e aqui Díaz-Varela abriu o livrinho e procurou uma citação, devia tê-las marcado e talvez por isso o havia pegado, para me fazer uma de vez em quando —, "gemidos soltados pelo mundo de cadáveres em meio ao qual eu jazia"; e acrescenta que "há noites em que ainda creio ouvir esses suspiros sufocados". Sua mulher enviúva e, passado certo tempo, contrai novas núpcias com um tal de Ferraud, um conde, com o qual tem os filhos, dois, que seu primeiro casamento não tinha lhe dado. Herda do seu militar caído e heroico uma apreciável fortuna, refaz e toca a sua vida, ainda é jovem, tem muito caminho pela frente, e isso é o determinante: o caminho que previsivelmente nos resta e como queremos percorrê-lo, uma vez que decidimos permanecer no mundo e não andar atrás de espectros, que exercem uma atração muito forte quando ainda são recentes, como se tentassem nos arrastar. Quando muitos morrem ao redor, como numa guerra, ou então um só muito querido, sentimos em primeira instância a tentação de ir com eles, ou pelo menos de carregar o peso deles, de não largá-los. A maioria das pessoas, no entanto, os deixa ir embora completamente com o passar do tempo, quando se dá conta de que sua própria sobrevivência está em jogo, de que os mortos são um grande peso e impedem qualquer avanço, e inclusive qualquer alento, se se vive por demais dependente deles, por demais a seu lado escuro. Lamentavelmente já estão fixos como pintura, não se movem, não acrescentam nada, não dizem nada e jamais respondem, e nos condenam ao imobilismo, a nos enfiar num canto do seu quadro que não admite retoques, por estar completamente acabado. O romance não conta a consternação dessa viúva, se é que houve consternação como há em Luisa; não fala da sua dor nem do seu luto, não mostra a personagem nessa época, quando recebeu a notícia fatal, e sim uns dez anos depois, em 1817, creio, mas é de se supor que tenha seguido todo o trajeto obrigatório nesses casos (estupor, desolação, tristeza e languidez, apatia, sobressalto e temor ao verificar que o tempo passa, e aí recuperação), já que tampouco aparece como uma perfeita desalmada ou pelo menos não como alguém que o fosse desde o começo, a verdade é que não se sabe, isso fica na penumbra.

Díaz-Varela interrompeu-se e tomou um gole do uísque com gelo que tinha se servido. Não tornara a sentar depois que levantou para pegar o livro, eu estava recostada no sofá, ainda não tínhamos ido para a cama. Assim costumava ser, primeiro sentávamos e conversávamos durante pelo menos uma hora, e eu sempre tinha a dúvida de se viria ou não o segundo ato, nossa maneira inicial de nos comportar não o prenunciava de modo algum, era a de duas pessoas que têm coisas que se contar ou sobre as quais conversar e que não hão de passar inevitavelmente pelo sexo. Eu tinha a sensação de que este podia surgir ou não e de que as duas possibilidades eram igualmente naturais e de que nenhuma devia ser tida como certa, como se cada vez fosse a primeira e nada se acumulasse do sucedido nesse campo — nem mesmo a intimidade, nem mesmo a carícia no rosto —, e o mesmo percurso haveria de começar desde o princípio eternamente. Também tinha certeza de que seria o que ele quisesse, ou antes, propusesse, porque o caso é que ele é que acabava sempre propondo, com uma palavra ou um gesto, mas só depois da sessão de bate-papo e ante a minha timidez nunca superada. Eu temia que em qualquer ocasião, em vez de fazer aquele gesto ou dizer aquela palavra que me convidavam a ir para o seu quarto ou a me dispor a levantar a saia, de repente — ou após uma pausa — pusesse fim à conversação e ao encontro como se fôssemos dois amigos que houvessem esgotado os temas ou cujas ocupações os aguardam e me despachasse com um beijo para a rua, eu não tinha jamais a certeza de que minha visita acabaria com o enredar-se dos nossos corpos. Essa estranha incerteza me agradava e não me agradava: por um lado, ela me fazia pensar que ele apreciava minha companhia em todo caso e circunstância, e que não me via como um mero instrumento para sua higiene ou para seu desafogo sexuais; por outro, me dava raiva que ele pudesse resistir tanto tempo à minha presença, que não sentisse a necessidade premente de se atirar em cima de mim sem preâmbulos, mal me abrisse a porta, e satisfazer seu desejo; que fosse tão capaz de adiá-lo, ou talvez de condensá-lo enquanto eu o fitava e ouvia. Mas esse reparo deve ser imputado à inconformidade que nos domina, ou sem a qual não sabemos passar, principalmente porque no fim sempre vinha o que eu temia que não se desse, e além do mais não havia queixa.

— Continue, o que aconteceu depois, em que esse livro te dá razão — disse a ele. Claro, ele tinha eloquência e eu adorava ouvi-lo, falasse do que falasse e mesmo que me relatasse uma velha história de Balzac que eu poderia ler por conta própria, e não inventada por ele, sim, certamente interpretada ou talvez desfigurada. Ele conseguia me interessar com qualquer coisa que escolhesse e, pior ainda, me divertia (pior porque eu tinha consciência de que um dia eu teria de me afastar). Agora que nunca vou à sua casa, recordo aquelas visitas como um território secreto e uma pequena aventura, graças talvez ao primeiro ato, ou mais a este que ao incerto segundo, e por ser incerto mais ansiado.

— O coronel quer reaver seu nome, sua carreira, sua patente, sua dignidade, sua fortuna ou parte dela (está há anos vivendo na fome e na miséria) e, o que é mais complicado, sua mulher, que seria bígama se demonstrassem que Chabert é de fato Chabert e não um impostor nem um lunático. Talvez madame Ferraud o tenha amado de verdade e tenha chorado sua morte quando a anunciaram, e sentido que seu mundo desmoronava; mas o reaparecimento dele é demais, sua ressurreição supõe uma verdadeira contrariedade, um grande problema, uma ameaça de catástrofe e de ruína, de novo o desmoronamento do mundo no cúmulo do paradoxo: como pode voltar a provocá-lo o regresso daquele cujo desaparecimento já o havia provocado? Aqui se vê claramente que, como o passar do tempo, o que foi deve continuar sendo ou deve continuar tendo sido, como acontece sempre ou quase sempre, assim está concebida a vida, de maneira que o fato nunca possa se desfazer nem o acontecido desacontecer; os mortos devem permanecer em seu lugar e nada deve ser retificado. Nós nos permitimos a saudade deles porque estamos seguros a seu respeito: perdemos tal pessoa, e como sabemos que não vai aparecer nem reclamar o lugar que deixou vago e que foi rapidamente ocupado, estamos livres para desejar com todas as nossas forças a sua volta. Sentimos falta dela com a tranquilidade de que jamais vão se realizar nossos desejos proclamados e de que não há retorno possível, de que não vai mais intervir em nossa existência nem nos assuntos do mundo, de que não vai mais nos intimidar nem nos coibir nem mesmo nos fazer sombra, de que já nunca mais será melhor do que nós. Lamentamos sinceramente sua partida, e é verdade que quando ela se produziu queríamos que houvesse continuado a viver; que se fez um vazio espantoso e também um abismo no qual ficamos tentados a despencar atrás deles, momentaneamente. Isso mesmo, momentaneamente, é raro não se vencer essa tentação. Depois passam os dias, os meses, os anos, e nos acomodamos; nos acostumamos com esse vazio e nem sequer especulamos sobre a possibilidade do morto tornar a preenchê-lo, porque os mortos não fazem isso e estamos a salvo deles, e além do mais esse vazio foi coberto e portanto já não é o mesmo ou passou a ser fictício. Dos mais próximos nos lembramos diariamente, e nos entristecemos cada vez ao pensar que não voltaremos a vê-los nem a ouvi-los nem a rir com eles, ou a beijar os que beijávamos. Mas não há morte que não alivie alguma coisa em algum aspecto, ou que não ofereça alguma vantagem. Uma vez ocorrida, é claro, de antemão ninguém quer nenhum, provavelmente nem a dos inimigos. Chora-se o pai, por exemplo, mas ficamos com sua herança, com sua casa, seu dinheiro e seus bens, que teríamos que lhe devolver se ele voltasse, metendo-nos num aperto e nos causando uma angústia dilacerante. Chora-se a mulher ou o marido, mas às vezes descobrimos, embora levemos um tempo, que vivemos mais felizes e à vontade sem eles ou que podemos começar de novo, se ainda não somos velhos demais para isso: a humanidade inteira à nossa disposição, como quando éramos bem jovens; a possibilidade de escolher sem cometer velhos erros; o descanso de não ter de suportar as facetas dele ou dela que nos desagradavam, e sempre tem alguma coisa que desagrada em quem está sempre presente, a nosso lado ou na frente ou atrás ou adiante, o casamento circunda, o casamento rodeia. Chora-se o grande escritor ou o grande artista quando morrem, mas há certa alegria ao saber que o mundo se tornou um pouco mais vulgar e mais pobre e que nossas próprias vulgaridade e pobreza ficam assim mais escondidas ou dissimuladas, que já não existe aquele indivíduo que com sua presença sublinhava nossa relativa mediocridade, que o talento deu mais um passo rumo ao seu desaparecimento da face da terra ou escorrega mais ainda rumo ao passado, do qual não deveria sair nunca, no qual deveria ficar confinado para que só pudesse nos defrontar retrospectivamente, no máximo, o que é menos doloroso e mais suportável. Falo da maioria, não de todos, é claro. Mas esse regozijo se observa até na atitude dos jornalistas, que costumam manchetar "Morre o último gênio do piano", ou "Cai a última lenda do cinema", como se comemorassem alvoroçados que finalmente não existem mais nem vão existir, que com o passamento deles nos livramos do pesadelo universal de que há gente superior ou especialmente dotada que muito a contragosto admiramos; que afugentamos um pouco mais essa maldição ou a reduzimos. E, claro, chora-se o amigo, como chorei Miguel, mas também nisso há uma sensação de grata sobrevivência e de melhor perspectiva, de ser você que assiste à morte do outro e não o inverso, de poder contemplar seu quadro completo e no fim contar a história, de se encarregar das pessoas que ele deixa desamparadas e consolá-las. À medida que os amigos morrem a gente vai se sentindo mais recluso e mais só, mas ao mesmo tempo vai descontando, "Um a menos, um a menos, eu sei o que foi deles até o último instante, e sou eu que fico para contar. Já eu, ninguém para quem eu tenha real importância vai me ver morrer nem vai ser capaz de me narrar por inteiro, logo em certo sentido estarei sempre inacabado, porque eles não terão a certeza de que eu não continuo a viver eternamente, se não me viram cair".

Tinha uma forte tendência a dissertar e a discursar e à digressão, como vi em não poucos escritores que passam pela editora, parece que não lhes basta encher folhas e mais folhas com seus achados e suas histórias absurdas quando não pretensiosas quando não truculentas quando não patéticas, salvo exceção. Mas Díaz-Varela não era exatamente escritor e, no seu caso, não me incomodava, mais ainda, sempre continuou me ocorrendo o que havia acontecido comigo da segunda vez que o vi, no terraço junto do museu, que enquanto perorava eu não conseguia tirar os olhos dele e me deleitavam sua voz grave e como para dentro e sua sintaxe de encadeamentos muitas vezes arbitrários, o conjunto parecia provir às vezes não de um ser humano mas de um instrumento musical que não transmite significados, talvez de um piano tocado com agilidade. Nessa ocasião, porém, eu tinha curiosidade de saber do coronel Chabert e de madame Ferraud, e principalmente porque aquela novela lhe dava razão com respeito a Luisa, segundo ele, embora isso eu já ia imaginando.

— Bom, mas o que aconteceu com o coronel? — interrompi-o, e vi que não levou a mal, tinha consciência da sua propensão e quem sabe agradecia que a refreassem. — O mundo dos vivos ao qual ele pretendia regressar o aceitou? Sua mulher o aceitou? Conseguiu voltar a existir?

— O que aconteceu é o de menos. É um romance, e o que acontece neles não tem importância, a gente esquece, uma vez terminados. O interessante são as possibilidades e ideias que nos inoculam e trazem através de seus casos imaginários, nós os guardamos com mais nitidez do que os acontecimentos reais e os levamos mais a sério. E o que aconteceu com o coronel você pode averiguar com seus próprios meios, não te faria mal ler autores não contemporâneos de vez em quando. Eu te empresto o livro, se você quiser, ou você não lê francês? A tradução que tem por aí é ruim. Quase ninguém mais sabe francês. — Ele havia estudado no Liceu Francês; tínhamos nos contado pouco de nossas respectivas histórias, isso sim ele havia chegado a me dizer. — O que importa aqui é que o reaparecimento desse Chabert é um infortúnio absoluto. Claro que para sua mulher, que havia refeito a vida e já levava essa outra em que ele não cabe ou só cabe como passado, como estava, como recordação cada vez mais tênue, morto e bem morto, enterrado numa vala desconhecida e distante junto com outros caídos daquela Batalha de Eylau da qual dez anos depois quase ninguém se lembra nem quer se lembrar, entre outros motivos porque quem a travou está desterrado e languesce em Santa Helena e agora reina Luís XVIII, e a primeira coisa que todo regime faz é esquecer e minimizar e apagar as lembranças do anterior, e converter os que o serviram em nostálgicos putrefatos a quem só resta se apagar quietamente e morrer. O coronel sabe desde o primeiro instante que sua inexplicável sobrevivência é uma maldição para a condessa, a qual não responde às suas cartas iniciais nem quer vê-lo, não está disposta a se arriscar a reconhecê-lo e espera que se trate de um demente ou de um farsante, ou então que desista por esgotamento, amargura e desolação. Ou, quando não pode mais continuar negando, em que volte aos campos de neve e morra de uma vez, outra vez. Quando por fim se encontram e falam, o coronel, que não achou motivos para deixar de amá-la durante seu longo exílio da terra com as infinitas penalidades de ser um defunto, pergunta a ela — e Díaz-Varela procurou outra citação no pequeno volume, embora esta fosse tão curta que por força devia sabê-la de cor: — "Os mortos fazem mal em voltar?", ou talvez (também pode ser entendido assim): "Erram os mortos ao voltar?". O que ele diz em francês é o seguinte: *"Les morts ont donc bien tort de revenir?"*. — Me pareceu que seu sotaque também era bom nessa língua. — A condessa, hipocritamente, responde: "Oh, senhor, não, não! Não me creia uma ingrata", e acrescenta: "Se já não posso amá-lo, sei tudo o que lhe devo e ainda posso oferecer-lhe os afetos de uma filha". E diz Balzac que, depois de ouvir a compreensiva e generosa resposta do coronel a essas palavras — e Díaz-Varela leu de novo (boca carnuda, boca beijável) — "A condessa lançou-lhe um olhar impregnado de tal reconhecimento que o pobre Chabert desejou enfiar-se de novo em sua vala comum de Eylau". Quer dizer, há que entender, desejou não lhe causar mais problemas nem perturbações, não se intrometer num mundo que havia deixado de ser o seu, não ser mais seu pesadelo nem seu fantasma nem seu tormento, suprimir-se e desaparecer.

— E foi o que ele fez? Abandonou o campo e se deu por vencido? Voltou à sua vala, se retirou? — perguntei aproveitando a pausa que ele fez.

— Logo você vai ler. Mas esse infortúnio de permanecer vivo depois de ter morrido e ter sido dado por morto até nos anais do Exército ("um fato histórico") atinge não só sua mulher, mas ele também. Não se pode passar de um estado a outro, melhor dizendo, do segundo ao primeiro, é claro, e ele tem plena consciência de ser um cadáver, um cadáver oficial e em boa medida real, ele acreditou sê-lo totalmente e ouviu os gemidos dos seus iguais, que nenhum vivo podia ouvir. Quando no começo da novela ele se apresenta no escritório do advogado, um dos passantes ou contínuos pergunta seu nome. Ele responde: "Chabert", e o indivíduo lhe diz: "O coronel morto em Eylau?". O espectro, em vez de protestar, de se rebelar e se enfurecer, e contradizê-lo no ato, se limita a assentir e confirmar mansamente: "Ele mesmo, senhor". E um pouco mais tarde é ele que faz sua essa definição. Quando por fim consegue que o advogado em pessoa, Derville, o atenda e este lhe pergunta: "Com quem tenho a honra de falar?", ele responde: "Com o coronel Chabert". "Qual?", insiste o advogado, e o que ouve em seguida é um absurdo que não deixa de ser a pura verdade: "Aquele que morreu em Eylau". Em outro momento é o próprio Balzac que se refere a ele dessa maneira, embora ironicamente: "Senhor — disse o defunto...", é o que escreve. O coronel padece sem cessar de sua detestável condição de homem que não morreu quando lhe cabia morrer ou depois de morrer, sim, como mandou verificar com pena o próprio Napoleão. Ao expor seu caso a Derville, confessa a ele o seguinte — e Díaz-Varela virou as páginas até dar com a citação: — "Juro que naquela época, e ainda hoje, em certos momentos meu nome me desagrada. Gostaria de não ser eu. O sentimento dos meus direitos me mata. Se minha doença houvesse eliminado toda a lembrança da minha existência passada, eu teria sido feliz!" Veja bem: "Meu nome me desagrada. Gostaria de não ser eu". — Díaz-Varela me repetiu essas palavras, sublinhou-as. — O pior que pode acontecer com alguém, pior que a própria morte; o pior também que alguém pode fazer aos outros é voltar de onde não se volta, ressuscitar na hora errada, quando já não é esperado, quando é tarde e não convém, quando os vivos dão alguém por terminado e prosseguiram ou reataram suas vidas sem contar mais com ele. Não há maior desgraça, para quem regressa, do que descobrir que está sobrando, que sua presença é indesejada, que perturba o universo, que constitui um estorvo para seus entes queridos e que estes não sabem o que fazer com ele.

— "O pior que pode acontecer com alguém", não exagere. Você está falando como se isso acontecesse, e isso nunca acontece, ou só na ficção.

— A ficção tem a faculdade de nos mostrar o que não conhecemos e o que não acontece — ele me respondeu com rapidez — e nesse caso nos permite imaginar os sentimentos de um morto que se visse obrigado a voltar e nos aponta por que os mortos não devem voltar. Salvo as pessoas transtornadas ou antigas, todo mundo, mais cedo ou mais tarde, faz esforços para esquecê-los. Evitam pensar neles e, quando não podem fazê-lo por alguma razão, se amofinam, se entristecem, param, jorram as lágrimas e se veem impedidas de continuar até que descartam o pensamento obscuro ou abortam a rememoração. A longo prazo, não se iluda, até mesmo a médio, todo mundo acaba se livrando dos mortos, é esse o destino final deles, e o mais provável é que eles se mostrariam conformados com essa medida e que, uma vez conhecida e provada sua condição, eles também não estariam dispostos a retornar. Quem cessou na vida, quem se desligou dela, mesmo que não tenha sido por vontade própria mas por assassinato e para seu grande pesar, não gostaria de se reintegrar, de reatar a enorme fadiga da existência. Olhe, o coronel Chabert sofreu incomparáveis padecimentos e viu o que todos nós reputamos ser o pior dos horrores, os da guerra; você diria que ninguém poderia dar lições de medo a quem houvesse participado de impiedosas batalhas travadas num frio desumano, como em Eylau, e essa não foi a primeira de que ele tomou parte, mas a última; aí se enfrentaram exércitos de setenta e cinco mil homens cada um; não se sabe com exatidão quantos morreram, mas diz-se que não teriam sido menos de quarenta mil, e que se combateu por catorze horas ou mais para muito pouco: os franceses se apossaram do campo, mas este não era mais que uma vasta extensão nevada com cadáveres amontoados, e o Exército russo ficou muito comprometido mas não destruído. Os franceses estavam tão estropiados e exaustos, e tão hirtos de frio, que durante quatro horas, com a noite já avançada, nem se deram conta de que seus inimigos fugiam silenciosamente. Não estariam em condições de persegui-los. Conta-se que na manhã seguinte o marechal Ney percorreu o campo a cavalo e que o único comentário que saiu de seus lábios refletiu um misto de horror, fastio e desaprovação: "Que matança! E sem resultado". No entanto, apesar disso tudo, não é precisamente o militar, não é Chabert, mas o advogado, Derville, que nunca tinha visto uma carga de cavalaria nem um ferimento de baioneta nem os estragos de um tiro de canhão, que passou a vida enfiado no seu escritório ou nos tribunais, a salvo da violência física, quase sem sair de Paris, que no final da novela se permite falar e ilustrar para nós os horrores a que assistiu ao longo da sua carreira, uma carreira civil, exercida não na guerra mas na paz, não no front mas na retaguarda. Ele diz a seu antigo escriturário, Godeschal, que vai estrear como advogado: "Sabe, meu caro, que em nossa sociedade existem três homens, o padre, o médico e o homem de lei, que não podem ter estima pelo mundo? Eles usam trajes negros, talvez por guardarem o luto de todas as virtudes, de todas as ilusões. O mais infortunado dos três é o advogado". Quando a gente vai ver o sacerdote, explica ele, vai com remorso, com arrependimento, com crenças que nos engrandecem e nos conferem interesse e que de certo modo consolam a alma do mediador. "Mas nós, advogados" — e aqui Díaz-Varela me leu em espanhol o que vinha na última página da novela, traduzindo com certeza à medida que lia, não havia preparado uma versão —, "vemos se repetirem os mesmos maus sentimentos, nada os corrige, nossos escritórios são esgotos que não se podem limpar. Quantas coisas aprendi no exercício da minha função! Vi um pai morrer num celeiro, sem um tostão, abandonado por duas filhas a quem havia doado quarenta mil libras de renda! Vi testamentos serem queimados; vi mães despojarem seus filhos, maridos roubarem suas mulheres, mulheres matarem seus maridos valendo-se do amor que lhes inspiravam para torná-los loucos ou imbecis, a fim de viver em paz com um amante. Vi mulheres darem ao filho de um primeiro leito gotas que acarretariam sua morte, a fim de enriquecer o filho do amor. Não posso lhe contar tudo o que vi, porque vi crimes contra os quais a Justiça é impotente. Enfim, todos os horrores que os romancistas creem inventar ficam sempre aquém da verdade. O senhor vai conhecer todas essas belas coisas, deixo-as ao senhor; quanto a mim, vou viver no campo com minha mulher, Paris me horroriza."

Díaz-Varela fechou o pequeno volume e observou o breve silêncio que convém a qualquer final. Não olhou para mim, permaneceu com a vista fixa na capa, como se hesitasse em tornar a abri-lo, em tornar a começá-lo. Não resisti a perguntar outra vez pelo coronel:

— E como acabou Chabert? Suponho que mal, se a conclusão é tão pessimista. Mas também é uma visão muito parcial, o próprio personagem admite: a visão de um dos três homens que não podem estimar o mundo, a do mais desgraçado, segundo ele. Por sorte há muitas mais, e a maioria difere da desses três.

Mas ele não me respondeu. Na verdade, tive inicialmente a impressão de que nem tinha me ouvido.

— A narrativa termina assim — disse ele. — Bom, quase: Balzac faz esse Godeschal responder com uma frase que não vem ao caso e que quase anula a força dessa visão que acabo de ler;

enfim, é um defeito menor. Essa novela foi escrita em 1832, faz cento e oitenta anos, mas Balzac situa estranhamente em 1840 a conversa entre os dois advogados, o veterano e o novato, ou seja, no que naquele momento era o futuro, numa data em que nem podia ter certeza de que ia estar vivo, como se soubesse com certeza que nada ia mudar, não só nos oito anos seguintes mas nunca. Se foi essa a intenção, Balzac tinha toda razão. Não é apenas que as coisas continuem sendo hoje como ele descreveu então ou talvez pior, pergunte a qualquer advogado. É que sempre foi assim. O número de crimes impunes supera largamente o dos punidos; e não falemos dos ignorados e ocultos, por força deve ser infinitamente maior que o dos conhecidos e registrados. Na realidade é natural que seja Derville, e não Chabert, o encarregado de falar dos horrores do mundo. Afinal de contas, um soldado joga relativamente limpo, sabe como é o jogo, não trai nem engana e age não só obedecendo a ordens, mas por necessidade: é sua vida ou a do inimigo, que quer tirar a dele, ou antes, que se encontra diante da mesma alternativa que ele. O soldado não costuma agir por iniciativa própria, não concebe ódios nem ressentimentos nem invejas, não o movem a cobiça a longo prazo nem a ambição pessoal; carece de motivos, além de um patriotismo vago, retórico e vazio, isso quando sentem e se deixam convencer: assim se passava nos tempos de Napoleão, agora já raramente, esse tipo de homem quase não existe, pelo menos em nossos países com seus exércitos de mercenários. As carnificinas das guerras são espantosas, sim, mas os que intervêm nelas tão somente as executam, não as maquinam, nem mesmo as maquinam totalmente os generais e os políticos, que têm uma visão cada vez mais abstrata e irreal dessas matanças e, claro, não assistem a elas, hoje menos que nunca; na verdade é como se eles mandassem para o front ou realizar bombardeios soldadinhos de brinquedo cujos rostos nunca veem, ou, hoje em dia, suponho, como se iniciassem e se entregassem a mais um jogo de computador. Em compensação, os crimes da vida civil, esses sim, dão calafrios, dão pavor. Talvez não tanto por eles mesmos, que chamam menos a atenção e são dosados e esparsos, um aqui, outro ali; por ocorrerem em forma de gotejamento parecem clamar menos aos céus e não levantam ondas de protesto por incessante que seja sua sucessão: como poderia ser assim, se a sociedade convive com eles e está impregnada pelo seu caráter desde tempos imemoriais? Mas sim pelo significado deles. Aí sempre entram também a vontade individual e o motivo pessoal, cada um é concebido e urdido por uma só mente, no máximo por umas poucas, se se trata de uma conspiração; e são necessárias muitas diferentes, separadas umas das outras por quilômetros ou anos ou séculos, em princípio não expostas ao contágio mútuo, para que se cometam tantos como houve e ainda há; o que, em certo sentido, é mais desacorçoante que uma carnificina maciça ordenada por um só homem, por uma só mente, a qual sempre poderemos considerar uma inumana e infortunada exceção: a que declara uma guerra injusta e sem trégua ou inicia uma feroz perseguição, a que decreta um extermínio ou desencadeia uma jihad. O pior não é isso, apesar de ser atroz, ou só o é quantitativamente. O pior é que tantos indivíduos díspares de qualquer época e país, cada qual por sua conta e risco, cada um com seus pensamentos e finalidades particulares e intransferíveis, cada qual com seus pensamentos e finalidades particulares e intransferíveis, concordem com tomar as mesmas medidas de roubo, esbulho, assassinato ou traição contra seus amigos, seus companheiros, seus irmãos, seus pais, seus filhos, seus maridos, suas mulheres ou amantes dos quais queiram se desfazer. Contra os que provavelmente mais amaram um dia, por quem em outros tempos teriam dado a vida ou matado quem os ameaçasse, é possível que tivessem enfrentado a si próprios caso se vissem no futuro dispostos a assestar-lhes o golpe definitivo, que agora se aprestam a vibrar neles sem remorso nem hesitação. É a isso que se refere Derville: "Vemos se repetirem os mesmos maus sentimentos, nada os corrige, nossos escritórios são esgotos que não se podem limpar... Não posso lhe contar tudo o que vi...". — Díaz-Varela citou desta vez de memória e parou, talvez por não lembrar mais, talvez por não pretender prosseguir. Tornou a fixar a vista na capa, cuja ilustração era um quadro com a cara de um hussardo, ou assim me pareceu, de nariz aquilino, olhar perdido, bigode comprido e curvo, e barretina, possivelmente de Géricault; e acrescentou, como se abandonasse aquele olhar perdido e saísse de um sonho: — É uma novela bastante conhecida, embora eu não soubesse disso. Fizeram até três filmes baseados nela, imagine.

Quando alguém está enamorado ou, mais precisamente, quando uma mulher está e além disso é no começo e o enamoramento ainda possui o atrativo da revelação, em geral somos capazes de nos interessar por qualquer assunto que interesse ou do qual nos fale quem amamos. Não só de fingir interesse para agradá-lo ou para conquistá-lo ou para marcar nossa frágil posição, mas também para prestar verdadeira atenção e nos deixar contagiar de verdade pelo que quer que ele sinta e transmita, entusiasmo, aversão, simpatia, temor, preocupação ou até obsessão. Não digamos acompanhá-lo em suas reflexões improvisadas, que são as que mais prendem e atraem porque assistimos a seu nascimento e as incentivamos, e as vemos espreguiçar, cambalear e tropeçar. De repente nos apaixonam coisas a que jamais havíamos dedicado um pensamento, pegamos insuspeitas manias, prestamos atenção em detalhes que tinham nos passado despercebidos e que nossa percepção teria continuado omitindo até o fim dos nossos dias, centramos nossas energias em questões que só nos afetam vicariamente ou por feitiço ou por contaminação, como se decidíssemos viver numa tela ou num cenário ou no interior de um romance, num mundo alheio de ficção que nos absorve e distrai mais do que nosso mundo real, o qual deixamos temporariamente suspenso ou em segundo lugar, e de passagem descansamos dele (nada tão tentador como se entregar a outro, mesmo que só com a imaginação, e fazer nossos seus problemas e submergir em sua existência, que por não ser nossa é por isso mesmo mais leve). Talvez seja excessivo expressar a coisa assim, mas nós nos colocamos inicialmente a serviço de quem cismamos querer, ou pelo menos à sua disposição, e a maioria de nós faz isso sem malícia, isto é, ignorando que chegará um dia, se nos fortalecermos e nos sentirmos firmes, em que ele olhará desiludido e perplexo para nós ao verificar que na realidade não damos importância ao que antes nos suscitava emoção, que nos aborrece o que está nos contando, sem que ele tenha variado de temas nem que estes tenham perdido interesse. Será só que deixamos de nos esforçar em nosso entusiasmado amor inaugural, não que fingíssemos e fôssemos falsas desde o primeiro instante. Com Leopoldo nunca houve um ápice desse esforço, porque tampouco houve um desse voluntarioso e ingênuo e incondicional amor; já com Díaz-Varela sim, com ele eu me envolvi intimamente — quer dizer, com prudência e sem agoniá-lo, quase sem fazê-lo notar —, apesar de saber de antemão que ele não poderia me corresponder, que ele estava por sua vez a serviço de Luisa e que, além disso, por força havia tempo que estava esperando sua oportunidade.

Levei a novela de Balzac (sim, sei francês) porque ele a tinha lido e me falado dela, e como não iria me interessar pelo que havia interessado a ele se eu estava na fase do enamoramento em que este é uma revelação. Também por curiosidade: queria ver o que tinha acontecido com o coronel, embora já supusesse que não devia terminar nada bem, que não deve ter reconquistado a mulher nem recuperado sua fortuna nem sua dignidade, que talvez houvesse sentido saudade da sua condição de cadáver. Eu nunca tinha lido nada daquele autor, era mais um nome célebre sobre o qual, como sobre tantos outros, eu não tinha me debruçado, é verdade que, paradoxalmente, o trabalho numa editora nos impede de conhecer quase tudo de valioso que a literatura criou, o que o tempo sancionou e autorizou milagrosamente a permanecer além do seu brevíssimo instante que cada vez é mais breve. No entanto, me intrigava além disso saber por que Díaz-Varela tinha se interessado e se detido tanto nela, por que ela o havia levado a essas reflexões, por que a utilizava como demonstração de que os mortos estão bem como tais e nunca devem voltar, mesmo que sua morte tenha sido intempestiva e injusta, estúpida, gratuita e inopinada como a de Desvern e, mesmo que esse risco não exista, o risco do seu reaparecimento. Era como se temesse que no caso do amigo essa ressurreição fosse possível e quisesse me convencer ou se convencer do erro que significaria, da sua inoportunidade, e até do mal que esse regresso faria aos vivos e também ao defunto, como Balzac havia chamado ironicamente o sobrevivente e fantasmagórico Chabert, dos sofrimentos supérfluos que ele causaria a todos, como se os mortos de verdade ainda pudessem padecer. Também me dava a impressão de que Díaz-Varela se esforçava por subscrever e dar como certa a visão pessimista do advogado Derville, suas ideias sombrias sobre a capacidade infinita dos indivíduos normais (sua, minha) para a cobiça e o crime, para antepor seus interesses mesquinhos a qualquer outra consideração de piedade, afeto e inclusive temor. Era como se quisesse verificar numa novela — não numa crônica nem em anais nem num livro de história —, persuadir-se através dela de que a humanidade era assim por natureza e sempre havia sido, de que não havia escapatória e de que havia que esperar as maiores vilezas, as traições e as crueldades, os descumprimentos e os enganos que brotavam e eram cometidos em todos os tempos e lugares sem necessidade de exemplos prévios nem de modelos a imitar, só que a maioria deles ficava em segredo, encoberta, era sub-reptícia e nunca vinha à luz, nem mesmo passados cem anos, que é justamente quando já não preocupa ninguém saber o que aconteceu tanto tempo atrás. E não havia chegado a dizer, mas era fácil deduzir que nem sequer acreditava que houvesse muitas exceções, a não ser, quem sabe, umas poucas dos seres cândidos, senão que, onde parecia havê-las, o que na verdade costumava haver era mera falta de imaginação ou de audácia, ou mera incapacidade material de levar a cabo o roubo ou o crime, ou ainda ignorância nossa, desconhecimento do que as pessoas haviam feito ou planejado ou mandado executar, bem-sucedida ocultação.

Ao chegar ao fim da novela, às palavras de Derville que Díaz-Varela tinha recitado, improvisando em espanhol, me chamou a atenção que havia incorrido num erro de tradução, ou vai ver que tinha entendido mal, talvez involuntariamente ou talvez de propósito para se encher ainda mais de razão; talvez tenha querido ou havia optado por ler algo que não estava no texto e que, em sua equivocada interpretação, deliberada ou não, reforçava o que ele subscrevia e sublinhava como eram impiedosos os homens, ou nesse caso as mulheres. Ele havia citado assim: "Vi mulheres darem ao filho de um primeiro leito gotas que acarretariam sua morte, a fim de enriquecer o filho do amor". Ao ouvir essa frase meu sangue tinha gelado, porque costuma estar longe da nossa cabeça a ideia de que uma mãe faça distinções entre suas crias, e ainda mais que as faça em função de quem for os pais, de quanto amaram um ou detestaram e aguentaram outro, e mais ainda que seja capaz de causar a morte do primeiro rebento em benefício do preferido, administrando-lhe ardilosamente um veneno, aproveitando-se da sua confiança cega na pessoa que o pôs no mundo, que o alimentou, cuidou e tratou dele durante toda a sua existência, talvez na forma de gotas medicamentosas contra a tosse. Mas não era o que o original dizia, na novela não se lia *"J'ai vu des femmes donnant à l'enfant d'un premier lit des gouttes qui devaient amener sa mort..."*, e sim *"des goûts"*, que não significa "gotas" mas "gostos", se bem que aqui não caberia traduzir assim, porque seria no mínimo ambíguo e induziria à confusão. Sem dúvida nenhuma Díaz-Varela tinha um francês melhor que o meu, se havia estudado no Liceu, mas eu me atrevi a pensar que o equivalente mais adequado ao que Balzac escreveu seria algo semelhante a isto: "Vi mulheres inculcarem no filho de um primeiro leito interesses" (ou talvez "inclinações") "que acarretariam sua morte, a fim de enriquecer o filho do amor". Pensando bem, também não era muito clara a frase de acordo com essa interpretação, nem muito fácil imaginar ao que Derville se referia exatamente. Darem, inculcarem interesses que acarretariam a morte deles? Acaso a bebida, o ópio, o jogo, uma mentalidade criminosa? O gosto pelo luxo sem o qual não conseguiria viver e o levaria a delinquir para tê-lo, a lascívia doentia que o exporia a infecções ou o impulsionaria a estuprar? Um caráter tão medroso e fraco que o impeliria ao suicídio ao primeiro revés? Sim, era obscura e quase enigmática. Fosse o que fosse, em todo caso, quão a longo prazo se produziria essa desejada, essa maquinada morte, quão lento o plano, ou prolongada a inversão. Ao mesmo tempo, se assim fosse, o grau de perversidade dessa mãe seria muito maior do que se ela se limitasse a dar ao primogênito umas gotas assassinas dissimuladas, que talvez somente um médico inquisitivo e obstinado saberia detectar. Há uma diferença entre educar alguém para a sua perdição e a sua morte e matá-lo sem mais nem menos, e normalmente cremos que a segunda coisa é mais grave e mais condenável, a violência nos horroriza, a ação direta nos escandaliza mais, ou pode ser que nela não haja lugar para a dúvida nem para a desculpa, quem a executa ou comete não pode se amparar em nenhum pretexto, nem no equívoco nem no acidente nem num cálculo ruim nem num erro qualquer. Uma mãe que causou a perdição do filho, que o criou mal ou o desviou intencionalmente, sempre poderia dizer ante as consequências nefastas: "Ah, não, eu não queria isso. Meu Deus, que desastrada eu fui, como podia imaginar esse resultado? Sempre fiz tudo por amor excessivo e com a melhor das intenções. Se o protegi até torná-lo covarde, ou o tornei caprichoso até deformá-lo e transformá-lo num déspota, foi sempre tendo em vista a sua felicidade. Como fui cega e daninha". E seria até capaz de acreditar mesmo nisso, mas seria impossível pensar ou contar a si mesma algo parecido se o rebento houvesse morrido por suas mãos, por obra sua e no momento decidido por ela. É muito diferente causar a morte, diz consigo mesmo quem empunha a arma (e nós seguimos seu raciocínio sem perceber), e preparar e aguardar que ela venha por si mesma ou que caia por seu próprio peso; e também desejá-la, e também ordená-la, e o desejo e a ordem às vezes se misturam, chegam a ser indistintos para quem está acostumado a ver os primeiros satisfeitos mal são expressos ou insinuados, ou a fazer que sejam realizados mal são concebidos. Por isso os mais poderosos e os mais sabidos nunca mancham as mãos nem quase a língua tampouco, porque assim têm a possibilidade de se dizer em seus dias mais autocomplacentes, ou mais acossados e fatigados pela consciência: "Ah, afinal de contas, não fui eu. Acaso eu estava presente, acaso peguei o revólver, a colher, a faca, o que quer que tenha acabado com ele? Eu nem estava lá quando ele morreu".

Comecei, não a desconfiar, mas a me indagar, quando uma noite, depois de voltar da casa de Díaz-Varela bem-humorada e animada, já deitada diante das minhas árvores agitadas e escuras, me surpreendi desejando, ou terá sido fantasiando com a possibilidade de que Luisa morresse e me deixasse o campo livre com relação a ele, ela que não fazia nada para ocupá-lo. Nós nos dávamos bem, eu me interessava quando ele me contava ou estava disposta a me interessar sem que me custasse o menor esforço consegui-lo, e era evidente que eu lhe agradava e que minha companhia o divertia, na cama, é claro, mas também fora dela, e este último detalhe é determinante, ou se o primeiro é necessário não basta, é insuficiente sem o segundo, e eu contava com ambas as vantagens. Em momentos vaidosos eu tendia a pensar que, se ele não tivesse aquela velha fixação, aquela antiga paixão cerebral — não me atrevia a chamá-lo de aquele velho projeto, porque isso teria implicado desconfiança, e esta ainda não tinha me assaltado —, não só ele estaria contente comigo, como eu teria me tornado imprescindível a ele paulatinamente. Às vezes eu tinha a sensação de que ele não podia se abandonar comigo — quer dizer, se entregar a mim — porque havia decidido em sua cabeça, fazia tempo, que era Luisa a pessoa eleita, e além do mais ela o havia sido com a convicção que permite prescindir de qualquer esperança, quando não existia a mais remota possibilidade de ver seu sonho realizado e ela era mulher do seu melhor amigo, de quem ambos tanto gostavam. Talvez até a tenha transformado num pretexto ideal para não se comprometer nunca o bastante com ninguém, para pular de uma mulher a outra e para que nenhuma tivesse muita duração nem importância, porque ele sempre estava olhando disfarçado para outro lado, ou por cima do ombro delas enquanto as abraçava atento (por cima dos nossos ombros, eu já devia me incluir entre as assim abraçadas). Quando uma pessoa deseja alguma coisa por muito tempo, é muito difícil deixar de desejá-la, quero dizer, admitir ou se dar conta de que não deseja mais ou de que prefere outra coisa. A espera nutre e potencializa esse desejo, a espera é acumulativa para com o esperado, solidifica-o e o torna pétreo, e então resistimos a reconhecer que desperdiçamos anos aguardando um sinal que quando por fim se produz já não nos tenta, ou nos dá infinita preguiça atender a seu chamado tardio de que agora desconfiamos, talvez porque não nos convém nos mexer. A gente se acostuma a viver à espera da oportunidade que não chega, no fundo tranquilos, a salvo e passivos, no fundo incrédulos a que ela nunca vá se apresentar.

Mas, ai, ao mesmo tempo ninguém renuncia de todo à oportunidade, e essa comichão nos acorda, nos impede de mergulhar no sono profundo. As coisas mais improváveis aconteceram, e isso todos nós intuímos, inclusive os que não sabem nada de história nem do acontecido no mundo anterior, nem mesmo do que ocorre neste, que avança no mesmo passo indeciso dos outros. Quem não assistiu a algo assim, às vezes sem reparar até alguém lhe apontar com o dedo e formular: o mais burro do colégio chegou a ministro e o vadio a banqueiro, o indivíduo mais tosco e feio tem um sucesso louco com as melhores mulheres, o mais simples se transforma num escritor venerado e é candidato ao Prêmio Nobel, como talvez Garay Fontina de fato seja, virá quem sabe o dia em que telefonarão para ele de Estocolmo; a admiradora mais chata e vulgar consegue se aproximar do seu ídolo e acaba se casando com ele, o jornalista corrupto e ladrão passa por moralista e paladino da honradez, reina o mais remoto e pusilânime dos sucessores ao trono, o último da lista e o mais catastrófico; a mulher mais enjoada, cheia de si e de preconceito é adorada pelas classes populares que ela pisoteia e humilha da sua cadeira de dirigente e que deveriam odiá-la, e o maior imbecil ou o maior sem-vergonha são votados em massa por uma população hipnotizada pela vileza ou disposta a se enganar ou talvez a se suicidar; o assassino político, conforme mudam os ventos, é libertado e aclamado como patriota heroico pela multidão que até então havia dissimulado sua própria condição criminal, e o mais clamoroso casca-grossa é nomeado embaixador ou presidente da República, ou feito príncipe consorte se houver amor envolvido, o quase sempre idiota e desatinado amor. Todos aguardam a oportunidade ou a buscam, às vezes depende apenas de quanta vontade se põe na consecução de cada anseio, quanto esforço e paciência na de cada propósito, por mais megalômano e descabido que seja. Como não iria eu acalentar a ideia de que Díaz-Varela ficaria finalmente comigo, seja porque seus olhos se abririam, seja porque fracassaria com Luisa apesar de a oportunidade ter lhe aparecido agora e de contar com a provável permissão, ou até com o encargo, de seu falecido amigo Deverne. Como não iria eu pensar que a minha também poderia se apresentar, se até o espectro antigo do coronel Chabert acreditou por um instante poder se reintegrar ao estreito mundo dos vivos e recuperar sua fortuna e o afeto, filial embora, da sua espantada mulher ameaçada por sua ressurreição. Como não iria me passar pela cabeça em noites de ilusão, ou de vaga embriaguez sentimental, se a nosso redor vive gente de talento nulo que consegue convencer seus contemporâneos de que possui um imenso, e os ignaros e vigaristas que aparentam com êxito, por meia ou mais vida, ser de uma inteligência extrema e são ouvidos como se oráculos fossem; se há gente nem um pouco dotada para aquilo a que se dedica e que no entanto faz uma carreira fulgurante sob o aplauso universal, pelo menos até sua saída do mundo, que acarreta seu esquecimento imediato; se há uns jecas descomunais que ditam a moda e a indumentária dos educados, os quais depositam neles uma misteriosa e absoluta confiança, e mulheres e homens desagradáveis, falsos e mal-intencionados que suscitam paixões por onde andam; e se tampouco faltam amores grotescos em suas pretensões, condenados ao descalabro e à chacota, que acabam se impondo e se realizando contra todo prognóstico e raciocínio, contra toda aposta e probabilidade. Tudo pode acontecer, tudo pode vir a ser, e uns mais outros menos sabem disso, daí por que são poucos os que recuam em seu grande empenho — mesmo que sonolento e inconstante —, dentre os que têm algum grande empenho, é claro, e esses nunca são tantos que possam vir a saturar o mundo com incessantes denodo e confrontação.

Mas às vezes basta que alguém se aplique exclusivamente e com todas as suas forças a ser algo determinado ou a alcançar uma meta para que acabe sendo-o ou alcançando-a, apesar de ter todos os elementos objetivos contra si, apesar de não ter nascido para isso ou por Deus não o ter chamado para trilhar esse caminho, como se dizia antigamente, e onde isso mais dá na vista é nas conquistas e nos enfrentamentos: há quem tenha tudo para se dar mal em sua inimizade ou seu ódio a outro, quem careça de poder e de meios para eliminá-lo e ao lado deste se assemelha a uma lebre tentando atacar um leão, e não obstante esse alguém sairá vitorioso à força de tenacidade, falta de escrúpulos, estratagemas, sanha e concentração, se não tiver outro objetivo na vida que prejudicar o inimigo, sangrá-lo e miná-lo e depois liquidá-lo, ai de quem arranja um inimigo com essas características por mais fraco e miserável pareça ser; se uma pessoa não tem vontade nem tempo para lhe dedicar a mesma paixão e responder com igual intensidade acabará sucumbindo a ele, porque não é possível combater distraído numa guerra, seja ela declarada ou soterrada ou oculta, nem menosprezar o adversário obstinado, embora o acreditemos inócuo e sem capacidade de nos causar dano, nem de nos arranhar: na realidade, qualquer um pode nos aniquilar, da mesma maneira que qualquer um pode nos conquistar, e essa é a nossa fragilidade essencial. Se alguém decide nos destruir é muito difícil evitar essa destruição, a não ser que abandonemos tudo mais e nos concentremos somente nessa luta. Mas o primeiro requisito é saber que essa luta existe, e nem sempre nos inteiramos, as que oferecem mais garantias de sucesso são as ardilosas, as silenciosas, as traiçoeiras, como as guerras não declaradas ou nas quais o atacante é invisível ou está disfarçado de aliado ou de neutro, eu podia lançar contra Luisa uma ofensiva pelas costas ou oblíqua da qual ela não teria conhecimento porque nem sequer saberia que uma inimiga a espreitava. Podemos ser um obstáculo para alguém sem procurar nem ter a menor ideia de sê-lo, estar no seu caminho, atrapalhando uma trajetória contra a nossa vontade ou sem nos dar conta, e assim ninguém jamais está a salvo, todos nós podemos ser detestados, a todos nós podem querer suprimir, até ao mais inofensivo ou infeliz. A pobre Luisa era ambas as coisas, mas ninguém renuncia de todo à oportunidade, e eu não ia ser menos que os outros. Sabia o que esperar de Díaz-Varela e nunca me enganei, e mesmo assim não conseguia deixar de aguardar um golpe de sorte ou uma estranha transformação nele, que um dia descobrisse que era incapaz de ficar sem mim, ou que precisava estar com as duas. Naquela noite eu via como único golpe de sorte verdadeiro e possível que Luisa morresse e que, ao desaparecer e não poder mais ser o objetivo, a meta, o troféu longamente ansiado, não restasse outro remédio a Díaz-Varela senão me enxergar de verdade e se refugiar em mim. A nenhum de nós deve ofender que alguém se conforme conosco, na falta de quem foi melhor.

Se eu era capaz de desejar a sós, por um instante na noite do meu quarto; se era capaz de fantasiar sobre a morte de Luisa, que nada me fizera e contra a qual nada tinha, que me inspirava simpatia e piedade e até me provocava certa emoção, me perguntei se não teria ocorrido o mesmo com Díaz-Varela, e com maior motivo, a respeito de seu amigo Desvern. A gente não deseja em princípio a morte dos que nos são tão próximos que quase constituem a nossa vida, mas às vezes nos surpreendemos imaginando o que aconteceria se um deles desaparecesse. Em certas ocasiões, a imaginação é suscitada apenas pelo temor ou pelo horror, pelo amor excessivo que professamos por eles e pelo pânico de perdê-los: "Que faria eu sem ele, sem ela? Que seria de mim? Não poderia continuar vivendo, desejaria ir com ele". A mera antecipação nos dá vertigem e costumamos afastar o pensamento no mesmo instante, com um estremecimento e uma sensação salvífica de irrealidade, como quando repelimos um pesadelo persistente que não cessa totalmente no momento do nosso despertar. Mas em outras o sonho é misto e impuro. A gente não se atreve a desejar a morte de ninguém, menos ainda de alguém achegado, mas intui que se determinada pessoa sofresse um acidente, ou ficasse doente até seu fim, o universo melhoraria um pouco, ou, o que dá na mesma para cada um, nossa própria situação pessoal. "Se ele ou ela não existissem", pode-se chegar a pensar, "que diferente tudo seria, que peso eu tiraria dos meus ombros, acabariam minhas penúrias ou meu insuportável mal-estar, ou como quer que eu enfatizasse." "Luisa é o único empecilho", cheguei a pensar; "só a obsessão de Díaz-Varela por ela se interpõe entre nós. Se ele a perdesse, se ele se visse privado da sua missão, da sua ânsia..." Naqueles dias eu não me forçava mentalmente a chamá-lo por seu sobrenome, ainda era "Javier", e esse nome era adorado como aquilo que a gente não pode conseguir. Sim, se eu resvalava para esse tipo de consideração, como não deve ter ocorrido o mesmo a ele, enquanto Deverne era o obstáculo? Uma parte de Díaz-Varela teria ansiado diariamente que seu amigo do peito morresse, que se esfumasse, e essa mesma parte, ou quem sabe uma maior, teria se regozijado com a notícia do seu esfaqueamento inesperado, com o qual ele nada teria a ver. "Que desgraça e que sorte", talvez houvesse pensado ao saber. "Como lamento, como comemoro, que enorme desventura Miguel estar ali naquele instante, quando aquele indivíduo teve o surto homicida, podia ter acontecido com qualquer um, até comigo, e ele podia ter se encontrado em qualquer outro lugar, como é possível que coubesse a ele, que sorte que o tenham tirado do meu caminho e limpado o terreno que eu acreditava ocupado para sempre, e sem que eu tenha contribuído de modo algum para isso, nem mesmo por omissão, por descuido ou por um acaso que viesse a ser amaldiçoado retrospectivamente, por não tê-lo retido mais tempo a meu lado e ter lhe impedido de ir aonde foi, isso só teria sido possível se eu o tivesse visto naquele dia, mas não o vi nem falei com ele, ia telefonar mais tarde para dar parabéns, que azar, que bênção, que sorte e que perplexidade, que perda e que ganho. E nada pode me ser recriminado."

Nunca amanheci na casa dele, nunca passei uma noite a seu lado nem conheci a alegria de que seu rosto fosse a primeira coisa que meus olhos vissem de manhã; mas houve, isso sim, uma vez em que adormeci involuntariamente em sua cama no meio da tarde ou quando já anoitecia, um sono breve mas profundo depois do satisfeito esgotamento que aquela cama me produzia, que sei eu se aos dois, a gente nunca sabe se o que nos dizem é verdade, nunca se tem certeza de nada que não venha de nós mesmos, e olhe lá. Naquela ocasião — foi a última — tive a vaga consciência de ouvir uma campainha, abri um pouco as pálpebras, meio instante, e o vi a meu lado, já completamente vestido (ele sempre se vestia logo, como se não quisesse se permitir junto de mim nem um minuto da indolência cansada ou contente dos amantes depois de um encontro), lendo à luz da mesinha de cabeceira, imóvel como uma foto, as costas no travesseiro, sem zelar nem prestar atenção em mim, de modo que não acordei. A campainha voltou a soar, duas ou três vezes e cada vez mais demoradamente, mas não me perturbou e a incorporei ao meu sono, segura de que não me dizia respeito. Não me mexi, não abri outro olho, apesar de notar que ao terceiro ou quarto toque Díaz-Varela deslizava da cama com um movimento lateral silencioso e rápido. Era com ele, não comigo em todo caso, ninguém sabia que eu estava ali (dentre todos os lugares do mundo, naquela cama). Minha consciência, contudo, começou a ficar alerta, embora ainda dentro do sono. Eu tinha adormecido em cima da colcha, seminua, ou despida até onde ele havia decidido, e agora notei que ele tinha me posto um cobertor, para que não ficasse com frio ou talvez para não continuar vendo meu corpo, para que não achasse tão patente o que acabava de fazer comigo, para ele nada mudava depois das efusões, agia como se não houvessem existido, ainda que tivessem sido aparatosas, o tratamento era o mesmo depois e antes. Me cobri com a manta por reflexo, e esse gesto me despertou mais, embora tenha permanecido de olhos fechados, agora num meio-sono, levemente atenta a ele, pois que havia saído do quarto e me deixado.

Era alguém que estava na entrada do prédio, porque não ouvi a porta se abrir, mas a voz abafada de Díaz-Varela respondendo pelo interfone, palavras que não entendi, só um tom entre surpreso e incomodado, depois resignado e condescendente, como de quem aceitasse a contragosto algo que o contrariava muito e que infelizmente lhe dizia respeito. Ao cabo de alguns segundos — ou uns poucos minutos — alcançou-me com mais nitidez e força a voz do recém-chegado, uma voz de homem alterada, Díaz-Varela deve tê-lo esperado com a porta de casa aberta para que não precisasse tocar também esta campainha, ou talvez contasse despachá-lo da soleira, sem nem mesmo convidá-lo a entrar.

"Que ideia a sua, desligar o celular", repreendeu-o aquele indivíduo. "Me obrigou a vir aqui, como um idiota."

"Baixe o tom, já te disse que não estou sozinho. Uma fulana, agora está dormindo, você não vai querer que ela acorde e nos escute. Além do mais, ela conhece a mulher. E o que você quer, que eu fique com o celular sempre ligado para o caso de você telefonar? Em princípio não tem por que você me ligar, quanto tempo faz que não nos falamos? Bom, pode ser importante o que tem para me contar. Deixe eu ver, espere."

Aquilo foi o suficiente para que eu acordasse completamente. Basta saber que não querem que ouçamos para fazermos o possível para escutar, sem levar em conta que às vezes nos escondem as coisas para nosso bem, para não nos decepcionarmos ou para não nos envolvermos, para que a vida não nos pareça tão ruim quanto costuma ser. Díaz-Varela havia acreditado ter bai-

163

xado a voz ao responder, mas não havia conseguido por causa da sua irritação, ou seria apreensão, por isso ouvi suas frases com clareza. Sua última palavra, "espere", me fez supor que vinha espiar o quarto para conferir se eu continuava dormindo, de modo que fiquei bem quieta e com os olhos bem fechados, apesar de já ter saído inteiramente do sono. E assim foi, ouvi como entrava no quarto e dava quatro ou cinco passos até chegar à altura da minha cabeça no travesseiro e me observar alguns segundos, como quem estivesse fazendo um teste, os passos que deu não foram cautelosos, mas normais, como se estivesse sozinho no cômodo. Os de saída, no entanto, já foram muito mais precavidos, pareceu-me que não queria correr o risco de me acordar depois de ter se certificado de que eu dormia profundamente. Notei como fechava a porta com cuidado, e como puxava de fora a maçaneta para garantir que não sobrava uma fresta pela qual a conversa pudesse filtrar. A sala era contígua. Mas não soou o clique, aquela porta não fechava até o fim. "Uma fulana", pensei, entre divertida e suscetível; não "uma amiga" nem "um caso" nem "uma namorada". Provavelmente eu não era o primeiro nem o segundo nem seria jamais o terceiro, nem sequer no sentido mais amplo e vago da palavra, com seu valor de curinga. Podia ter dito "uma mulher". Bom, vai ver que seu interlocutor era um desses homens que tanto abundam, aos quais só se pode falar com um vocabulário determinado, o deles, não com o que a gente emprega normalmente, e aos quais é melhor se adaptar sempre para que não desconfiem de nós nem se sintam incomodados ou diminuídos. Não levei a mal de modo algum, para a maioria dos fulanos do mundo eu seria apenas "uma fulana".

Pulei da cama no ato, meio despida como estava (mas eu havia conservado o tempo todo a saia), me aproximei cautelosamente da porta e grudei nela o ouvido. Assim só chegava a mim um mùrmúrio com algum vocábulo solto, os dois homens estavam nervosos demais para conseguir baixar de fato a voz, apesar de suas tentativas e da sua vontade. Me atrevi a abrir um pouco a fresta que Díaz-Varela havia procurado eliminar com seu suave puxão de fora; por sorte não fez um rangido que me delatasse; e se ele se desse conta da minha indiscrição, eu tinha a desculpa de ter ouvido vozes e ter querido conferir se viera alguém, precisamente para não aparecer enquanto durasse a visita e poupar a Díaz-Varela a obrigação de me apresentar ou dar qualquer explicação. Não é que fossem clandestinos nossos encontros esporádicos, pelo menos não havíamos combinado assim, mas eu desconfiava que ele não os tinha contado a ninguém, talvez porque eu também não o havia feito. Ou era porque ambos havíamos ocultado esses encontros à mesma pessoa, a Luisa, em meu caso não sabia por quê, foi por um vago e incongruente respeito aos planos que ele acalentava em silêncio, e à perspectiva de que os levasse em frente e um dia se convertessem em marido e mulher. Aquela frestinha mínima que nem chegava a ser uma (a madeira um pouco inchada, por isso a porta não fechava direito) me permitia distinguir quem falava em cada momento e às vezes algumas frases completas, outras só fragmentos ou quase nada, dependia do que os homens conseguiam falar em sussurros, como era a intenção deles. Mas logo elevavam de novo a voz sem querer, dava para ver que estavam excitados se é que não um tanto alarmados ou até assustados. Se Díaz-Varela me descobrisse mais tarde espiando (talvez voltasse a aparecer por precaução), quanto mais tempo passasse mais difícil seria para mim, se bem que sempre poderia pretextar que pensara que ele havia fechado a porta só para não me acordar, não porque fosse segredo o que precisava tratar com sua visita. Ele não engoliria, mas eu livraria a cara, pelo menos formalmente, a não ser que ele me enfrentasse com grosseria ou furor, sem se importar com as consequências, e me acusasse de embusteira. Com razão, porque a verdade é que eu sabia desde o início que sua conversa não era para os meus ouvidos, não só por reserva geral, mas porque "além do mais" eu conhecia "a mulher", e essa palavra tinha sido dita em seu sentido de esposa, de mulher de alguém, e esse alguém, por ora, só podia ser Desvern.

"Bom, o que é que houve, o que é tão urgente assim?", ouvi Díaz-Varela dizer, e também ouvi a resposta do outro indivíduo, cuja voz era sonora e a dicção correta e muito clara, não chegava a ter um sotaque madrilenho de piada — supõe-se que separamos e marcamos muito cada sílaba, mas nunca ouvi ninguém da minha cidade falar assim, só nos filmes e no teatro antiquados, ou no máximo de gozação —, apenas unia vocábulos e todos eram bem distintos quando não saía o cochicho que ele pretendia e para o qual sua fala e seu tom pareciam incapacitados.

"Pelo visto, o sujeito começou a abrir a boca. Está saindo do mutismo."

"Quem, Canella?", também ouvi essa pergunta de Díaz-Varela com nitidez, ouvi o nome como quem ouve uma maldição que o faz estremecer — eu me lembrava desse nome, tinha lido na internet e aliás lembrava dele por inteiro, Luis Felipe Vázquez Canella, como se fosse um título que fica gravado na memória, ou um verso; e também notei seu sobressalto, seu pânico —, ou como quem ouve sua própria sentença ou a do ser mais querido e não dá crédito e ao mesmo tempo que a escuta a nega e se diz que não é possível, que aquilo não está acontecendo, que não está ouvindo o que está ouvindo e que não escutou o que escutou, como quando nosso amor nos convoca com a frase universal e agourenta a que recorrem todas as línguas — "Precisamos conversar, María", nos chamando além do mais por nosso nome de batismo que mal usa nas outras circunstâncias, nem mesmo quando ofega dentro da gente, sua boca aduladora bem perto, junto do nosso pescoço — e em seguida nos condena: "Não sei o que está acontecendo comigo, não consigo explicar"; ou então: "Conheci outra pessoa"; ou ainda: "Você deve ter percebido que estou meio estranho e distante ultimamente", tudo isso são prelúdios de desgraça. Ou como quem ouve o médico pronunciar o nome de uma doença alheia que não tem a ver conosco, da qual outros sofrem mas não nós mesmos, e desta vez a atribui a nós, inverossimilmente, como é possível?, deve ser um erro ou o que foi ouvido não foi dito, isso não tem a ver comigo nem pode se aplicar a mim, nunca fui um azarado, uma azarada, não sou disso nem vou ser.

Eu também me sobressaltei, eu também senti pânico momentâneo e estive a ponto de me afastar da porta para não ouvir mais e assim poder me convencer mais tarde de que tinha ouvido mal ou de que na realidade não tinha ouvido nada. Mas a gente sempre continua escutando, depois que começou, as palavras caem ou saem flutuando e não há quem as pare. Desejei que conseguissem baixar de uma vez por todas as vozes, para que não dependesse da minha vontade não ficar sabendo, e tudo se tornasse nebuloso ou se esfumasse, e eu tivesse dúvidas; para não confiar em meus sentidos.

"Claro, quem havia de ser", respondeu o outro com um pouco de desdém e de impaciência, como se agora que tinha dado o alarme ele é que estivesse com a faca e o queijo na mão, quem traz uma notícia sempre está, até que solta ambos e passa adiante e então fica sem nada, e quem ouve não precisa mais deles. A posição dominante do portador dura pouco, só enquanto anuncia que sabe e ao mesmo tempo guarda silêncio.

"E o que ele está dizendo? Não pode dizer muito, o que pode dizer? Não? O que pode dizer esse desgraçado? Que importa o que um transtornado diga?" Díaz-Varela repetia a frase principalmente a si mesmo, estava nervoso, como se quisesse conjurar um malefício.

Seu visitante desatou a falar atropeladamente — não pôde mais se conter — e ao fazê-lo baixou e subiu o tom várias vezes, involuntariamente. Da sua resposta só me chegaram alguns fragmentos, suficientes porém.

"... falando dos telefonemas, da voz que lhe contava", disse ele, "... do homem de couro, que sou eu", disse. "Não acho graça... não tem importância... mas vou ter que aposentá-los, e olhe que gosto deles, já uso faz um tempão... Não encontraram nenhum celular, disso eu me encarreguei... de modo que vai parecer fantasia para eles... O perigo não é que acreditem, é um doido... Seria que ocorresse a alguém... não espontâneo mas instigado... O mais provável é que não, se de alguma coisa o mundo está cheio é de preguiçosos... Passou bastante tempo... Era o previsto, negar-se a falar foi uma dádiva, as coisas estão agora como esperávamos no início... nos acostumamos mal... Na hora, no calor dos acontecimentos... pior, mais crível... Mas eu queria que você ficasse sabendo logo, porque é uma mudança, e nada pequena, se bem que por ora não nos afete nem creio que vá afetar... É melhor que você esteja prevenido."

"Não, não é pequena, Ruibérriz", ouvi Díaz-Varela dizer, e ouvi bem esse sobrenome pouco frequente, ele estava excitado demais para moderar a voz, não a controlava. "Apesar de ser maluco, está dizendo que alguém o convenceu, em pessoa e com

169

telefonemas, ou que lhe meteu a ideia na cabeça. Está dividindo a culpa, ou ampliando-a, e o elo seguinte era você, e atrás de você vou eu, que piada de péssimo gosto. Suponha que mostrem uma foto sua a ele e que ele te reconheça. Você tem antecedentes, não é? Está fichado, não está? E como você disse, usa a vida inteira esses casacões de couro, todo mundo te conhece por eles e pelas camisetas no verão, já não está mais na idade de usá-las, é claro. No início você me disse que nunca iria, que não se deixaria ver, que mandaria um terceiro se fosse preciso dar uma sacudida nele, enfurecê-lo mais e lhe mostrar um rosto em que ele confiasse. Que entre ele e mim haveria pelo menos dois passos, e não um, e que o mais distante nem saberia da minha existência. E agora só tem você no meio e ele poderia te reconhecer. Você está fichado, não está? Diga a verdade, não é hora de panos quentes, prefiro saber para o que devo estar preparado."

Fez-se um silêncio, talvez o tal de Ruibérriz estivesse pensando se dizia ou não a verdade, como Díaz-Varela havia pedido, e se pensava é que estava fichado mesmo, suas fotos num arquivo. Temi que a pausa se devesse a algum barulho que eu houvesse feito sem perceber, um pé na madeira, não acreditava, mas o medo nos obriga a não descartar nada, nem o inexistente. Imaginei os dois imóveis, contendo a respiração um instante, aguçando desconfiados o ouvido, olhando de esguelha para o quarto, fazendo-se um gesto com a mão, um gesto que significaria "Espere, a fulana acordou". E de repente tive medo deles, os dois juntos me deram medo, quis acreditar que Javier sozinho ainda não tinha me dado: eu acabava de estar na cama com ele, tinha-o abraçado e beijado com todo o amor que eu me atrevia a demonstrar por ele, ou seja, com muito amor contido ou dissimulado, eu só o deixava se manifestar em detalhes nos quais ele provavelmente não reparava, a última coisa que eu desejava era assustá-lo, espantá-lo antes da hora, afugentá-lo — a hora logo chegaria, disso eu estava certa. Notei que esse amor guardado ficava em suspenso, em qualquer das suas formas é incompatível com o medo; ou que se adiava até um momento melhor, o do desmentido ou do esquecimento, mas não me escapava que nenhum dos dois era possível. Assim, afastei-me da porta, para o caso de ele entrar de novo a fim de comprovar que eu continuava dormindo, adotei uma postura que me pareceu convincente, esperei, não ouvi mais nada, perdi a resposta de Ruibérriz, deve tê-la dado antes ou depois. Talvez tenha permanecido ali um minuto, dois, três, ninguém entrou, não aconteceu nada, de maneira que me armei de ousadia e saí de novo de entre os lençóis, me aproximei da falsa fresta, sempre meio despida, como ele tinha me deixado, sempre de saia. À tentação de ouvir ninguém resiste, mesmo se nos damos conta de que não nos convém. Sobretudo quando o conhecimento já começou.

As vozes eram menos audíveis agora, um murmúrio, como se tivessem se acalmado depois do sobressalto inicial. Talvez, antes, os dois estivessem de pé e agora houvessem sentado um instante, a gente fala mais baixo quando está sentado.

"O que acha que devemos fazer?", captei enfim Díaz-Varela. Ele queria resolver o assunto.

"Não temos que fazer nada", respondeu Ruibérriz elevando a voz, talvez porque dava instruções e voltava a se sentir momentaneamente no comando. Soou como se resumisse, pensei que iria embora logo, talvez já houvesse pegado o casacão e posto no braço, na hipótese de que houvesse chegado a tirá-lo, uma visita intempestiva e relâmpago, com certeza Díaz-Varela não lhe havia oferecido nem água. "Essa informação não aponta ninguém, não nos diz respeito, nem você nem eu temos a ver com isso, qualquer insistência de minha parte seria contraproducente. Esqueça, depois de ficar sabendo. Nada muda, nada mudou. Se houver mais alguma novidade, ficarei sabendo, mas não teria por que haver. O mais provável é que registrem, arquivem e não façam nada. Como vão investigar, desse celular não há rastro, não existe. Canella nem sequer soube o número, nunca, pelo visto deve ter dado uns quatro ou cinco diferentes, esquecia os números, normal, todos inventados, ou sonhados. Entregou o aparelho, mas nunca disse o número, foi o que combinamos e foi o que se fez. O que há de novo, portanto? O cara ouviu vozes, diz ele agora, que lhe falavam das filhas e indicavam o culpado. Como tantos outros pirados. Não tem nada de especial que, em vez de em sua cabeça ou vindas do céu, soassem através de um celular, vão achar que é um desvario, vontade de se fazer de importante. Até o mais miserável fica sabendo dos progressos do mundo, até os loucos, e quem não tem celular é um coitado. Deixe pra lá. Não se assuste demais da conta, não ganhamos nada com isso."

"Bom, e o homem de couro? Você mesmo se alarmou, Ruibérriz. Por isso veio correndo me contar. Agora não vá me dizer que não há motivo. Em que pé estão as coisas?"

"Bom, é verdade, quando soube me assustei um pouco, reconheço. Estávamos tão sossegados com a recusa dele em depor, em falar o que quer que fosse. Me pegou de surpresa, eu não esperava a esta altura. Mas ao te contar me dei conta de que na realidade não houve nada. E que um homem de couro tenha se apresentado a ele uma ou duas vezes, bem, para efeitos práticos seria como se a Virgem de Fátima houvesse aparecido para ele. Eu já te disse que só me procuram no México, se é que já não prescreveu, com certeza que sim, mas eu é que não vou até lá verificar: uma coisa de juventude, faz séculos. E na época eu não usava estes casacões." Ruibérriz tinha consciência de que dera uma mancada, de que nunca devia ter se deixado ver pelo flanelinha. Vai ver que por isso tentava minimizar o perigo da informação que trouxera.

"Em todo caso, é melhor se desfazer dos que você tem. A

começar por este. Queime, esfarrape. Vai que algum espertinho resolva relacioná-lo a você. Você pode não estar fichado aqui, porém mais de um tira te conhece. Esperemos que os da Homicídios não cruzem os dados com os de outros delitos. Bom, aqui ninguém cruza nada com ninguém, pelo visto. Seria estranho. Cada delegacia só cuida dos próprios casos." Díaz-Varela também procurava ser otimista e se acalmar. Pareciam gente normal, no fim das contas, amadores tão perdidos quanto eu teria estado. Gente desacostumada com o crime, ou sem consciência suficiente de ter instigado um, quase de tê-lo encomendado, pelo que eu deduzia.

Eu queria ver aquele Ruibérriz, devia estar a ponto de se despedir: sua cara e também seu famoso casacão de couro, antes que o destruísse. Resolvi sair, tive o impulso de me vestir rapidamente. Mas, se assim fizesse, Díaz-Varela poderia desconfiar que eu já sabia há algum tempo que tinha mais alguém na casa, e quem sabe ouvindo, espiando, pelo menos os segundos que eu teria gastado para pôr o resto da roupa. E se irrompesse na sala do jeito que estava, daria a impressão de que acabava de acordar e não tinha conhecimento da presença de ninguém. Não teria ouvido nada, acreditava que ele e eu continuávamos a sós, como sempre, sem testemunha possível das nossas conjunções ocasionais, algumas tardes. Saía a seu encontro com naturalidade, depois de descobrir que durante meu sono não havia ficado a meu lado, na cama. Era melhor eu me apresentar meio despida, sem nenhuma cautela e fazendo barulho, como uma inocente que continuava no mundo da lua.

Mas na realidade eu não estava meio despida, e sim, mais propriamente, meio ou quase nua, e o resto da roupa significava toda nua menos a saia, porque era ela a única coisa que eu havia conservado, Díaz-Varela gostava de vê-la levantada ou levantá-la durante nossos embates, mas por prazer ou por comodidade acabava tirando as outras peças; bom, às vezes ele sugeria que eu calçasse de novo os sapatos depois de tirar as meias, mas só se eram de salto os que eu usava, muitos homens são fiéis a certas imagens clássicas, eu os entendo — tenho as minhas — e não me oponho, não custa nada satisfazê-los e até me sinto lisonjeada por responder a uma fantasia já dotada de algum prestígio, o da sua duração através de umas tantas gerações, não é pouco mérito. Assim, a exagerada escassez de vestimentas — a saia logo acima do joelho, quando estava em seu lugar e esticada, e que agora estava amarrotada e mexida e que parecia mais exígua — me parou bruscamente e me fez hesitar, e me perguntar se, caso eu me acreditasse de fato a sós com Díaz-Varela em seu apartamento, teria saído do quarto com os peitos de fora ou os teria coberto, é preciso estar muito segura de que eles não caíram, de que seu balanço e seus sacolejões excessivos não nos denunciam, para andar assim na frente de alguém (nunca entendi a desenvoltura dos nudistas crescidos); não é a mesma coisa um homem vê-los em repouso, ou em meio a um fragor confuso e próximo, e de frente, à distância e em movimento descontrolado. Mas não cheguei a resolver a dúvida, porque o pudor se intrometeu e prevaleceu logo em seguida. A perspectiva de me exibir pela primeira vez desse modo me pareceu insuportável, ainda mais por se tratar de um indivíduo duvidoso e sem escrúpulos. Díaz-Varela também não os tinha, conforme eu acabava de descobrir, e talvez em maior grau, mas não deixava de ser alguém que conhecia tudo quanto é visível do meu corpo, e não só isso, alguém ainda querido, eu sentia um misto de incredulidade radical e repugnância primária e irrefletida, era incapaz de assumir o que acreditava saber agora — que dirá analisar —, e se digo "acreditava" é porque contava ter ouvido mal, ou ser um mal-entendido, ter interpretado aquela conversa equivocadamente, existir uma explicação de algum tipo que me permitisse pensar mais tarde: "Como pude imaginar uma coisa dessas, que tola e injusta eu fui!". E ao mesmo tempo me dava conta de que já havia interiorizado, incorporado irremediavelmente os fatos que se desprendiam dela, portanto estavam registrados no meu cérebro enquanto não se produzisse um desmentido que eu não poderia pedir sem me pôr, talvez, em grave risco. Tinha de fingir não ter ficado sabendo de nada não só para não lhe parecer uma espiã e uma indiscreta — na medida em que me importava como ele me visse, e então continuava me importando, pois nenhuma mudança é de uma vez e instantânea, nem mesmo a provocada por uma descoberta horrenda —, mas porque além do mais me convinha, ou até me era literalmente vital. Também senti medo, por mim, um pouco de medo, era impossível para mim ter muito, avaliar a dimensão do sucedido e do que ele acarretava, não era fácil passar da placidez ou da moleza *post coitum* ao temor à pessoa com a qual as alcançáramos. Em tudo aquilo havia algo de inverossímil, de irreal, de sonho difamatório e aziago que nos pesa na alma e não aguentamos, era incapaz de ver Díaz-Varela de repente como um assassino que pudesse reincidir no crime uma vez saltada a barreira, uma vez já experimentado. Não era mesmo, quis pensar mais tarde: ele não havia agarrado uma faca nem havia apunhalado ninguém, nem sequer havia falado com aquele Vázquez Canella, o flanelinha homicida, não lhe tinha encomendado nada, com ele não tivera contato e jamais havia trocado uma palavra, pelo que eu deduzia. Vai ver que nem havia idealizado aquela maquinação, podia ter contado suas desventuras a Ruibérriz e este ter planejado tudo por própria conta — desejoso de agradar, um cabeça oca, um cabeça louca —, e ter vindo vê-lo com os fatos consumados, como quem aparece com um presente inesperado: "Olhe como aplainei o terreno, olhe como limpei a área pra você, agora está tudo nas suas mãos". Nem mesmo esse Ruibérriz havia sido o executor, ele tampouco havia empunhado a arma nem tinha dado indicações precisas a ninguém: havia sido inicialmente um terceiro, pelo que eu entendera, um pau-mandado, e eles tinham se limitado a acirrar a desvairada imaginação do indigente e a contar com sua reação ou impulso violento um dia, o que podia acontecer ou não acontecer nunca, se era um crime premeditado havia sido deixado por demais ao acaso, estranhamente. Até que ponto tiveram certeza, até que ponto eram responsáveis? A não ser que também tivessem lhe dado instruções ou ordens e o tivessem coagido, e arranjado a faca borboleta, com lâmina de sete centímetros que entram todos na carne, não devem ser conseguidas tão fácil assim, já que teoricamente são proibidas, nem devem ser baratas para quem ganha apenas umas gorjetas e dorme num carro abandonado.

Certamente tinham lhe dado um motivo para ligarem para ele e para que ele não ligasse — talvez não tivesse nem para quem telefonar, suas filhas em paradeiro desconhecido ou deliberadamente fora do seu alcance, fugindo como da peste daquele pai colérico, puritano e transtornado —, para persuadi-lo ao pé do ouvido, como quem sussurra, ninguém se lembra que o que nos dizem por telefone não nos chega de longe mas de bem perto, e que por isso nos convence muito mais do que ouvido de um interlocutor cara a cara, este não roçará nossa orelha, ou só muito raramente. Em geral, essa reflexão não serve ou, ao contrário, é uma agravante, mas a mim serviu momentaneamente para eu me acalmar um pouco e não me sentir ameaçada, não em princípio e não então, na casa de Díaz-Varela, não em seu quarto, em sua cama: era seguro que ele não tinha manchado as mãos de sangue, com o sangue do seu melhor amigo, aquele homem com que eu tanto simpatizava à distância, durante meus cafés da manhã de vários anos.

Depois tinha o outro, cuja cara eu queria ver e para o que estava disposta a sair seminua, antes que ele fosse embora e eu perdesse sua visão para sempre. Talvez fosse mais perigoso e não achasse a menor graça em me ver, ou que eu guardasse sua imagem a partir daquele momento; talvez com ele eu me expusesse verdadeiramente e lesse em seu olhar estas frases: "Gravei seu rosto; não será difícil descobrir seu nome nem averiguar onde você mora". E que lhe viesse a tentação de me suprimir.

Mas eu tinha de me apressar, não podia hesitar mais, pus então o sutiã e os sapatos — eu os havia tirado de novo, esfregando os saltos contra a beirada inferior da cama, tinha-os deixado cair no chão pouco antes de adormecer. O sutiã bastava, provavelmente eu teria posto de qualquer maneira, mesmo que não houvesse nenhum intruso, sabendo que de pé, em movimento, ele me favorecia: inclusive ante Díaz-Varela, que acabava de me ver sem nada. Era de um tamanho menor que o normal, um truque velhíssimo que sempre dá resultado nos encontros galantes, faz os peitos parecerem mais altos, mais exuberantes, apesar de eu nunca ter tido até então muitos problemas com os meus. Tudo bem. São pequenos chamarizes e evitam decepções, quando você vai a um encontro com uma ideia preconcebida do que esse encontro deve conter, além de outras coisas mais variáveis. Esse sutiã talvez me tornasse mais chamativa — ou melhor, não: mais atraente — aos olhos do desconhecido, mas eu também me sentia mais protegida, atenuava minha vergonha.

Me dispus a abrir a porta, antes tinha me calçado sem me preocupar com o ruído dos saltos sobre a madeira, uma maneira de avisá-los, se é que estavam atentos o bastante, e não absortos em seus apuros. Devia tomar cuidado com a minha expressão, tinha que ser de absoluta surpresa quando visse o tal de Ruibérriz, o que não havia resolvido era qual seria minha primeira reação verossímil, seguramente dar meia-volta desconcertada e entrar a toda pressa no quarto para só reaparecer quando houvesse posto o suéter de gola em v que usava naquele dia, ligeiramente decotado, ou o suficiente. E quem sabe tapar o busto com as mãos, ou teria sido excessivamente pudico? Nunca é fácil a gente se colocar na situação que não é, não me explico como tanta gente passa a vida fingindo, porque é totalmente impossível levar todos os elementos em conta, até o último e irreal detalhe, quando na verdade nenhum existe e todos têm de ser fabricados.

Respirei fundo e puxei a maçaneta, disposta a representar minha comédia, e naquele momento soube que já estava vermelha, antes que Ruibérriz entrasse em meu campo visual, porque sabia que ele ia me ver de sutiã e saia justa e sentia pudor em me mostrar assim diante de um desconhecido do qual além do mais eu fizera a pior ideia, talvez meu afogueamento proviesse em parte do que eu acabava de ouvir, do misto de indignação e espanto que não conseguia diminuir a incredulidade que também me rondava; estava alterada, em todo caso, com sensações e pensamentos confusos, o ânimo muito agitado.

Os dois homens estavam de pé e viraram a vista no mesmo instante, não devem ter me ouvido pôr os sapatos nem nada. Nos olhos de Díaz-Varela notei de imediato frieza, ou receio, censura, severidade até. Nos de Ruibérriz surpresa apenas, e um lampejo de admiração masculina que sei reconhecer e que ele não podia evitar, provavelmente, há homens com pupila muito rápida para essa classe de apreciação, e não sabem refreá-la, são capazes de fixar-se nas coxas descobertas de uma mulher que sofreu um acidente, estendida na estrada e ensanguentada, ou no vão dos seios que aparecem na que se agacha para socorrê-los, se são eles os feridos, está acima da sua vontade ou não tem a ver com ela, é uma maneira de estar no mundo que durará até a agonia deles, e antes de fechar para sempre as pálpebras observarão com complacência o joelho da enfermeira, mesmo que esteja de meias brancas empelotadas.

Sim, eu me tapei com as mãos, instintiva e sinceramente; o que não fiz foi dar meia-volta e me retirar imediatamente, porque pensei que devia dizer alguma coisa, manifestar violência, sobressalto. Isso não foi tão espontâneo.

— Ai, sinto muito, desculpe — me dirigi a Díaz-Varela —, não sabia que tinha alguém. Desculpem, vou pôr alguma coisa.

— Não, eu já ia sair — disse Ruibérriz, e me estendeu a mão.

— Ruibérriz, um amigo — Díaz-Varela o apresentou, incomodado, sucintamente. — Esta é a María. — Me privou do sobrenome, como Luisa na casa dela, mas é possível que o tenha feito conscientemente, para me proteger, por pouco que fosse.

— Ruibérriz de Torres, muito prazer — precisou o apresentado, tinha de ressaltar que seu sobrenome era composto. E continuou com a mão estendida.

— Encantada.

Apertei-a velozmente — descobri um lado um segundo, seus olhos voaram para esse seio — e entrei no quarto, não fechei a porta, assim ficava clara minha intenção de voltar para junto deles, a visita não iria embora sem se despedir de quem ainda tinha à vista. Peguei o suéter, enfiei-o ante seu olhar — notei-o fixo na minha figura, de perfil para me vestir — e saí de novo. Ruibérriz de Torres estava com um *foulard* rodeando o pescoço — mero adorno, talvez não o houvesse tirado o tempo todo — e havia jogado nos ombros seu célebre casacão de couro, que lhe caía como uma capa, de maneira teatral ou carnavalesca. Era comprido e preto, como os que os membros das SS ou talvez da Gestapo usam nos filmes de nazistas, um tipo que gosta de chamar a atenção pela via rápida e fácil, mesmo que a risco de provocar repulsa, agora teria de renunciar a essa peça, se obedecesse a Díaz-Varela. A primeira coisa que me passou pela cabeça foi me perguntar como é que ele confiava num sujeito com aspecto tão visível de cafajeste, estava pintado no rosto e na atitude dele, na compleição e nos gestos, bastava uma olhada para detectar sua essência. Já tinha os seus cinquenta, mas tudo nele aspirava à juventude: o cabelo jeitoso penteado para trás com ondulações nas têmporas, um pouco volumoso e comprido mas ortodoxo, com mechas ou tufos de cabelos que não lhe davam respeitabilidade porque pareciam artificiais, como se fossem de mercúrio; o tórax atlético embora já levemente arredondado, como acontece com quem evita a qualquer custo engordar no abdome e cultiva os peitorais; o sorriso aberto que deixava ver dentes relampejantes, seu lábio superior dobrava para cima, mostrando sua parte interior mais úmida e acentuando com isso a lubricidade do conjunto. Tinha um nariz reto e pontudo com o osso bem marcado, parecia mais romano do que madrilenho e me lembrava aquele ator, Vittorio Gassman, não em sua velhice de ar mais nobre mas quando interpretava malandros. Sim, saltava à vista que era jovial, e um farsante. Cruzou os braços de modo que cada mão caiu sobre o bíceps do outro lado — tensionou-os no mesmo instante, um reflexo condicionado —, como se os acariciasse ou medisse, como se quisesse realçá-los apesar de estarem agora cobertos pelo capote, um gesto estéril. Podia imaginá-lo perfeitamente de camisa polo, e até com botas de cano alto, uma imitação barata de jogador de polo frustrado a quem nunca permitiram montar num cavalo. Sim, era estranho que Díaz-Varela o tivesse como cúmplice numa empreitada tão secreta e delicada, numa que mancha tanto: a de trazer a alguém a morte quando *"he should have died hereafter"*, quando lhe cabia morrer mais tarde ou a partir de agora, talvez amanhã, se não amanhã ou amanhã, mas nunca agora. Aí reside o problema, porque todos nós morremos e no fim das contas nada muda muito — nada muda essencialmente — quando se adianta a vez e se assassina alguém, o problema reside no quando, mas quem sabe qual é o adequado e o justo, o que quer dizer "a partir de agora" ou "de agora em diante", se o agora é por natureza mutável, o que significa "em outros tempos" se não há mais que um tempo, e ele é contínuo e não se parte e está eternamente em nossos calcanhares, impaciente e sem objetivo, vai atropelando como se não estivesse a seu alcance frear e ignorasse ele próprio seu propósito. E por que acontecem as coisas quando acontecem, por que nesta data e não na anterior nem na seguinte, o que tem de particular ou decisivo este momento, o que o assinala ou quem o escolhe, e como se pode dizer o que Macbeth disse em seguida, fui olhar o texto depois que Díaz-Varela o citou, e o que ele acrescenta de imediato é isto: *"There would have been a time for such a word"*, "Teria havido um tempo para semelhante palavra", isto é, "para tal informação" ou "semelhante frase", a que acaba de ouvir dos lábios de seu ajudante Seyton, portador do alívio ou da desgraça: "A rainha, meu senhor, morreu". Como tantas vezes em Shakespeare, os comentadores não se põem de acordo sobre a ambiguidade e o mistério de tão famosas linhas. O que isso quer dizer? Teria havido tempo mais apropriado? "Melhor ocasião para esse fato, porque esta não me convém?" Talvez "um tempo mais oportuno e pacífico, durante o qual poderiam ter prestado homenagens a ela, no qual eu poderia ter me detido e ter chorado devidamente a perda de quem compartilhou tanto comigo, a ambição e o crime, a esperança e o poder e o medo"? Macbeth dispõe então de somente um minuto para pronunciar, ato contínuo, seus dez célebres versos, não são mais que isso, seu solilóquio extraordinário que tanta gente aprendeu de cor no mundo e que começa: "Amanhã, e amanhã, e amanhã...". E quando o conclui — mas quem sabe se havia terminado ou se pensava acrescentar mais alguma coisa, se não tivesse sido interrompido — aparece um mensageiro que reclama sua atenção, pois lhe traz a terrível e sobrenatural notícia de que o grande bosque de Birnam está se movendo, se levanta e avança para a alta colina de Dunsinane, onde ele se encontra, e isso significa que será vencido. E se for vencido será morto, e uma vez morto cortarão sua cabeça e a exibirão como um troféu, separada do corpo que ainda a sustenta, enquanto fala, e sem olhar. "Ela devia ter morrido mais tarde, quando eu já não estivesse aqui para ouvir a notícia, nem para ver nem sonhar nada; quando eu já não estivesse no tempo, e nem sequer pudesse ficar sabendo."

Ao contrário do que me havia ocorrido ao escutá-los sem vê-los, quando ainda não conhecia o rosto de Ruibérriz de Torres, os dois juntos não me deram medo durante o breve instante em que estive em sua companhia, apesar de os traços e os modos do que chegou não serem tranquilizadores. Tudo nele delatava um cafajeste, de fato, mas não um tipo sinistro; era certamente capaz de mil vilezas menores, que podiam levá-lo a cometer de quando em quando uma maior, arrastado pela fronteira próxima, mas como quem pisa num território em visita relâmpago, pelo qual lhe horripilaria transitar diariamente. Notei a falta de familiaridade e de sintonia dos dois, e me pareceu que, longe de se potencializarem reciprocamente como um par assassino, a presença de cada um neutralizava a periculosidade do outro, e que nenhum dos dois se atreveria a manifestar suas suspeitas nem a me interrogar nem a me fazer nada diante do olhar de uma testemunha, por mais que esta tivesse sido cúmplice na maquinação de um crime. Era como se tivessem se unido casual e passageiramente, apenas para uma ação avulsa, e de modo nenhum formaram sociedade nem tiveram planos juntos por mais longo prazo, e estiveram vinculados exclusivamente por aquela empreitada já executada e por suas possíveis consequências, uma aliança de circunstâncias, indesejada quem sabe a ambos, para a qual Ruibérriz talvez tivesse se prestado por dinheiro, por dívidas, e Díaz-Varela por não conhecer sócio melhor — sócio mais sujo — e não ter outro remédio além de se encomendar a um espertalhão. "Em princípio não tem por que você me ligar, quanto tempo faz que não nos falamos? Bom, pode ser importante o que você tem para me contar", o segundo tinha repreendido ao primeiro quando este se permitiu por sua vez protestar pelo celular desligado. Não estavam habitualmente em contato, as intimidades que tinham para reclamar um do outro provinham tão só do segredo que compartilhavam, ou da culpa, se é que culpa havia, não me dava em absoluto essa impressão, haviam parecido despreocupados. As pessoas se sentem ligadas quando cometem um delito juntas, quando conspiram ou tramam alguma coisa, mais ainda quando a levam a cabo. Então se permitem de repente intimidades, porque tiraram a máscara e não podem mais aparentar ante os semelhantes que não são o que são, ou que jamais fariam o que fizeram. Estão amarradas por esse conhecimento mútuo, de maneira parecida a como estão os amantes clandestinos e também os que não o são ou não têm necessidade de ser, mas decidem se mostrar reservados, os que consideram que o resto do mundo não tem nada a ver com suas intimidades, que não há por que informar de cada beijo e de cada abraço, como acontecia comigo e com Díaz-Varela, que calávamos sobre os nossos, na realidade era aquele Ruibérriz o primeiro a saber deles. Cada criminoso sabe do que seu cúmplice é capaz, e este, por sua vez, dele sabe exatamente o mesmo. Cada amante sabe que o outro conhece uma fraqueza sua, que ante esse outro não pode mais fingir que ele não o atrai fisicamente, que lhe causa aversão ou que lhe é totalmente indiferente, já não pode fingir que o desdenha ou o descarta, pelo menos não nesse terreno carnal que é, no caso da maioria dos homens e por bastante tempo — até se acostumarem pouco a pouco, e então ficam sentimentais —, muito prosaico a nosso contragosto. E ainda temos sorte se os encontros com eles se tingem de certo tom humorístico, de fato muitas vezes é esse o primeiro passo para o enternecimento de tantos varões ásperos.

Se são incômodas as intimidades que um desconhecido ou conhecido se permite depois de passar por nossa cama — ou nós pela dele, dá na mesma —, quanto mais não serão as derivadas de um delito compartilhado, e uma delas, com toda certeza, é a falta cabal de respeito, sobretudo se os malfeitores só o são ocasionalmente, se são indivíduos comuns que teriam se horrorizado ao ouvir o relato de suas façanhas, se lhes houvessem contado o mesmo de outros pouco antes de conceber as suas, e provavelmente também depois de as terem consumado. Gente que depois de propiciar um assassinato, ou até encomendá-lo, ainda pensaria de si mesma com convicção: "Não sou um assassino, não me considero tal, de modo algum. É que as coisas acontecem e a gente às vezes intervém numa fase, tanto faz se intermediária, do desenlace ou do nascimento, nenhuma é nada sem as outras, os fatores são sempre muitos e um só nunca é a causa. Ruibérriz poderia ter se negado, ou o sujeito que ele enviou para empeçonhar a mente do flanelinha. Este poderia não ter atendido suas chamadas no celular que de fato possuiu por um tempo, nós o demos a ele e nós as fizemos, e conseguimos convencê-lo de que Miguel era o responsável pela prostituição de suas filhas; poderia não ter dado bola às insídias, ou ter se confundido até o fim de pessoa e ter acertado no chofer suas dezesseis facadas, incluídas as cinco mortais, não foi em vão que dias antes lhe dera um soco. Miguel poderia não ter pegado o carro no dia do seu aniversário e então nada teria acontecido, não naquela data e quem sabe em mais nenhuma, talvez todos os elementos nunca houvessem voltado a se reunir... O indigente poderia não estar com uma faca, a que mandei comprar, ela se abre tão rapidamente... Que responsabilidade tenho eu na conjunção das causalidades, os planos que a gente faz não passam de tentativas e experimentações, cartas que vão se mostrando, e a maioria delas não sai, não combina. A única coisa de que a gente é culpado é de pegar uma arma e utilizá-la com as próprias mãos. O resto é contingente, coisas que a gente imagina — um bispo na diagonal, um cavalo de xadrez que pula —, que a gente deseja, que a gente teme, que a gente instiga, com as quais a gente joga e fantasia, que de vez em quando acabam acontecendo. E, se acontecem, acontecem mesmo que a gente não as queira ou não acontecem mesmo que a gente as deseje, pouco depende de nós em todas as circunstâncias, nenhuma trama está a salvo de que um fio não se conecte direito. É como lançar uma flecha para o céu na metade de um campo: o normal é que ao iniciar a queda, com a ponta para baixo, caia reta, sem se desviar, e não alcance nem fira ninguém. Ou só o arqueiro, eventualmente".

Notei em Díaz-Varela essa falta total de respeito na maneira de se dirigir a Ruibérriz e até de lhe dar ordens para que se fosse ("Bom, você já tomou bastante do meu tempo e preciso dar atenção à minha visita. De modo que faça o favor de ir embora. Ruibérriz: rua", chegou a lhe dizer ao fim do nosso diálogo mínimo; sem dúvida tinha lhe pagado ou ainda pagava, pela mediação, pela intendência do crime, pelo acompanhamento das suas consequências), e neste na forma como me varreu com o olhar desde o início até sair pela porta: não retificou o olhar apreciativo inicial, tolerável pela surpresa, ao verificar que não era a primeira vez que eu estava ali, naquele quarto, isso logo dá para perceber; ao ver que minha presença não era casual nem de reconhecimento do terreno, que eu não era uma mulher que havia ido à casa de um homem só uma tarde — ou uma tarde inaugural, digamos, que muitas vezes fica também sendo a única —, como poderia talvez ter ido à de outro que também lhe agradasse, mas que, por assim dizer, estava "ocupada" por seu amigo, pelo menos durante aquela temporada, como de fato era quase o caso. Para ele isso dava na mesma: não moderou em nenhum momento seus olhos masculinos avaliativos nem seu sorriso obsceno de paquera que mostrava as gengivas, como se aquela visão imprevista de uma mulher de sutiã e saia, e sua apresentação, supusessem para ele um investimento para o futuro próximo e esperasse voltar a me encontrar em breve a sós ou em outro lugar, ou então pensasse pedir mais tarde meu telefone a quem nos havia apresentado a contragosto, sem mais remédio.

— Desculpem ter aparecido assim — repeti quando voltei para a sala, já com o meu suéter posto. — Não teria saído daquele jeito se houvesse imaginado que não estávamos mais a sós. — Fazia questão de insistir para dissipar suspeitas. Díaz-Varela continuava me fitando com seriedade, quase com reprovação, ou seria dureza; não era o caso de Ruibérriz.

— Não há o que perdoar — ele se atreveu a dizer, com galanteria antiquada. — A indumentária não podia ser mais deslumbrante. A fugacidade é que foi uma pena...

Díaz-Varela fechou a cara, não achava a menor graça em nada do acontecido: nem a chegada do seu cúmplice nem as notícias que o haviam trazido, nem minha irrupção em cena e que este e eu tivéssemos nos conhecido, nem a possibilidade de que eu os tivesse ouvido atrás da porta, quando ele achava que eu dormia; certamente tampouco a cobiça visual de Ruibérriz por meu sutiã e por minha saia, ou pelo pouco que escondiam, e seus consequentes galanteios, apesar de bastante educados. Tive a ilusão pueril de imaginar, depois do que eu acabava de achar incoerente — mas ela só durou um instante —, que Díaz-Varela pudesse sentir por minha causa algo semelhante a ciúme, ou antes, um reminiscente deste. Seu mau humor era visível e ficou mais ainda quando estivemos a sós, depois que Ruibérriz se dirigiu com seu capote nos ombros e seu andar lento para o elevador, como se estivesse satisfeito com sua estampa e quisesse me dar tempo para admirá-la de costas: um tipo otimista, sem dúvida, dos que não se dão conta de que fazem anos. Antes de entrar, virou-se para nós, que o acompanhávamos com a vista da porta da sala, como se fôssemos um casal, e nos cumprimentou levando a mão a uma sobrancelha e depois erguendo-a com um gesto que arremedava o de tirar o chapéu. A preocupação com que havia chegado parecia ter se esvaído, devia ser um homem volúvel que se distraía de suas agruras com qualquer coisa, com qualquer presente substitutivo que levantasse seu ânimo. Ocorreu-me que não faria caso do seu amigo e não destruiria seu casacão de couro, gostava demais de se ver com ele.

— Quem é? — perguntei a Díaz-Varela, procurando empregar um tom de indiferença, ou não intencionado. — O que faz? É o primeiro amigo seu que conheço e vocês não combinam muito, não é? Tem uma pinta meio esquisita.

— É o Ruibérriz — me respondeu secamente, como se fosse um dado novo ou o definisse. Logo se deu conta do despropósito da resposta e de que não tinha dito nada. Ficou em silêncio por uns momentos, como se avaliasse o que podia me contar sem se comprometer. — Você também conheceu Rico — observou. — Ruibérriz faz muitas coisas e nada em particular. Não é um amigo, eu o conheço superficialmente, mas há bastante tempo. Tem vagos negócios que não lhe rendem muito, de modo que toca sete instrumentos. Se conquista uma mulher endinheirada, fica à toa enquanto ela o mantiver e ele não se cansar. Se não, escreve roteiros para televisão, prepara discursos para ministros, presidentes de fundações, banqueiros, quem aparecer, trabalha de ghost-writer. Pesquisa documentação para romancistas históricos meticulosos, que roupas vestiam as pessoas do século XIX ou dos anos 30, como era a rede de transportes, que armamento se usava, de que material eram feitos os pincéis de barbear ou os grampos de cabelo, quando foi construído tal edifício ou estreou tal filme, todas essas coisas supérfluas com que os leitores se aborrecem e os autores creem brilhar. Procura nas hemerotecas, fornece dados do que lhe pedirem. Não é nada, não é nada, tem muitos conhecimentos. Creio que na juventude publicou um ou dois romances, sem sucesso. Não sei. Presta serviços aqui e ali, na certa vive principalmente disso, de seus muitos contatos: um homem útil em sua inutilidade, ou vice-versa. — Parou, hesitou se era ou não imprudente o que veio em seguida, decidiu que não tinha por que ser ou que era pior dar a impressão de não querer completar um retrato inócuo. — Agora é meio dono de um restaurante ou dois, mas vão mal, os negócios dele não duram, abre-os e fecha-os. O curioso é que sempre consegue abrir um novo, passado certo tempo, quando se recupera.

— E o que ele queria? Apareceu sem avisar, não é?

Me arrependi de perguntar tanto, mal perguntei.

— Por que quer saber? O que você tem com isso?

Disse aquilo bruscamente, quase irritado. Eu estava certa de que de repente não confiava mais em mim, me via como um inconveniente, talvez como uma ameaça, uma possível testemunha incômoda, havia erguido a guarda, era estranho, pouco antes eu era uma pessoa instigante e inofensiva, tudo menos um motivo de preocupação, certamente o contrário, uma distração muito agradável enquanto ele aguardava que o tempo passasse e curasse e se consumassem suas expectativas, ou que esse tempo fizesse por ele trabalhos que lhe são alheios, de persuasão, de aproximação, de sedução e até de enamoramento; alguém que não esperava nada que já não existisse e que não lhe pedia nada que ele não estivesse disposto a dar. Agora tinha deparado com um receio, uma dúvida. Não podia me perguntar se eu tinha ouvido a conversa: se não tinha, seria chamar minha atenção para o que Ruibérriz e ele tinham falado enquanto eu dormia, embora não fosse da minha conta e não me interessasse, eu só estava ali de passagem; se tinha, era óbvio que eu responderia que não, e ele também continuaria sem saber da verdade. Não havia como eu não ser uma sombra a partir daquele instante, ou, pior ainda, um pepino, um estorvo.

Então me veio de novo um pouco de medo, ele sim me deu medo, ele ali sozinho, sem ninguém presente capaz de freá-lo. Talvez ele não tivesse outra maneira de se assegurar de que seu segredo estava a salvo que não me varrendo do mapa; dizem que uma vez experimentado o crime não custa muito reincidir, repeti-lo, que ultrapassados os limites não há volta e que o quantitativo passa a ser secundário diante da magnitude do salto dado, o salto qualitativo que converte alguém para sempre num assassino, até o último dia da sua existência e também na memória dos que sobrevivem, se estão a par ou ficam sabendo mais tarde, quando já não estamos aqui para tentar enrolar e negá-lo. Um ladrão pode devolver o que roubou, um difamador reconhecer sua calúnia e repará-la e limpar o nome da pessoa acusada, até um traidor pode às vezes emendar sua traição, antes que seja tarde demais. O ruim do assassinato é que é sempre tarde demais e não se pode devolver ao mundo quem dele foi suprimido, isso é irreversível e não há modo de reparar, e salvar outras vidas no futuro, por muitas que sejam, não apaga nunca a que tirou. E se não há remissão — é o que se diz — tem-se de continuar pelo caminho enveredado toda vez que for preciso. O principal já não é não se manchar, pois que você leva dentro de si uma mancha que nunca será eliminada, mas fazer que ela não seja descoberta, não transpire, não tenha consequências e não nos perca, e então acrescentar outra não é tão grave, ela se mistura à primeira ou esta a absorve, as duas se juntam e se tornam a mesma, e você se acostuma com a ideia de que matar faz parte da sua vida, de que o acaso lhe reservou isso como a tantas outras pessoas ao longo da história. Você se diz que não há nada de novo na situação em que se encontra, que são incontáveis os indivíduos que passaram por essa experiência e depois conviveram com ela sem muitas penalidades e sem cair no abismo, e que até chegaram a esquecê--la intermitentemente, cada dia um instante no dia a dia que nos sustenta e nos arrasta. Ninguém pode passar todas as horas lamentando algo concreto, ou com plena consciência do que fez certa vez distante, ou duas ou sete, os minutos leves e sem mortificação sempre aparecem e o pior assassino deles desfruta, provavelmente não menos que qualquer inocente. E vai em frente e deixa de ver o assassinato como uma monstruosa exceção ou um erro trágico, mas sim como mais um recurso que a vida proporciona aos mais audaciosos e resistentes, aos mais decididos e mais inabaláveis. De modo algum se sentem isolados, mas sim em abundante companhia, vasta e antiga, e fazer parte de uma espécie de estirpe os ajuda a não se ver tão desfavorecidos nem anômalos, a se compreender e a se justificar: como se tivessem herdado seus atos, ou como se os houvessem tirado numa rifa de quermesse da qual ninguém nunca escapou de participar, e por conseguinte não os teriam cometido totalmente, ou não só eles.

— Não, por nada, desculpe — apressei-me a responder, com o tom da maior inocência, e da maior surpresa por sua reação defensiva, que minha garganta foi capaz de encontrar. Era uma garganta já temerosa, suas mãos podiam rodeá-la a qualquer momento e seria muito fácil para elas apertar, apertar, meu pescoço é fino e não oporia a menor resistência, minhas mãos careceriam de força para repelir as dele, para abrir seus dedos, minhas pernas se dobrariam, eu cairia no chão, ele viria para cima de mim como outras vezes, eu sentiria a pressão do seu corpo e o calor deste — ou seria frio? —, não teria mais voz para convencê-lo nem para implorar. Mas esse era um falso temor, me dei conta assim que cedi a ele: Díaz-Varela não se encarregaria nunca de expulsar alguém da terra pessoalmente, como não tinha se encarregado do seu amigo Deverne. A não ser que se sentisse desesperado e sob uma ameaça iminente, a não ser que pensasse que eu ia direto contar a Luisa o que havia descoberto por acaso e por minha indiscrição. Nunca se pode descartar nada da parte de ninguém, isso é o ruim, o temor ia e vinha, era um pouco artificial. — Perguntei só por perguntar. — E tive a coragem ou a imprudência de acrescentar: — E porque, se esse Ruibérriz te faz favores, quem sabe posso te fazer algum... Bem, não creio, mas, se eu puder ajudar em alguma coisa, estou à sua disposição.

Olhou-me fixamente por alguns segundos que foram demoradíssimos para mim, como se me avaliasse, como se quisesse me decifrar, como se olha para quem não se sabe olhado e como se eu não estivesse ali mas na tela de uma televisão e ele pudesse me observar à vontade, sem se preocupar com a minha resposta a semelhante insistência ou penetração, sua expressão era qualquer coisa menos sonhadora ou míope, ao contrário do habitual, era aguda e intimidadora. Mantive os olhos firmes (afinal, éramos amantes e tínhamos nos contemplado em silêncio e sem nenhum pudor), sustentando e até devolvendo seu escrutínio, com um ar interrogativo ou de falta de compreensão, ou assim eu imaginava. Até que não pude mais aguentar e baixei-os para seus lábios, para onde estava tão acostumada a olhar desde o dia que o conheci, quando falava e quando estava calado, aqueles lábios dos quais eu não me cansava e que nunca me inspiravam medo, e sim atração. Foram meu refúgio momentâneo, não tinha nada de estranho eu pousar a vista ali, era tão frequente, era o normal, não havia motivo para que a suspeita se acentuasse por causa disso, ergui um dedo e toquei-os, com a polpa percorri seu desenho com suavidade, uma prolongada carícia, pensei que seria uma forma de acalmá-lo, de lhe incutir confiança e segurança, de lhe dizer sem falar: "Nada mudou, continuo aqui e continuo te amando. Não é nenhuma revelação, você se deu conta faz tempo e se deixa amar por mim, é agradável sentir-se amado por quem não vai te pedir nada. Vou embora quando você decidir que chega, que já está bom, quando me abrir a porta e me vir indo para o elevador sabendo que não virei mais. Quando por fim se esgotar a dor de Luisa e você for correspondido, eu me afastarei sem reclamar, sei que minha passagem pela sua vida é provisória, mais um dia, mais um dia, e outro dia não mais. Mas não se aflija agora, não se preocupe, porque não ouvi nada, não fiquei sabendo de nada que você desejasse esconder ou guardar para você, e se fiquei sabendo não me interessa, você está a salvo comigo, não vou te delatar, nem sequer estou segura de ter ouvido o que ouvi, ou não dou crédito, estou convencida de que deve haver um erro, ou uma explicação, ou até — quem sabe — uma justificação. Talvez Desvern tenha te causado um grande mal, talvez tenha tentado matar você antes, também através de terceiros, ardilosamente também, e agora era você ou ele, pode ser que você tenha se visto obrigado, não havia lugar no mundo para os dois, e isso se parece muito com uma legítima defesa. Não tem o que temer de mim, eu te amo, estou do seu lado, por ora não vou te julgar. E além do mais não se esqueça de que é apenas imaginação sua, de que na realidade nada sei".

Não é que pensasse tudo isso de verdade nem com clareza, mas foi o que tentei transmitir com meu dedo demorando-se sobre seus lábios, ele não se opôs enquanto continuava olhando para mim com atenção, tentava encontrar sinais contrários aos que eu lhe enviava voluntariosamente, notava como ainda desconfiava de mim. Sua desconfiança não fora remediada ou não tinha mesmo remédio, nunca se esvairia totalmente, diminuiria ou aumentaria, se adensaria ou se adelgaçaria, mas sempre permaneceria.

— Não veio me fazer um favor — respondeu. — Veio me pedir um, desta vez, por isso tinha urgência em me ver. Agradeço seu oferecimento, em todo caso.

Eu sabia que isso não era verdade, os dois estavam no mesmo aperto, difícil que um safasse o outro, o que mais estava ao alcance deles era se tranquilizarem mutuamente e se instarem a esperar os acontecimentos, confiando em que não haveria outros mais, em que as palavras do indigente caíssem no vazio e ninguém se desse ao trabalho de investigar. Era isso que haviam feito, se acalmar e afugentar o pânico.

— Não há de quê.

Ele pousou a mão em meu ombro e notei-a como um peso, como se caísse em cima de mim um enorme pedaço de carne. Díaz-Varela não era especialmente grande nem forte, apesar de sua boa estatura, mas os homens tiram força não se sabe de onde, quase todos ou a maioria, ou a nós sempre parece muita comparativamente, é muito fácil que nos atemorizem com um só gesto ameaçador ou nervoso ou mal medido, com nos agarrarem pelo pulso ou nos abraçarem com demasiado ímpeto ou nos prensarem no colchão. Fiquei contente por ter o ombro coberto pelo suéter, pensei que na pele aquele peso teria me feito estremecer, não era um gesto habitual nele. Apertou-o sem machucar, como se fosse me dar um conselho ou me confiar algo, imaginei o que seria aquela mão no meu pescoço, uma só, para não falar nas duas. Temi que com um rápido movimento a deslocasse até ele, deve ter notado meu alarme, minha tensão, manteve a pressão sobre o meu ombro ou me pareceu que a aumentou, sua mão direita sobre o meu ombro esquerdo, como se fosse um padre ou um professor e eu uma menina, uma aluna, senti-me empequenecida, certamente era essa sua intenção, para que lhe respondesse com sinceridade, se não com inquietude.

— Você não ouviu nada do que ele me contou, não é? Você estava dormindo quando ele chegou, não? Entrei para verificar antes de falar com ele e te vi profundamente adormecida, você estava dormindo, não é? O que ele me contou é muito íntimo, e ele não gostaria que ninguém mais soubesse. Apesar de você ser uma desconhecida para ele. Há coisas que dão vergonha alguém escutar, até a mim teve dificuldade de contar, e olhe que vinha para isso e não tinha outro remédio se desejava o favor. Não ficou a par de nada, não é? O que foi que te acordou?

Com que então ele perguntava aquilo às claras, inutilmente ou não tanto: pela maneira como eu respondesse, ele poderia imaginar ou deduzir se eu mentia ou não, ou assim acreditaria. Mas seria no máximo isso, uma dedução, uma cisma, uma suposição, uma convicção, é incrível que depois de tantos séculos de incessantes conversas entre as pessoas não possamos saber quando nos dizem a verdade. "Sim", nos dizem, e sempre pode ser "não". "Não", nos dizem, e sempre pode ser "sim". Nem a ciência nem os infinitos progressos técnicos nos permitem averiguar, não com segurança. E mesmo assim não pôde resistir a me interrogar diretamente, de que lhe adiantava se eu respondesse "sim" ou "não". De que haviam adiantado a Deverne todas as profissões de afeto de um dos seus melhores amigos ao longo dos anos, se não o melhor. A última coisa que alguém imagina é que esse o vá matar, mesmo que de longe e sem presenciar, sem intervir nem manchar um só dedo, de tal maneira que possa pensar depois, às vezes, em seus dias de felicidade, ou seriam de exultação: "Na realidade, não fui eu que fiz, não tive nada a ver".

— Não, não ouvi nada, não se preocupe. Dormi um sono profundo, apesar de ter durado pouco. Além do mais, vi que você fechou a porta, não podia ouvir vocês.

A mão no meu ombro continuava me apertando, parecia que um pouco mais, algo quase imperceptível, como se quisesse me enterrar no chão bem lentamente, sem eu perceber. Ou talvez nem sequer apertasse, mas seu peso, ao se dilatar, aguçava minha sensação de opressão. Ergui o ombro sem brusquidão, muito pelo contrário, com delicadeza, com timidez, como para lhe indicar que preferia tê-lo livre, que não queria aquele pedaço de carne plantado assim sobre mim, havia naquele contato não costumeiro um vago elemento de humilhação: "Experimente a minha força", podia ser. Ou: "Imagine do que sou capaz". Ignorou meu leve gesto — talvez tenha sido leve demais — e voltou à sua última pergunta, que eu não havia respondido, insistiu:

— O que te acordou? Se você achava que eu estava sozinho, por que pôs o sutiã para sair? Deve ter chegado até você o barulho das nossas vozes, não? E alguma coisa você deve ter ouvido então, digo eu.

Eu tinha de manter a calma e negar. Quanto mais ele desconfiasse, mais eu tinha de negar. Mas devia fazê-lo sem veemência nem ênfase de nenhuma classe. Que me importava em que ele andava metido com um sujeito de quem ele nunca me falara, esse era o meu maior trunfo para convencê-lo, ou pelo menos para adiar sua certeza; que interesse tinha eu em espiá-lo, tudo o que acontecesse fora daquele quarto me era indiferente, e inclusive dentro dele quando eu não estava, isso tinha de ficar claro para ele, nossa relação era apenas passageira, era reduzida, estava circunscrita àqueles encontros ocasionais em sua casa, num cômodo ou dois, eu não dava a mínima para todo o resto, suas idas e vindas, seu passado, suas amizades, seus planos, suas paqueras e sua vida inteira, eu não estivera nela nem ia estar *"hereafter"*, a partir de agora nem mais adiante, nossos dias eram contados e o fim deles nunca esteve distante. No entanto, apesar de tudo isso ser verdade em essência, não o era absolutamente: eu havia tido curiosidade, ela despertou ao captar uma palavra-chave — talvez "fulana", ou "conhece", ou "mulher", ou certamente a combinação das três —, eu tinha me levantado da cama, colado o ouvido à porta, havia forçado uma fresta mínima para ouvir melhor, tinha me alegrado quando ele e Ruibérriz haviam sido incapazes de moderar suas vozes, de alcançar o sussurro, a excitação havia impedido. Comecei a me perguntar por que tinha feito aquilo, e imediatamente comecei a lamentar o feito: por que eu tinha de saber o que sabia, por que a ideia, por que eu não podia mais estender os braços para ele e rodeá-lo pela cintura e achegá-lo a mim, teria sido tão fácil tirar sua mão do meu ombro com esse simples movimento, natural e singelo minutos atrás; por que não podia obrigá-lo a me abraçar sem mais demora nem hesitação, ali estavam seus lábios queridos, como sempre eu desejava beijá-los e agora não me atrevia ou alguma coisa me repelia neles ao mesmo tempo que me atraíam, ou o que me repelia não estava neles — coitados, sem culpa —, mas em todo ele. Continuava a amá-lo e tinha medo dele, continuava a amá-lo e o meu conhecimento do que ele tinha feito me dava asco; não ele, mas o meu conhecimento.

— Mas que perguntas são essas — disse a ele com espontaneidade. — Sei lá o que me acordou, um pesadelo, uma posição desconfortável, saber que estava perdendo um instante com você, não sei, tanto faz. E que me importaria o que aquele homem te contasse, eu nem sabia que ele estava ali. Se pus o sutiã foi porque não é a mesma coisa você me ver sem ele a pouca distância, ou de relance, e de pé, andando pela casa como se fosse uma modelo da Victoria's Secret, ou pior ainda, afinal elas sempre usam uma lingerie. Tenho de te explicar tudo ou o quê?

— O que você quer dizer?

Pareceu desconcertado mesmo, pareceu não entender, e isso — o desvio do seu interesse, da sua distração — me deu uma leve e momentânea vantagem, pensei que não demoraria a parar de me fazer perguntas sinuosas e eu poderia sair dali, queria me livrar logo daquela mão e perdê-lo de vista. Muito embora meu eu anterior, que ainda rondava — até então não havia sido substituído nem trocado, como podia tão rapidamente assim; nem cancelado nem desterrado —, não tivesse pressa alguma de sair dali: cada vez que tinha ido havia ignorado quando voltaria, ou se não voltaria mais.

— Como vocês, homens, às vezes são desastrados — falei

com deliberação, pareceu-me aconselhável soltar alguma banalidade e desviar o rumo da conversa, levá-la para o território mais vulgar, que também costuma ser o mais inofensivo e o que mais convida a se confiar e a baixar a guarda. — Há partes em que as mulheres se creem envelhecidas aos vinte e cinco ou trinta anos, para não falar com dez a mais. Comparando-nos com nós mesmas, guardamos na memória cada ano que se foi. Por isso não gostamos de expor essas partes de maneira intempestiva e frontal. Bom, a mim não agrada, mas a verdade é que muitas mulheres não dão a menor bola, e as praias estão cheias de exposições não mais frontais, mas brutais, catastróficas, inclusive as das que implantaram um par de peitos bem durinhos e creem ter solucionado todos os problemas com isso. A maioria fica de calafriar. — Ri brevemente da palavra escolhida, acrescentei outra similar: — De arrepiar.

— Ah — fez ele, e riu brevemente também, era um bom sinal. — Não me parece que nenhuma parte sua esteja envelhecida, acho que estão todas bem.

"Está mais tranquilo", pensei, "menos preocupado e desconfiado, porque depois do susto precisa ficar assim. Porém, mais tarde, quando ficar a sós, voltará a se convencer de que sei o que não me tocava saber, o que ninguém mais, fora Ruibérriz, devia saber. Reverá minha atitude, recordará meu rubor prematuro ao sair do quarto e minha fingida ignorância de todo aquele instante, dirá a si mesmo que depois das fogosidades o normal teria sido que não ligasse para como ele me visse, que sutiã o quê, qualquer um relaxa, se desprotege muito depois; deixará de acreditar que a explicação que agora aceita como surpreendente, porque não tinha lhe passado pela imaginação que algumas de nós, mulheres, possamos dar tanta importância à nossa aparência a todo momento, ao que tapamos ou permitimos ver e até à intensidade de nossos arquejos, ou que nunca perdemos de todo o pudor, nem mesmo em meio à maior agitação. Remoerá de novo o assunto e não saberá o que é melhor fazer, se me afastar paulatinamente e com naturalidade ou interromper bruscamente toda relação comigo ou continuar como se nada houvesse acontecido para me vigiar de perto, para me controlar, para avaliar cada dia o perigo de uma delação, é uma situação angustiante essa, ter de interpretar alguém sem parar, alguém que nos tem nas mãos e que pode proporcionar nossa ruína ou pode nos chantagear, ninguém aguenta muito tempo uma aflição assim, procura remediá--la como quer que seja, se mente, se intimida, se engana, se paga, se pactua, se varre do mapa, esta última solução é a mais segura a longo prazo — é a definitiva — e a mais arriscada no instante, também a mais difícil agora e depois e, em certo sentido, a mais perdurável, você se vincula ao morto para todo o sempre, se expõe a que ele apareça vivo em sonhos e você acredite não ter acabado com ele, e então sinta alívio por não o ter matado ou sinta medo e ameaça e planeje fazê-lo novamente; expõe-se a que esse morto ronde todas as noites seu travesseiro com sua velha cara sorridente ou sisuda e os olhos bem abertos que foram fechados há séculos ou anteontem, e te sussurre maldições ou súplicas com sua voz inconfundível que ninguém mais ouve, e a que a tarefa pareça sempre inconclusa e esgotante, um infinito quefazer, pendente todas as manhãs antes de acordar. Mas tudo isso será mais tarde, quando ele ruminar o acontecido ou o que temerá que tenha acontecido. Talvez decida então me mandar a Ruibérriz com algum pretexto, para que ele me sonde, para que me arranque a verdade, esperemos que não para algo mais grave, para que um intermediário esfume ou debilite o vínculo, eu também não poderei viver em paz a partir de hoje. Mas não é agora o momento, depois veremos, vou aproveitar que o distraí de seus receios e o fiz rir um pouco, para sair já daqui."

— Obrigada pelo elogio, você não costuma esbanjá-los —

disse a ele. E sem nenhum esforço físico e com considerável esforço mental, aproximei meu rosto do seu e beijei-o nos lábios com os lábios fechados e secos, suavemente, estava com sede, de maneira parecida como eu os havia percorrido antes com a polpa do dedo, minha boca acariciou a dele, foi isso, creio eu. Foi isso e nada mais.

Ele então levantou a mão, liberou meu ombro e tirou o odioso peso de cima, e com essa mesma mão que quase me causara dor — ou era o que eu começava a acreditar sentir — me acariciou a face, outra vez como se eu fosse uma menina e ele tivesse o poder de me castigar ou de me premiar com um só gesto, e tudo dependesse da sua vontade. Estive a ponto de esquivar essa carícia, havia agora uma diferença entre eu tocá-lo e ele me tocar, por sorte me contive e o deixei fazer. E ao sair da casa minutos mais tarde me perguntei, como sempre, se voltaria a entrar ali. Só que desta vez não foi apenas com esperança e desejo, mas se misturaram, que terá sido?, não sei se repugnância, ou pavor, ou se, em vez disso, desolação.

III.

Em toda relação desigual e sem nome nem reconhecimento explícito, alguém tende a tomar a iniciativa, a chamar e a propor se encontrar, e a outra parte tem duas possibilidades ou caminhos para atingir a mesma meta de não se esfumar e desaparecer logo em seguida, embora creia que de todo modo será esse seu destino final. Uma é se limitar a esperar, nunca dar um passo, confiar em que deixará saudades e em que seu silêncio e sua ausência se revelarão insuspeitamente insuportáveis ou preocupantes, porque todo mundo logo se acostuma ao que lhe presenteiam ou ao que há. O segundo caminho é tentar aderir dissimuladamente ao cotidiano desse alguém, persistir sem insistir, criar espaço para si com pretextos variados, telefonar não para propor alguma coisa — isso ainda está vedado —, mas para fazer alguma consulta, para pedir um conselho ou um favor, para contar o que acontece conosco — a maneira mais eficaz e drástica de envolver — ou para dar alguma informação; estar presente, agir como lembrete de si mesmo, trautear à distância, rumorejar, dar lugar a um hábito que se instala imperceptivelmente e como que às escondidas, até que um dia esse alguém se descobre sentindo falta do telefonema que se tornou costumeiro, sente algo parecido com uma afronta — ou a sombra de um desamparo — e, impaciente, pega o telefone sem naturalidade, improvisa uma desculpa absurda e se surpreende marcando encontro com o outro.

Eu não pertencia a esse segundo tipo, atrevido e empreendedor, mas ao primeiro, calado, mais soberbo e mais sutil, no entanto também mais exposto a ser apagado ou esquecido prontamente, e a partir daquela tarde fiquei contente por correr esse risco, o de estar sujeita por costume às solicitudes ou proposições de quem para mim ainda era Javier, mas acabava de iniciar o caminho para se tornar um sobrenome composto que custa um pouco recordar; de não ter de ligar para ele nem procurá-lo, e de que me abster de fazê-lo não fosse, portanto, suspeitoso nem delator. Que eu não estabelecesse contato com ele não significava que quisesse evitá-lo, nem que houvesse me decepcionado — é uma palavra suave —, nem que tivesse ficado com medo dele, nem que desejasse interromper toda relação com ele depois de ficar sabendo que havia tramado o esfaqueamento do seu melhor amigo sem nem mesmo ter a certeza de alcançar com isso seu objetivo, ainda lhe restava a tarefa mais fácil ou mais árdua, nunca se sabe, a do enamoramento (a mais insignificante ou a mais substancial). Que eu não desse sinal de vida não significava que soubesse alguma coisa disso nem nada de novo dele, meu silêncio não me traía, tudo era como sempre durante nossa breve convivência, dependia de ele sentir uma vaga saudade ou se lembrar de mim e me convocar ao seu quarto, só então eu teria de pensar como me conduzir e o que fazer. O enamoramento é insignificante, em compensação sua espera é substancial.

Quando Díaz-Varela me falara do coronel Chabert, eu havia identificado este com Desvern: o morto que deve continuar morto já que sua morte constou dos anais e passou a ser um fato histórico e foi relatado e detalhado, e cuja nova e incompreensível vida é um incômodo postiço, uma intrusão na dos outros; aquele que vem perturbar o universo que não sabe nem pode retificar e que portanto continuou sem ele. O fato de Luisa não se libertar logo de Deverne, que de forma inerte ou rotineira continuasse sujeita a ele ou à sua lembrança ainda recente — recente para a viúva, mas distante para quem já estava havia muito antecipando sua supressão —, devia parecer a Díaz-Varela a intromissão de um fantasma, de uma aparição tão fastidiosa quanto Chabert, só que este havia voltado em carne e osso e cicatriz quando já estava esquecido, e seu retorno era um pepino até para o curso do tempo, que contrariamente à sua natureza se via forçado a retroceder e a se corrigir, enquanto Desvern não tinha se ido totalmente em espírito, se demorava, e o fazia ajudado precisamente por sua mulher, ainda imersa no lento processo de superar seu abandono e sua deserção; tratava-se inclusive de retê-lo ainda, um pouco mais, sabendo que chegaria um dia em que inverossimilmente seu rosto se apagaria ou se congelaria em qualquer das muitas fotos que ela se empenharia em seguir olhando, às vezes com sorriso abobado, às vezes entre soluços, sempre a sós, sempre escondida.

E no entanto era Díaz-Varela que eu via agora como Chabert. Este havia sofrido amarguras e penas sem conta e aquele as tinha infligido, este tinha sido vítima da guerra, da negligência, da burocracia e da incompreensão, e aquele tinha se constituído em carrasco e havia perturbado gravemente o universo com sua crueldade, seu egoísmo talvez estéril e sua descomunal frivolidade. Mas os dois tinham se mantido à espera de um gesto, de uma espécie de milagre, de um alento e um convite, Chabert do quase impossível reenamoramento de sua mulher e Díaz-Varela do improvável enamoramento de Luisa, ou pelo menos do seu consolo junto dele. Havia algo em comum na esperança de ambos, na paciência, embora as do velho militar estivessem dominadas pelo ceticismo e pela incredulidade e as do meu passageiro amante pelo otimismo e pela ilusão, ou talvez pela necessidade. Os dois eram como espectros fazendo trejeitos e sinais e inclusive alguma gesticulação inocente, esperando serem vistos e reconhecidos e quem sabe chamados, desejosos de ouvir no fim estas palavras: "Sim, está bem, estou te reconhecendo, é você", se bem que no caso de Chabert supusessem apenas lhe conceder a certidão de existência que lhe estava sendo negada e no de Díaz-Varela significaram bastante mais: "Quero estar a seu lado, achegue-se e fique aqui, ocupe o lugar vazio, venha e me abrace". E os dois deviam pensar algo parecido, algo que lhes dava força e os sustentava em sua espera e os impedia de se render: "Não é possível que eu tenha passado pelo que passei, que tenha sido morto por um golpe de espada no crânio e pelos cascos a galope de infinitos cavalos, e no entanto tenha surgido dentre uma montanha de mortos depois da demorada e inútil batalha que transformou em verdadeiros cadáveres quarenta mil como eu, eu devia ter sido um deles, somente mais um; não é possível que, com dificuldade, eu tenha me recuperado o bastante para ficar de pé e caminhar, que ao longo dos anos tenha percorrido a Europa passando miséria sem que ninguém acreditasse em mim, obrigado a convencer qualquer imbecil de que eu ainda era eu, de que não era um absoluto defunto apesar de constar como tal; e que por fim tenha chegado até aqui, onde tive mulher, casa, posição social e fortuna, aqui onde eu vivia, para que a pessoa que mais amei e que de mim herdou sequer admita que eu existo, finja não me conhecer e me tache de impostor. Que sentido teria eu haver sobrevivido da minha confirmada morte, haver emergido da vala comum em que já havia me resignado a habitar, nu e sem distintivos, igualado a meus iguais caídos, oficiais e soldados rasos, compatriotas e talvez inimigos, que sentido teria isso tudo se o que me reservava o final desse trajeto era a negação e o despojamento da minha identidade, da minha memória e do que continuou acontecendo comigo depois de morrer. A superfluidade da minha sorte, do meu ordálio, do meu grande esforço, do que se parecia tanto com um destino...". Era o que devia pensar o coronel Chabert enquanto ia e vinha a Paris, enquanto suplicava ser recebido e atendido pelo advogado Derville e por madame Ferraud, que em virtude da sua ressurreição não era mais sua viúva, mas sua mulher, e assim voltava a ser, para sua desgraça, a também enterrada e pretérita, a detestada sra. Chabert.

E Díaz-Varela devia pensar por sua vez: "Não é possível que eu tenha feito o que fiz, ou melhor, o que planejei e pus em ação, que tenha ruminado durante bastante tempo e, depois de me consumir em dúvidas, tenha conseguido maquinar uma morte, a do meu melhor amigo, fingindo que a deixava um pouco entregue ao acaso, que podia acontecer ou não, ter lugar ou jamais ocorrer, ou não fingia isso mas na verdade era assim; que tenha idealizado um plano imperfeito e cheio de furos, precisamente para livrar a cara perante mim mesmo e poder me dizer que no fim das contas havia permitido a existência de numerosos resquícios e escapatórias, que não tinha me garantido, que não havia enviado um matador nem havia ordenado a ninguém: 'mate-o'; não é possível que tenha interposto duas pessoas ou três, Ruibérriz, seu subalterno que deu os telefonemas e o próprio indigente que os atendeu, a fim de me sentir bem distante da execução, dos próprios fatos, quando estes se produzissem, caso se produzissem, não havia certeza sobre a reação do flanelinha, ele podia não ter dado ouvidos ou se limitado a insultar Miguel, ou ter lhe dado apenas um soco como em seu chofer quando confundiu os dois, também o açulamento podia ter caído no vazio desde o início e não ter surtido o menor efeito, mas surtiu, e daí?; não, não é possível que as coisas tenham saído de acordo com meu desejo contra quase todas as probabilidades, que ao fazê-lo tenham perdido seu possível caráter de brincadeira ou aposta e tenham passado a ser uma tragédia e seguramente um assassinato induzido que por sua vez me transformou, a mim, num assassino indireto, foram minhas a concepção e a decisão de começar, de lançar os dados viciados, de dar o empurrão inicial na roda manipulada e pô-la para rodar, fui eu que disse: 'Arranje um celular para corromper o ouvido dele, por esse conduto se chega à mente, à mente transtornada e à que assim não está; compre uma faca para tentá-lo, para que ele a acaricie e também a abra e feche, só quem tem uma arma pode querer usá-la'; não, não é possível que eu tenha me metido nisso e tenha me salpicado com uma mancha impossível de tirar, para que depois não adiante nada e minha intenção não se cumpra. Que sentido teria eu ter me impregnado assim, do crime, da conspiração, do horror, eu levar para sempre dentro de mim o engano e a traição, não poder me livrar nem me esquecer deles, salvo por instantes de alheamento ou talvez de estranha plenitude que não experimentei, sei lá, eu ter estabelecido um vínculo que reaparecerá em meus sonhos e que jamais poderei cortar, que sentido teria se não alcanço meu propósito único, se o que me reservava o fim desse trajeto era a negativa ou a indiferença ou o pesar, o mero e velho afeto que me manteria sozinho em meu lugar, para que tanta vileza ou, pior ainda, a denúncia, a descoberta, o desprezo, as costas viradas e sua voz gelada me dizendo como se saísse de um elmo: 'Suma da minha vista e não apareça nunca mais diante de mim'. Como se fosse uma rainha que desterrasse perpetuamente seu mais fervoroso súdito, seu maior adorador. E isso pode acontecer agora, pode acontecer facilmente se esta mulher, se María ouviu o que não devia e resolver ir contar, mesmo que eu negasse bastaria a dúvida para que minhas possibilidades desaparecessem, para que deixassem totalmente de existir. De Ruibérriz sei que não há o que temer e por isso eu o encarreguei da operação, eu o conheço desde há muito e ele nunca daria com a língua nos dentes, nem que o interrogassem ou o detivessem, se o mendigo o reconhecesse e o encontrassem, nem mesmo sob grande pressão, por ser do seu interesse e também porque é um cara legal. Os outros, Canella e o que telefonou para ele, o que várias vezes por dia lembrou-lhe suas filhas putas e o obrigou a imaginá-las em plena função com mortificantes detalhes, o que o obcecou e acusou Miguel, esses nunca me viram na vida nem ouviram meu nome nem escutaram minha voz, para eles eu não existo, só existe Ruibérriz com suas camisas polo, seus casacões de couro e seu sorriso obsceno. Mas na realidade não sei nada de María, noto que está se apaixonando ou que já se apaixonou, muito depressa para não ceder a uma decisão generosa à qual portanto pode renunciar, quando bem entender, por cansaço ou desprezo ou por sensatez ou decepção, despeito ela não parece sentir nem que vá sentir, está conformada com que não haja mais do que há e sabe que um dia deixarei de vê-la e a riscarei porque Luisa por fim me chamou, isso não é de modo algum certo mas pode acontecer e, mais ainda, deveria acontecer mais cedo ou mais tarde. A não ser que María possua um senso de justiça estúpido e forte e que a decepção de me saber criminoso se imponha acima de qualquer outra consideração e assim não lhe pareça suficiente me renegar e se afastar de mim, mas que precise também me afastar do meu amor. E então, se Luisa soubesse, ou se essa ideia entrasse na sua cabeça, não seria preciso mais nada, e que sentido teria se, depois de eu seguir o caminho mais sujo, não houvesse mais esperança, nem a mais remota, a irreal que nos ajuda a viver. Talvez até a espera se tornasse proibida para mim, não mais a esperança mas a simples espera, o derradeiro refúgio do pior infeliz, dos enfermos e dos decrépitos e dos condenados e dos moribundos, que esperam que chegue a noite e depois que chegue o dia e a noite outra vez, só que mude a luz para pelo menos saber o que devem fazer, ficar acordado ou dormir. Até os bichos esperam. O refúgio de todo ser na terra, de todos, menos de mim...".

Os dias foram passando sem notícias de Díaz-Varela, um, dois, três e quatro, e isso era perfeitamente normal. Cinco, seis, sete e oito, e isso também era normal. Nove, dez, onze e doze, e isso já não foi tão, mas também não achei muito estranho, às vezes ele viajava e às vezes viajava eu, não tínhamos o costume de nos avisar de antemão e menos ainda de nos despedir, jamais tivemos muita familiaridade nem representamos muito um para o outro a ponto de julgarmos necessário ou prudente informar um ao outro nossos movimentos, nossas ausências da cidade. Cada vez que ele demorava tantos dias assim ou até mais para telefonar ou dar sinal de vida, eu havia pensado com pesar — mas sempre conformada, ou talvez resignada — que já era hora de sair de cena, que o breve tempo que eu mesma tinha me atribuído em sua vida tivera seu brevíssimo final; supunha que ele tinha se cansado, ou que, fiel à sua tendência, havia mudado novamente de companheira de distração (nunca me considerei muito mais que isso, apesar de querer me sentir algo mais) durante esse tempo que eu agora via como uma espera imemorial dele, ou antes, como uma espreita; ou que Luisa ia aceitando-o antes do previsível e que já não havia lugar para mim nem, certamente, para ninguém mais; ou que consagrava inteiramente a ela suas visitas e sua atenção, levava seus filhos ao colégio e a ajudava no que pudesse, fazia companhia e ficava à sua disposição. "Pronto, foi-se, já me largou, acabou", eu pensava. "Tudo durou tão pouco que serei encoberta por outras e sua memória me confundirá. Serei indistinguível, serei um antes, uma página em branco, o contrário de um 'a partir de agora', e pertencerei ao que não conta mais. Não tem importância, tudo bem, eu sabia disso desde o começo, tudo bem." Se no duodécimo ou no décimo quinto dia o telefone tocasse e eu ouvisse sua voz, não poderia evitar um pulo de alegria interior e me dizer: "Olhe só, ainda não, pelo menos haverá mais uma vez". E durante esses períodos de involuntária espera minha e absoluto silêncio dele, cada vez que o celular tocava ou me notificava que havia recebido uma mensagem enquanto esteve desligado, ou que havia um SMS esperando para ser lido, confiava com otimismo que ele estivesse por trás.

Agora me acontecia a mesma coisa, mas com apreensão. Eu olhava para a tela diminuta com sobressalto, desejando não ver seu nome e seu número e ao mesmo tempo — era isso o inquietante, o estranho — desejando. Preferia não ter mais nada a ver com ele e não me expor a um novo encontro da nossa única modalidade, durante o qual eu não sabia como reagiria, como poderia me comportar. Era mais fácil que me notasse fugidia ou reticente se nos víssemos do que se apenas nos falássemos, e mais ainda — obviamente — se fizéssemos a última coisa do que se não fizéssemos. Mas não atender nem retornar a chamada teria tido o mesmo efeito, já que eu nunca tinha feito isso anteriormente. Se consentisse em ir à sua casa e ali ele me propusesse ir para a cama, como costumava acabar sugerindo daquela sua maneira tácita, que lhe permitia agir como se o que acontecia não acontecesse ou não fosse digno de reconhecimento, e eu recusasse com alguma desculpa, isso poderia levá-lo a desconfiar. Se ele marcasse um encontro e eu lhe desse um bolo, isso também o deixaria com o pé atrás, pois na medida do possível eu sempre me havia acomodado às suas iniciativas. Considerava uma bênção, uma sorte, ele ficar calado desde aquela tarde, que não me solicitasse, me ver livre das suas indagações e capciosidades, do seu farejamento da verdade, de encará-lo novamente, de não saber a que me ater nem como tratá-lo agora, de que me inspirasse medo e repulsa misturados certamente com atração ou com enamoramento, porque essas duas últimas coisas não são suprimidas de uma hora para a outra e à vontade, mas tendem a demorar como uma convalescência ou como a própria doença; a indignação mal ajuda, seu impulso se esgota logo, não se pode manter sua virulência, ou esta vem e vai, e quando vai não deixa vestígios, não é acumulativa, não mina nada e enquanto se aplaca se esquece, como o frio uma vez que se foi, ou como a febre e a dor. A correção dos sentimentos é lenta, desesperadoramente gradual. Você se instala neles e fica muito difícil sair, adquire-se o hábito de pensar em alguém com um pensamento determinado e fixo — também se adquire o de desejá-lo — e não se sabe renunciar a isso da noite para a manhã, ou durante meses e anos, tão demorada pode ser sua aderência. E se o que há é decepção, então no início você a combate contra toda verossimilhança, matiza-a, nega-a, tenta desterrá-la. Às vezes eu pensava que não tinha ouvido o que tinha ouvido, ou retornava a débil ideia de que devia haver um erro, um mal-entendido, até mesmo uma explicação aceitável para que Díaz-Varela houvesse organizado a morte de Desvern — mas como isso podia ser aceitável? —, me dava conta de que enquanto aquela espera durava a palavra "assassinato" se escafedia na minha mente. E assim, ao mesmo tempo que considerava uma sorte que Díaz-Varela não me reclamasse e me deixasse me recompor e respirar, eu me preocupava e sofria por ele não o fazer. Talvez me parecesse impossível — um final pálido, um mal final — que tudo se dissolvesse assim, depois de eu descobrir seu segredo e de ele desconfiar que eu tinha descoberto, depois de me interrogar um pouco e depois mais nada. Era como se a função se interrompesse antes de terminar, como se tudo ficasse suspenso no ar, indeciso, flutuante, persistente em sua irresolução, como um cheiro desagradável dentro de um elevador. Pensava confusamente, queria e não queria saber dele, meus sonhos eram contraditórios e, quando eu passava uma noite em branco, na verdade não discernia, somente notava a cabeça cheia e minha detestável impotência para esvaziá-la.

Eu me perguntava na minha insônia se devia falar com Luisa, que nunca mais via no desjejum da cafeteria, ela devia ter abandonado o costume para não aumentar a dor ou para ir esquecendo melhor, ou talvez estivesse indo mais tarde, quando eu já estava no trabalho (vai ver que seu marido é que tinha de madrugar mais e ela só o acompanhava para retardar a separação). Eu me perguntava se não era minha obrigação preveni-la, pô-la a par de quem era aquele amigo, seu pretendente talvez inadvertido e seu constante protetor; mas carecia de provas e ela podia me tomar por louca ou por despeitada, por vingativa e desequilibrada, é complicado ir contar a alguém um caso tão sinistro e nebuloso, quanto mais exagerada e alambicada uma história, mais difícil de acreditar, nisso confiam em parte os que cometem atrocidades, quanto custará dar crédito a estas precisamente por sua magnitude. Mas não era tanto isso quanto algo mais estranho, por sua escassez: a maioria das pessoas está disposta, a maioria adora apontar às escondidas, acusar, denunciar, dedurar suas amizades, os vizinhos, a seus superiores e chefes, à polícia, às autoridades, descobrir e expor culpados de qualquer coisa, mesmo que só o sejam em sua imaginação; destruir-lhes a vida se puderem ou pelo menos dificultá-la, fazer com que haja excomungados, criar dejetos sociais, excluídos, causar baixas a seu redor e expulsar da sua sociedade, como se lhes reconfortasse se dizer depois de cada vítima ou caça abatida: "Este foi extirpado, apartado, este caiu, e eu não". Entre toda essa gente há uns poucos — vamos minguando a cada dia — que sentimos, pelo contrário, uma indescritível aversão a assumir esse papel, o papel do delator. E tão ao extremo levamos essa antipatia que não é fácil vencê-la nem quando convém, para nosso bem e pelo bem dos demais. Há algo que nos repugna em discar um número e dizer sem confessar nosso nome: "Olhe, vi um terrorista que está sendo procurado, sua foto está nos jornais, ele acaba de entrar em tal edifício". Provavelmente faríamos isso num caso assim, no entanto pensando mais nos crimes que poderíamos evitar com isso do que na punição dos já passados, porque esses ninguém é capaz de remediar, e a impunidade do mundo é tão incomensurável, tão antiga e extensa e ampla que até certo ponto dá no mesmo que lhe acrescentemos um milímetro mais. Soa estranho, soa mal, e todavia pode acontecer: nós, que sentimos essa aversão, às vezes preferimos ser injustos e que algo fique sem punição a nos ver como delatores, isso não podemos suportar — afinal, a justiça não é conosco, não nos incumbe agir *ex officio*; e esse papel é mais odioso ainda quando se trata de desmascarar alguém que um dia amamos, ou pior: que, por mais inexplicável que seja — apesar do horror e da náusea da nossa consciência, ou quem sabe do nosso conhecimento, que no entanto se sobressalta menos cada dia que se encerra e se vai —, não deixamos inteiramente de amar. E então pensamos algo que não chega a se formular totalmente, um balbucio incoerente e reiterado, quase febril, algo semelhante a isto: "Sim, é muito grave, é muito grave. Mas é ele, ainda é ele". Naquele tempo de espera e de adeus não pronunciado eu não conseguia ver Díaz-Varela como um perigo futuro para ninguém mais, nem mesmo para mim, que tivera por ele momentâneo temor e ainda tinha intermitentemente em sua ausência, na minha lembrança ou nas minhas antecipações. Talvez eu pecasse por otimismo, mas não o via capaz de repetir. Para mim continuava sendo um admirador, um intruso ocasional. Um homem normal, em essência, que havia feito uma só exceção.

No décimo quarto dia me chamou pelo celular, quando eu estava na editora reunida com Eugeni e com um autor semijovem que Garay Fontina tinha nos recomendado como prêmio à bajulação com que aquele o obsequiava em seu blog e numa revista literária especializada que dirigia, ou seja, pretensiosa e bem marginal. Saí da sala por um instante, disse que ligaria mais tarde, ele pareceu não confiar e me reteve um instante.

— Só um minuto — falou. — Que acha de nos vermos hoje? Estive fora uns dias e estou com vontade de te ver. Se quiser, te espero em casa quando você sair do trabalho.

— Hoje é capaz de eu sair tarde, as coisas estão fervendo — improvisei rapidamente; queria pensar no assunto, ou pelo menos ter tempo para me acostumar com a ideia de ir vê-lo outra vez. Continuava sem saber o que preferia, sua esperada ou inesperada voz me trouxe alarme e alívio, mas logo prevaleceu o envaidecimento de me sentir requerida, de constatar que ele ainda não tinha me dado cartão vermelho, que não tinha se desinteressado de mim nem me deixava desaparecer em silêncio, ainda não era hora de eu me esfumar. — À tarde eu te dou uma posição. Conforme o desenrolar do dia, passo ou aviso que não vou poder.

Então disse meu nome, o que não costumava fazer.

— Não, María. Passe. — E fez uma pausa, como se na verdade quisesse soar imperativo, e assim soou. Como não respondi nada na hora, acrescentou algo para amenizar essa impressão.

— Não é só que estou com vontade de te ver, María. — Duas vezes meu nome, isso já era insólito, um mau augúrio. — Preciso te consultar sobre uma coisa urgente. Mesmo que venha tarde, não tem importância, não vou arredar o pé daqui. Eu te espero de qualquer modo. Ou então vou te buscar — terminou com resolução.

Eu também não pronunciava muito seu nome, fiz isso desta vez por mimetismo ou para não ficar para trás, é natural que ao ouvir nosso nome nos ponhamos em estado de alerta, como se estivéssemos recebendo um aviso ou fosse o preâmbulo de uma adversidade ou de um adeus.

— Javier, faz um montão de dias que não nos vemos nem nos falamos, tão urgente não pode ser, pode esperar mais um dia ou dois, não? Se afinal não for possível para mim, quero dizer.

Eu estava me fazendo de rogada mas desejava que ele não desistisse, que não se conformasse com um "veremos" ou um "quem sabe". Sua impaciência me lisonjeava, apesar de eu notar que não se tratava, naquele dia, de uma impaciência meramente carnal. Era inclusive provável que não houvesse nela nem um pingo de carnalidade, mas que obedecesse tão somente à pressa de pôr e verbalizar um ponto final: uma vez que se decide que as coisas não fiquem no ar, que não se diluam nem morram caladas nem seja pálida a sua conclusão, então fica em geral árduo e quase impossível esperar; é preciso dizê-lo e soltá-lo logo, é preciso comunicá-lo ao outro para ele cair fora logo, para que saiba o que lhe é reservado e não ande iludido e cheio de si, para que não acredite que continua sendo alguém em nossa vida quando já não é, que ocupa um lugar em nosso pensamento e em nosso coração do qual, justamente, estes o removeram; para que se apague da nossa existência sem mais tardar. Mas dava na mesma, para mim. Dava na mesma para mim se Díaz-Varela estava me chamando só para me deixar, para me despedir, fazia catorze dias que eu não o via e tinha temido não tornar a vê-lo e isso era a única coisa que me importava: se ele me visse de novo talvez lhe custasse manter sua decisão, eu poderia tentá-lo, fazer que antecipasse sua futura saudade de mim, persuadi-lo com minha presença a não dar para trás. Pensei isso e me dei conta de quanto era idiota: são desagradáveis esses momentos, quando nem sequer nos envergonha perceber nossa idiotice e nos abandonamos a ela de todas as formas, com plena consciência e sabendo que logo nos diremos: "Mas se eu sabia e tinha certeza. Que boba eu fui, puxa vida". E essa reação como a do ferro ao ímã me veio, para maior inconsequência e maior idiotice, quando eu já estava meio decidida a romper toda relação com ele se ele voltasse a me solicitar. Tinha mandado matar seu melhor amigo, isso era demais para minha consciência desperta. Agora eu constatava que desperta ela não estava, ou ainda não, ou que minha consciência se turvava ou adormecia ao menor descuido, e isso me levava a pensar a mesma coisa: "Nossa, que boba que eu fui".

Díaz-Varela, em todo caso, estava mal acostumado a que eu não opusesse às suas propostas resistência maior do que a que meu trabalho me impunha, e há poucos serviços que não podem ser deixados para o dia seguinte, pelo menos numa editora. Leopoldo nunca foi um obstáculo enquanto durou, ele estava em relação a mim na mesma posição que eu em relação a Díaz--Varela, ou talvez numa pior ainda, eu tinha de fazer força para me sentir à vontade na intimidade com ele e nunca me pareceu que Díaz-Varela precisasse recorrer a um voluntarismo semelhante comigo, embora isso talvez fosse ilusão minha, quem é que sabe com segurança algo de alguém. Eu dizia a Leopoldo quando podíamos nos ver, quando não, e marcava a duração do encontro, para ele sempre fui uma mulher absorvida por atividades inesgotáveis das quais eu nem sequer lhe falava, devia imaginar meu pequeno e pacato mundo como uma voragem difícil de suportar, tão poucas vezes eu punha meu tempo à sua disposição, tão atarefada eu me mostrava diante dele. Durou tanto quanto Díaz-Varela na minha vida: como acontece com frequência quando duas relações são simultâneas, uma não consegue sobreviver sem a outra, por mais diferentes e opostas que sejam. Quantas vezes dois amantes não terminam sua história adúltera quando o que estava casado se separa ou enviúva, como se de repente lhes atemorizasse se verem a sós frente a frente ou não soubessem o que fazer ante a falta de impedimentos para viver e desenvolver o que até então era um amor limitado, confortavelmente condenado a não se manifestar, talvez até a não sair de um quarto; quantas vezes não se descobre que o que começou de uma maneira casual deve se restringir para sempre a essa maneira e que a incursão em outra é sentida e repelida pelas partes como uma impostura ou falsificação. Leopoldo nunca soube de Díaz-Varela, nem uma palavra sobre a sua existência, não lhe dizia respeito, não havia por quê. Nós nos separamos em bons termos, não o machuquei muito, ainda me liga de vez em quando, telefonema rápido, é chato, depois das três primeiras frases não temos do que falar. Ele apenas viu truncada uma breve ilusão, por fora tênue e um tanto cética, a falta de entusiasmo é indissimulável e até o mais otimista é capaz de percebê-la. É o que acredito, que quase não o machuquei, não ficou sabendo. Também não se trata de confirmar isso agora, que importa ou que me importa.

Díaz-Varela não se incomodaria em saber quanto mal me causou ou se não me causou: afinal de contas, sempre fui cética, nem se pode dizer que ele me desse alguma ilusão. No caso de outros sim, no dele não. Uma coisa aprendi com esse amante, a passar por cima sem olhar muito para trás.

O que se seguiu já soou como exigência, embora mal disfarçada de imploração:

— Estou te dizendo para dar uma passada, María, não deve ser impossível. Talvez a consulta mesma pudesse esperar mais um ou dois dias. Eu é que não posso esperar para fazê-la, e você sabe como as urgências são subjetivas, não há maneira de acalmá-las. Também te convém passar. Por favor, passe.

Demorei uns segundos para responder, para que tudo não lhe parecesse tão fácil como sempre, tinha ocorrido uma coisa espantosa da última vez, embora ele não soubesse ou talvez sim. Na realidade, ardia de desejo de vê-lo, de nos testarmos, de brincar em seu rosto e em seus lábios outra vez, até de ir para a cama com ele, pelo menos com o ele anterior, que continuava existindo no novo, em que outro lugar mais podia estar? Por fim eu lhe disse:

— Está bem, já que você insiste tanto. Não sei dizer a que horas, mas vou passar. Em todo caso, se você cansar de esperar, avise, para me poupar a viagem. Bom, não posso falar mais.

Encerrei a chamada e desliguei o celular, voltei à minha inútil reunião. A partir daquele instante fui incapaz de prestar qualquer atenção ao autor semijovem recomendado, que olhou para mim com cara feia porque é o que ele queria, público e muita atenção. Afinal, eu tinha certeza de que a editora não ia publicá-lo, pelo menos não no que me dizia respeito.

Afinal me sobrou tempo e não era nada tarde quando me dirigi à casa de Díaz-Varela. Tanto sobrou que pude parar para pensar e hesitar, dar várias voltas pelas cercanias e adiar o momento de entrar. Cheguei a me meter no Embassy, esse lugar arcaico de senhoras e diplomatas que tomam lanche ou o chá, sentei a uma mesa, pedi e aguardei. Não uma hora concreta — eu só tinha consciência de que quanto mais demorasse mais nervoso ele ficaria —, mas que os minutos transcorressem e eu me armasse da determinação suficiente ou que a impaciência se condensasse até me fazer levantar, dar um passo, e outro, e outro, e me encontrar diante da sua porta tocando a campainha com agitação. Mas, uma vez que havia decidido ir, uma vez que sabia estar em minhas mãos tornar a vê-lo naquele dia, nem uma coisa nem outra chegavam nunca. "Já, já", eu pensava, "não tem pressa, vou esperar mais um pouquinho. Ele permanecerá em casa, não vai sair. Que cada segundo seja interminável para ele e que ele os conte, que leia umas páginas sem saber o que está lendo, que ligue e desligue a televisão a esmo, que se exaspere, que prepare ou memorize o que vai me dizer, que saia ao hall cada vez que ouvir o elevador e tenha a decepção de verificar que ele se detém antes de chegar ao seu andar ou que passe batido para cima. Por que quererá me consultar? Foi a expressão que empregou, vazia e sem significado, uma espécie de curinga, uma expressão que costuma ocultar outro propósito, a armadilha que se arma para alguém de modo a fazê-lo sentir-se importante e ao mesmo tempo despertar sua curiosidade." E após uns minutos pensava: "Por que me presto a isso? Por que não me nego, por que não fujo dele e me escondo, ou melhor, por que não o denuncio pura e simplesmente? Por que condescendo em manter uma relação com ele mesmo sabendo o que sei, em ouvi-lo se ele quiser se explicar, certamente em ir para a cama com ele se ele me propuser com um mero gesto, com uma carícia, ou até com esse masculino e prosaico sinal de cabeça que aponta vagamente para o quarto sem a intermediação de uma palavra lisonjeira, preguiçoso com a língua, como tantos homens são?". Lembrei-me de uma citação de *Os três mosqueteiros* que meu pai sabia de cor em francês e recitava de vez em quando sem quê nem para quê, quase como um artifício para não encompridar um silêncio, provavelmente ele gostava do ritmo, da sonoridade e da concisão das frases, ou talvez elas o tenham impressionado em criança, da primeira vez que as leu (tal como Díaz-Varela, havia estudado num colégio francês, San Luis de los Franceses, se bem me lembrava). Athos está falando de si mesmo na terceira pessoa, isto é, está contando a D'Artagnan sua história como se a atribuísse a um velho amigo aristocrata, o qual teria se casado, aos vinte e cinco anos, com uma inocente e inebriante menina de dezesseis, "bela como os amores", ou "como os namoricos", ou "como os enamoramentos", é o que diz Athos, que naquele momento não era ele, o mosqueteiro, mas o conde de la Fère. Durante uma caçada, sua mocíssima e angelical mulher, com a qual contraíra matrimônio sem saber muito dela, sem averiguar sua procedência e imaginando-a sem passado, sofre um acidente, cai do cavalo e desmaia. Ao se aproximar para socorrê--la, Athos observa que o vestido a está comprimindo, quase sufocando; saca do punhal e rasga-o para que respire, deixando seu ombro descoberto. E é então que vê que leva nele, gravada a fogo, uma infame flor-de-lis, a marca com a qual os carrascos assinalavam para sempre as prostitutas e as ladras ou as criminosas em geral, não sei. "O anjo era um demônio", sentencia Athos. "A pobre moça havia roubado", acrescenta um pouco contraditoriamente. D'Artagnan lhe pergunta o que fez o conde, a que seu amigo responde com sucinta frieza (era esta a citação que meu pai repetia e da qual me lembrei): *Le comte était un grand seigneur, il avait sur ses terres droit de justice basse et haute: il acheva de déchirer les habits de la comtesse, il lui lia les mains derrière le dos et la pendit à un arbre"*. Ou o que dá na mesma: "O conde era um grão-senhor, tinha sobre as suas terras direito de alta e baixa justiça: acabou de rasgar as roupas da condessa, amarrou suas mãos nas costas e enforcou-a numa árvore". Foi o que Athos fez em sua juventude, sem hesitar, sem ouvir as razões dela nem buscar atenuantes, sem pestanejar, sem dó nem piedade, por sua juventude, para com a mulher por quem tinha se apaixonado a ponto de transformá-la em sua esposa por uma vontade de honradez, já que, como reconhece, podia tê-la seduzido ou possuído à força, a seu bel-prazer: sendo como era o amo do lugar, quem teria acudido em ajuda de uma forasteira, de uma desconhecida de que só se sabia o nome verdadeiro ou falso de Anne de Breuil? Mas não: "o tolo, o néscio, o imbecil" se casou com ela, Athos recrimina seu antigo eu, o tão reto e feroz conde de la Fère, que, mal descobriu o equívoco, a infâmia, a indelével mácula, deixou de lado averiguações e sentimentos encontrados, hesitações e adiamentos e compaixão — não porém o amor, porque seguiu amando-a, ou em todo caso não se recuperou — e, sem dar à condessa a oportunidade de se explicar nem de se defender, de negar nem de persuadir, de implorar clemência nem de voltar a cativá-lo, nem mesmo de poder "morrer mais tarde", como talvez mereça até a criatura mais ruim da terra, "amarrou suas mãos nas costas e enforcou-a numa árvore", sem vacilar. D'Artagnan se horroriza e exclama: "Céus! Athos! Um assassinato!". Ao que Athos responde misteriosa, ou antes, enigmaticamente: "Sim, um assassinato, nada mais", e em seguida pede mais vinho e presunto, dando assim por encerrado o relato. O misterioso ou inclusive enigmático é esse "nada mais", em francês, *"pas davantage"*. Athos não rebate o indignado grito de D'Artagnan, não se justifica nem o corrige, dizendo a ele: "não, foi só uma execução", ou "tratou-se de um ato de justiça", nem tenta tornar mais compreensível seu precipitado, impiedoso, presumivelmente solitário enforcamento da mulher que amava, certamente ele e ela e mais ninguém no meio de um bosque, uma improvisação sem testemunhas, sem conselho nem ajuda de alguém a quem pudesse apelar: "Estava cego de ira e não soube se conter; necessitava de vingança; arrependeu-se a vida toda", tampouco lhe responde nada dessa natureza. Admite que foi um assassinato, sim, porém "nada mais", só isso e não outra coisa mais execrável, como se o assassinato não fosse a pior coisa concebível ou fosse algo tão comum e corrente que diante dele não coubessem nem o escândalo nem a surpresa, no fundo a mesma coisa que opinava o advogado Derville que assumiu o caso do morto vivo que devia ter continuado morto, o velho coronel Chabert, e que, como todos os do seu ofício, via "se repetirem os mesmos maus sentimentos" sem que nada os corrigisse, seus escritórios transformados em "esgotos que não se podem limpar": o assassinato é uma coisa que acontece e de que qualquer um é capaz, vem ocorrendo desde a noite dos tempos e continuará até que depois do último dia não haja nem reste mais tempo para abrigá-los; o assassinato é coisa diária, anódina e vulgar, coisa do tempo; os jornais e as televisões do mundo estão cheios deles, para que tanta gritaria, tanto horror, tanta gesticulação. Sim, um assassinato. Nada mais.

"Por que não posso ser como Athos ou como o conde de la Fère, que primeiro existiu e depois deixou de existir?", eu ainda me perguntava no Embassy, envolta no zumbido contínuo das senhoras que falavam num ritmo acelerado e de um ou outro diplomata ocioso. "Por que não posso ver as coisas com a mesma nitidez e agir em consequência, ir à polícia ou a Luisa e contar o que sei, o bastante para que investiguem e indaguem e vão atrás de Ruibérriz de Torres, pelo menos para começar? Por que não sou capaz de amarrar nas costas as mãos do homem que amo e enforcá-lo sem mais numa árvore, se me consta que cometeu um crime odioso, velho como a Bíblia e por um motivo rasteiro, agindo além do mais de maneira covarde, valendo-se de intermediários que o protegem e ocultam seu rosto, de um pobre infeliz, de um transtornado, de um indigente desajuizado que não podia se defender e estaria sempre à sua mercê? Não, não me cabe ser drástica nisso porque não possuo na terra direito de justiça alta nem baixa, e porque além do mais o morto não pode falar e o vivo sim, este pode se explicar e convencer e argumentar, e é até capaz de me beijar e de fazer amor comigo, enquanto o outro não vê nem ouve e apodrece e não responde e já não pode influir nem ameaçar, nem me proporcionar o menor prazer; tampouco pode me pedir satisfações nem se mostrar decepcionado nem olhar acusadoramente para mim com sua infinita pena e sua dor imensa, nem mesmo me tocar nem me fazer sentir sua respiração, nada é possível fazer com ele."

Por fim me armei de decisão, ou talvez tenha sido de agastamento, ou da ansiedade de deixar para trás o medo que me assaltava de vez em quando, ou de impaciência por ver o antigo eu que ainda continuava amando porque não tinha se dissipado totalmente e prevalecia sobre o manchado e o sombrio, como a imagem viva de qualquer morto embora tenha morrido há muito tempo. Pedi a conta, paguei, saí à rua outra vez e comecei a andar na direção que conhecia tão bem, a daquele prédio que não visitei muitas vezes e que não existe mais — ou no qual não vive mais Díaz-Varela, logo não existe para mim —, mas de que nunca vou esquecer. Meus passos ainda foram lentos, não tinha pressa de chegar, ia muito mais como se desse um passeio do que me dirigisse a um lugar concreto no qual havia algumas horas me esperavam para me fazer uma consulta, isto é, para me interrogar de novo ou me contar alguma coisa, ou talvez para pedir uma, ou quem sabe para me calar. Me veio à memória outra citação de *Os três mosqueteiros*, que meu pai não recitava mas que eu sabia em espanhol, o que impressiona na infância perdura como uma flor-de-lis gravada em nossa imaginação: aquela mulher marcada e enforcada numa árvore, na origem Anne de Breuil, religiosa por um breve período e escapada do seu convento, depois fugaz condessa de la Fère e mais tarde conhecida como Charlotte, lady Clarick, lady de Winter, baronesa de Sheffield (quando menina me chamava a atenção que se pudesse mudar tanto de nome ao longo de uma só existência), fixada na literatura como "Milady" somente, não tinha morrido, igual ao coronel Chabert. Mas assim como Balzac explicava detalhadamente o milagre da sua sobrevivência e como ele tinha saído da pirâmide de fantasmas na qual o haviam atirado depois da batalha, Dumas, talvez mais apressado pelos prazos de entrega e pela contínua demanda de ação, portanto mais desafogado ou despreocupado como narrador, não tinha se incomodado em contar — ou pelo menos eu não me lembrava — como diabos a jovem tinha se livrado de morrer, depois do apaixonado enforcamento ditado pela cólera e pela honra ferida disfarçadas de direito da justiça alta e baixa que cabe a um grão-senhor. (Também não explicava como um marido podia nunca ter visto na cama a trágica flor-de-lis.) Valendo-se da sua grande beleza, da sua astúcia e da sua falta de escrúpulos — é de se supor que do seu rancor também —, tinha se tornado poderosa, contando com os favores do próprio cardeal Richelieu, e havia acumulado crimes sem nenhum remorso. Ao longo do romance de Dumas, comete mais alguns, tornando-se possivelmente a personagem feminina mais malvada, venenosa e inclemente da história da literatura, imitada posteriormente à saciedade. Num capítulo ironicamente intitulado "Cena conjugal" se produz o encontro entre Athos e ela, que demora alguns segundos para reconhecer com um estremecimento seu ex-marido e carrasco, o qual também dava por morto, assim como ele sua amadíssima esposa, com muito mais razão. "A senhora já cruzou meu caminho", lhe diz Athos, ou algo assim, "acreditava tê-la fulminado, madame; mas ou eu me equivocava, ou o inferno a ressuscitou." E acrescenta, respondendo à sua própria dúvida: "Sim, o inferno enriqueceu a senhora, o inferno lhe deu outro nome, o inferno quase lhe reconstruiu outro rosto; mas não limpou as manchas da sua alma nem o ferrete do seu corpo". E pouco depois vem a citação de que me lembrei, em meu caminho até Díaz-Varela pela última ou penúltima vez: "Acreditava que eu estava morto, não é?, como eu acreditava a senhora morta. Nossa posição na verdade é estranha; um e outro vivemos até agora tão só porque nos acreditávamos mortos e porque uma lembrança incomoda menos do que uma criatura, embora às vezes uma lembrança seja uma coisa devoradora".

Se ficou na minha memória ou se esta a recuperou é porque à medida que vamos vivendo essas palavras de Athos se parecem mais com uma verdade: pode-se viver com um arremedo de paz, ou simplesmente continuar, quando se crê fora da terra e defunto quem nos causou enorme mal ou pesar; quando já é só uma lembrança e não mais uma criatura, não mais um ser vivo que respira e ainda percorre o mundo com seus passos envenenados, que poderíamos tornar a encontrar e ver; uma pessoa de quem, sabendo-a emboscada — sabendo-a também por aqui —, gostaríamos de fugir a qualquer preço ou, o que é mais mortificante, fazer pagar por seu mal. A morte de quem nos feriu ou matou em vida — expressão exagerada que acabou ficando comum — não nos cura totalmente nem nos faculta esquecer, o próprio Athos carregava sua remota mortificação sob seu disfarce de mosqueteiro e sua nova personalidade; mas nos apazigua e nos deixa viver, respirar se torna mais leve se nos restam apenas uma rememoração que ronda e a sensação de ter saldadas as contas com este mundo que é o único, por mais que siga doendo essa lembrança cada vez que a convocamos ou que ela se apresenta sem ser chamada. Em compensação, pode ser insuportável saber que ainda compartilhamos ar e tempo com quem destroçou nosso coração ou nos enganou ou traiu, com quem arruinou nossa vida ou abriu demasiadamente nossos olhos ou com excessiva brutalidade; pode nos paralisar o fato de que essa criatura ainda exista, que não tenha sido fulminada nem enforcada numa árvore, e possa reaparecer. É mais uma razão para que os mortos não voltem, pelo menos aqueles cuja condição nos dá alívio e nos permite avançar, digamos que como espectros, depois de enterrar nosso antigo eu: a Athos como a Milady, ao conde de la Fère como a Anne de Breuil foram permitidas durante anos suas respectivas crenças em que o outro era apenas um morto e já não fazia tremer nem uma folha, incapaz de respirar; e também a madame Ferraud, que refez sem estorvos sua vida porque para ela seu marido, o velho coronel Chabert, era sem dúvida somente uma lembrança, e nem sequer devoradora.

"Quem dera Javier estivesse morto", me surpreendi pensando naquela tarde, enquanto dava um passo, e outro, e outro. "Quem dera morresse agora mesmo e quando eu tocasse a campainha não me abrisse a porta, caído no chão e para sempre imóvel, sem nada sobre o que me consultar, impossível falar com ele. Se estivesse morto se dissipariam minhas dúvidas e meus temores, não teria de ouvir suas palavras nem me perguntar como agir. Também não poderia cair na tentação de beijá-lo nem ir para a cama com ele, me enganando com a ideia de que seria a última vez. Poderia me calar eternamente sem me preocupar com Luisa, menos ainda com a justiça, e esquecer Deverne, afinal não cheguei a conhecê-lo, só de vista durante anos, de vista durante o café da manhã. Se quem lhe tirou a vida a perde e também se transforma em lembrança e não há criatura a quem acusar, as consequências importam menos e pouco interessa o que aconteceu. Para que dizer ou contar, inclusive para que averiguar, guardar silêncio é o mais sossegado, não é mais preciso alterar o mundo com histórias de quem já é cadáver e merece alguma piedade, nem que apenas por ter posto fim à sua passagem, terminaram e não existem mais. Já não estamos naqueles tempos em que tudo devia ser julgado ou pelo menos sabido; hoje são incontáveis os crimes nunca solucionados nem punidos porque se ignora quem os pode cometer — são tantos que não há olhos suficientes para olhar ao redor — e raramente se encontra alguém para sentar no banco dos réus com um pouco de verossimilhança: atentados terroristas, assassinatos de mulheres na Guatemala ou em Ciudad Juárez, ajustes de contas entre traficantes, matanças indiscriminadas na África, bombardeios de civis com esses nossos aviões sem pilotos e portanto sem rosto... São ainda mais incontáveis aqueles com os quais ninguém se preocupa e que nem são investigados, vê-se como trabalho quimérico e são arquivados mal ocorrem; e ainda mais os que não deixam rastro, os que não são registrados, os jamais descobertos, os desconhecidos. Sem dúvida, sempre houve crimes dessa classe, e talvez por muitos séculos só foram punidos os cometidos por vassalos e pobres e deserdados, e ficaram impunes — salvo exceções — os dos poderosos e ricos, para falar em termos vagos e superficiais. Mas havia um simulacro de justiça e, pelo menos da boca para fora, pelo menos em teoria, fingia-se perseguir todos eles e ocasionalmente se tentava, e se sentia como 'pendente' o que ainda não estava esclarecido, mas agora não é assim: sabe-se de muitas coisas que não podem ser esclarecidas, e talvez tampouco se queira esclarecê-las, ou se considera que não valem a pena o esforço nem os dias nem o risco. Quão longe aqueles tempos em que as acusações eram pronunciadas com solenidade extrema e as sentenças ditadas sem nem mesmo um tremor na voz, como fez Athos duas vezes com sua mulher Anne de Breuil, primeiro jovenzinha, depois já não: da segunda vez que a julgou não estava sozinho, mas em companhia dos outros três mosqueteiros, Porthos, D'Artagnan e Aramis, e de lorde de Winter, a quem delegou a tarefa, e também de um homem encapuzado envolto numa capa vermelha, que se ficou sabendo ser o carrasco de Lille, o mesmo que mil anos antes — na realidade em outra vida, em outra pessoa — havia gravado a fogo em Milady a infamante flor-de-lis. Cada um deles enunciou sua acusação, todos começando com uma fórmula inimaginável hoje em dia: 'Perante Deus e perante os homens, acuso esta mulher de ter envenenado, de ter assassinado, de ter mandado assassinar, de ter me impelido a matar, de ter provocado a morte mediante uma estranha doença, de ter cometido sacrilégio, de ter roubado, de ter corrompido, de ter incitado ao crime...'. 'Perante Deus e perante os homens.' Não, esta não é uma época de solenidades. E então Athos, talvez para aparentar que se enganava, para acreditar em vão que desta vez não era ele que a julgava nem condenava, foi perguntando aos outros, um a um, a pena que reclamavam contra aquela mulher. Ao que foram respondendo um depois do outro: 'A pena de morte, a pena de morte, a pena de morte, a pena de morte'. Uma vez ouvida a sentença, foi Athos que se virou para ela e como mestre de cerimônias lhe disse: 'Anne de Breuil, condessa de la Fère, Milady de Winter, seus crimes cansaram os homens na terra e a Deus no céu. Se a senhora souber alguma oração, diga-a, porque está condenada e vai morrer'. Quem leu essa cena em sua infância ou em sua primeira juventude sempre se lembra, não a pode esquecer, como tampouco a que vem em seguida: o carrasco amarrou mãos e pés da mulher ainda 'bela como os amores', pegou-a nos braços e conduziu-a a um barco, com o qual atravessou o rio próximo até a outra margem. Durante o trajeto Milady conseguiu soltar a corda que imobilizava seus pés e ao chegar a terra saiu correndo, mas logo escorregou e caiu de joelhos. Deve ter se sentido perdida então, porque não tentou mais se levantar, ficou naquela postura, com a cabeça baixa e as mãos juntas, não sabemos se na frente ou atrás, nas costas, como quando, sendo muito jovem, fazia séculos, a tinham matado pela primeira vez. O carrasco de Lille ergueu a espada e baixou-a, e assim pôs fim à criatura, transformando-a definitivamente em lembrança, pouco importa se devoradora ou não. Tirou então a capa vermelha, estendeu-a no chão, nela deitou o corpo truncado e jogou a cabeça, amarrou o pano pelas quatro pontas. Pôs o fardo no ombro e levou-o novamente ao barco. De volta, na metade do rio, em sua parte mais profunda, deixou-o cair. Seus juízes o viram afundar da ribeira, viram como a água se abriu um instante e tornou a se fechar. Mas isso é um romance, como me disse Javier quando lhe perguntei o que havia acontecido com Chabert: 'O que aconteceu é o de menos. É um romance, e o que acontece neles não tem importância, a gente esquece, uma vez terminados. O interessante são as possibilidades e ideias que nos inoculam e trazem através de seus casos imaginários, nós os guardamos com mais nitidez do que os acontecimentos reais e os levamos mais a sério'. Não é verdade, ou é, sim, muitas vezes, mas nem sempre se esquece o que aconteceu, não num romance que quase todo mundo conhecia ou conhece, até os que nunca o leram, nem na realidade quando o que acontece nele acontece conosco e vai ser nossa história, que pode terminar de uma maneira ou de outra sem que nenhum romancista a determine nem dependa de mais ninguém... Sim, quem dera Javier estivesse morto e transformado também em lembrança", voltei a pensar. "Me pouparia meus problemas de consciência e meu medo, minhas dúvidas e minhas tentações e ter de decidir, meu enamoramento e minha necessidade de falar. E o que me espera agora, aquilo para o que vou, que talvez seja algo parecido com uma cena conjugal."

— Bom, por que tanta urgência? — soltei, assim que Díaz-Varela me abriu a porta, não lhe dei nem mesmo um beijo no rosto, mal o cumprimentei ao entrar, procurei evitar um olhar de frente, ainda preferia que não nos tocássemos. Se eu começasse lhe pedindo satisfações, talvez pudesse tomar a dianteira, por assim dizer, adquirir certa vantagem para manejar a situação, fosse ela qual fosse: ele a tinha propiciado, quase a tinha imposto, eu não podia saber. — Não disponho de muito tempo, tive um dia exaustivo. Diga logo, sobre o que queria me consultar?

Estava muito bem barbeado e arrumadíssimo, não como se estivesse há um tempão esperando em casa, além do mais sem ter certeza de que não seria em vão — isso sempre deteriora o aspecto, sem que a gente se dê conta —, mas como se estivesse prestes a sair. Deve ter combatido a incerteza e a inação refazendo a barba várias vezes, penteando-se e despenteando-se, mudando várias vezes de camisa e de calça, pondo e tirando o paletó, calculando o efeito que produziria com ele e sem ele, finalmente ficou com ele como se desse modo talvez me avisasse que aquele encontro não ia ser como os outros, que não acabaríamos necessariamente no quarto para o qual toda vez fingíamos ir sem querer. Afinal de contas usava uma peça além da costumeira; embora se possa tirar qualquer roupa ou nem seja preciso fazê-lo. Agora sim levantei a vista e cruzei meu olhar com o seu, sonhador ou míope como de costume, tranquilizada em relação à minha visita anterior, ou antes, a seus minutos finais — quando tudo já tinha se complicado — em que me pôs a mão no ombro e me deu a entender que podia acabar comigo bastando apertar lentamente. Achei-o muito atraente depois de tantos dias, a parte mais elementar de mim havia sentido falta dele — a gente sente falta do que faz parte da nossa vida, até do que não teve tempo de se retirar; e até do pernicioso —, depois meu olhar foi para onde costumava ir, nunca pude evitar. Quando isso nos acontece com alguém, é uma verdadeira maldição. Ser incapaz de afastar os olhos: você se sente dirigida, obediente, é quase uma humilhação.

— Não tenha tanta pressa. Descanse um pouco, respire, tome uma bebidinha, sente-se. O que quero falar com você não se resolve em três frases nem de pé. Anda, tenha paciência e seja generosa. Sente-se.

Assim fiz, no sofá que costumávamos ocupar quando permanecíamos na sala de estar. Mas não tirei o casaco e me sentei na beira, como se minha presença ali continuasse sendo provisória e um favor. Notava-o calmo e ao mesmo tempo muito concentrado, como ficam muitos atores pouco antes de entrar em cena, quer dizer, com uma calma artificial, que eles se obrigam a ter para não sair correndo e ir para casa ver televisão. Não parecia restar nada da imperiosidade e da pressa da manhã, quando tinha me ligado no trabalho e quase havia me intimado a comparecer. Devia sentir satisfação ou alívio por eu já estar ao seu alcance, por já me ter ali, de certo modo tinha voltado a me pôr em suas mãos, e não só no sentido figurado. Mas agora eu estava livre dessa sorte de temor, havia compreendido que ele nunca me faria nada, não com as suas mãos e sem mediação. Com as de outro e sem ele estar presente, só sabendo mais tarde do sucedido, quando já fosse um fato e não houvesse mais remédio e tivesse a possibilidade de dizer como quem ouve uma novidade: "Teria havido um tempo para semelhante palavra. Devia ter morrido mais tarde", isso podia ser possível.

Foi à cozinha e me trouxe uma bebida e serviu outra para si. Não havia sinal de outros drinques, talvez tivesse se proibido de tomar uma só gota durante a espera, para se manter desperto, talvez a tenha empregado para selecionar e ordenar o que ia me dizer, inclusive para memorizar alguma parte.

— Bem, já estou sentada. Pode falar.

Sentou ao meu lado, perto demais de mim, o que eu não teria pensado qualquer outro dia, teria me parecido normal ou nem sequer teria reparado em quanta distância havia entre nós dois. Afastei-me um pouco, só um pouco, também não queria lhe dar uma impressão de repulsa, e além do mais esta não existia no que diz respeito ao físico, reconheci que ainda me agradava a sua proximidade. Bebeu um gole. Tirou um cigarro, acendeu e apagou o isqueiro várias vezes como se estivesse absorto ou se dispusesse a tomar impulso, por fim acendeu. Passou a mão pelo queixo, não estava azulado como quase sempre, tanto havia caprichado no barbeado desta vez. Foi esse todo o preâmbulo, e então me falou, com um sorriso que se esforçava por fazer aparecer de quando em quando — como se o aconselhasse a si mesmo a cada tantos minutos ou o houvesse programado e se lembrasse de ativá-lo tardiamente —, mas com um tom de seriedade.

— Sei que você nos ouviu, María, a Ruibérriz e a mim. Não tem sentido continuar negando nem tentando me convencer do contrário, como da última vez. Foi um erro meu, falar assim com você em casa, com você aqui, uma mulher atenta a um homem sempre tem curiosidade por qualquer coisa relativa a ele: por seus amigos, por seus negócios, seus gostos, qualquer coisa. Sente-se interessada por tudo, só quer conhecê-lo melhor. — "Esteve ruminando isso, como eu previa", pensei. "Deve ter repassado cada detalhe e cada palavra, e chegou a esta conclusão. Menos mal que não disse 'uma mulher apaixonada por um homem', embora tenha sido isso o que quis dizer, e aliás é a pura verdade. Ou foi, não sei mais, já não pode ser. Mas duas semanas atrás era, de modo que não está sem razão." — Aconteceu e não tem mais volta. Aceito, não vou me enganar: você ouviu o que não era da sua conta, nem da sua nem de ninguém, mas principalmente da sua, devíamos ter nos despedido limpamente, sem deixar nenhuma marca. — "Ele agora tem uma flor-de-lis", pensei. — A partir do que você ouviu deverá ter formado uma ideia, uma conjectura. Vejamos essa ideia, é melhor do que esquivá-la ou do que fingir que não está na sua mente, que não existe. Você deve estar pensando o pior de mim e não te culpo, a coisa deve ter soado horrível a você. Repugnante, não é? Devo estar grato por você ter vindo apesar de tudo, deve ter se violentado para voltar a me ver.

Tentei protestar sem muito empenho; eu o via decidido a abordar o assunto e a não me deixar saída, a me falar às claras do seu assassinato por delegação. A convicção absoluta de que eu estava sabendo ele não podia ter, mesmo assim se dispunha a me fazer uma confissão ou algo parecido. Ou talvez a me pôr a par, a me informar das circunstâncias, a se justificar sabe-se lá como, a me contar o que provavelmente eu preferiria ignorar. Se eu conhecesse detalhes seria ainda mais difícil me fazer de desentendida ou não fazer nada, o que de certo modo, sem me propor, eu tinha conseguido até aquela tarde sem com isso descartar outra reação futura, amanhã pode nos transformar e trazer um irreconhecível eu: tinha ficado quieta e deixado passar os dias, essa é a melhor maneira para que as coisas se dissolvam ou se decomponham na realidade, mesmo que permaneçam para sempre em nosso pensamento e em nosso saber, aí apodrecidas e sólidas e desprendendo um fedor brutal. Mas é suportável e pode-se viver com isso. Quem não carrega consigo algo assim?

— Javier, já falamos disso. Já te disse que não ouvi nada, e meu interesse por você não chega tão longe quanto você supõe...

Ele me deteve fazendo um movimento de leque com a mão a meia altura ("Não me venha com histórias", me dizia essa mão; "não me venha com frescuras"), não me deixou continuar. Sorriu agora com um pouco de condescendência, ou talvez fosse ironia para consigo mesmo, por se ver na situação evitável em que se encontrava, por ter sido tão descuidado.

— Não insista. Não me tome por bobo. Apesar de eu ter sido, sem dúvida nenhuma, muito desastrado. Eu devia ter levado Ruibérriz para a rua quando ele apareceu. Claro que você nos ouviu: ao entrar na sala você disse que não sabia que tinha outra pessoa aqui, mas havia posto o sutiã para se cobrir minimamente diante de um desconhecido, não por frio nem por algum motivo rebuscado, e já estava ruborizada ao abrir a porta do quarto. Não ficou com vergonha ao encontrar o que encontrou, você se envergonhou sozinha antecipadamente pelo que ia fazer, mostrar-se meio despida na frente de um indivíduo indesejável que você nunca tinha visto; mas o tinha ouvido falar, e não de qualquer coisa, não de futebol nem do tempo, não é? — "Quer dizer que percebeu o que eu temia que percebesse", pensei fugazmente. "Não adiantou nada minha antecipação, minhas pequenas artimanhas, minhas precauções ingênuas." — A cara de surpresa não saiu mal, mas também não saiu suficientemente boa. E, além disso, o mais transparente: de repente você ficou com medo de mim. Eu tinha te deixado confiante e tranquila na cama; até mesmo carinhosa e contente, me pareceu. Você tinha dormido calmamente e, ao acordar e estar de novo a sós comigo, de repente teve medo de mim, achou que eu não ia notar? Sempre notamos quando infundimos temor. Talvez as mulheres não, ou será porque raramente vocês o infundem e desconhecem a sensação, salvo com os filhos; bem, vocês podem aterrorizá-los. Para mim não é nada agradável, embora muitos homens adorem isso e busquem essa sensação de fortaleza, de dominação, de momentânea e falsa invulnerabilidade. A mim incomoda muito que me vejam como uma ameaça. Estou falando de medo físico, claro. De outro tipo, sim, vocês dão. Dá medo a exigência de vocês. Dá medo a obstinação de vocês, que muitas vezes é apenas ofuscação. Dá medo a indignação de vocês, uma espécie de fúria moral que as assalta, às vezes sem a menor razão. Faz duas semanas que você deve estar sentindo isso por mim. Não te censuro, no seu caso. No seu caso era compreensível, você tinha uma razão. E não de todo equivocada. Só em parte. — Fez uma pausa, levou a mão ao queixo, acariciou-o com um olhar ausente (pela primeira vez desviou os olhos de mim), como se estivesse pensando de verdade, ou se perguntasse sinceramente o que em seguida expressou: — Não entendo por que você apareceu, por que saiu, por que se expôs a que acontecesse o que agora está acontecendo. Se tivesse ficado quieta, se tivesse me esperado na cama, eu teria dado por certo que você não nos tinha ouvido, que não tinha ficado sabendo de nada, que tudo continuava como até então, em geral e entre você e mim. Se bem que o mais provável é que eu tivesse notado seu medo do mesmo modo, mais cedo ou mais tarde, naquele dia ou hoje. Isso não dá para mudar depois que nasce, e não dá para esconder.

Parou, tomou outro gole da bebida, acendeu outro cigarro, pôs-se de pé e deu umas voltas pela sala, até parar atrás de mim. Quando se levantou eu me sobressaltei, tive um estremecimento que ele percebeu, e quando ficou uns segundos imóvel, com as mãos na altura da minha cabeça, virei-a logo, como se não quisesse perdê-lo de vista ou tê-lo às minhas costas. Então ele fez um gesto com a mão aberta, como para assinalar uma evidência ("Viu?", disse a mão. "Você não gosta nada de saber onde estou. Faz umas semanas o mais ínfimo dos meus movimentos ao seu redor não teriam te preocupado: você nem teria prestado atenção neles"). A verdade é que não havia motivo para meu sobressalto nem para minha inquietação, nenhum motivo real. Díaz-Varela estava falando com calma e civilizadamente, sem se irritar nem se apaixonar, sem nem mesmo me repreender ou pedir satisfações por minha indiscrição. Talvez isso é que fosse curioso, que estivesse me falando assim de um crime grave, de um assassinato cometido indiretamente ou forjado por ele, algo de que não se fala com naturalidade ou pelo menos não se costumava, num passado ainda não remoto, quase recente: quando se descobria ou se reconhecia uma coisa semelhante, não vinham explicações nem dissertações nem conversas sossegadas nem análises, mas sim horror e cólera, escândalo, gritos e acusações veementes, ou então se pegava uma corda e se enforcava o assassino confesso numa árvore, e este por sua vez tentava fugir e matava de novo se preciso fosse. "Nossa época é estranha", pensei. "De tudo se permite falar e se ouve todo mundo, tenha feito o que tiver feito, e não só para que se defenda, mas como se o relato das suas atrocidades tivesse em si interesse." E me veio um pensamento que eu mesma estranhei: "Essa é uma fragilidade nossa essencial. Mas contrariá-la não está a meu alcance, porque eu também pertenço a esta época, e não passo de um simples peão".

Não tinha sentido seguir negando, como havia dito Díaz-
-Varela logo no início. Ele já havia admitido senões suficientes
("Foi um erro meu", "Eu devia ter levado Ruibérriz para a rua",
"Você tinha uma razão não de todo equivocada, só em parte")
para que não me restasse alternativa senão perguntar a ele de
que diabo estava me falando, se eu me mantivesse na minha
postura. Se teimasse em fingir que aquilo tudo me pegava de
surpresa e que não sabia a que estava se referindo, mesmo assim
não me livrava: cabia a mim exigir que contasse a sua história e
ouvi-la, só que desde o início. Era melhor que eu me desse por
inteirada, de modo a me poupar das repetições e talvez de alguma invenção excessiva. Tudo ia ser desagradável, tudo era.
Quanto menos durasse seu relato, melhor. Ou quem sabe seria
uma disquisição. Queria ir embora, não me atrevi sequer a tentar fazê-lo, não me mexi.

— Está bem, ouvi. Mas não tudo o que vocês falaram, nem
o tempo todo. O bastante, isso sim, para que ficasse com medo
de você, ou não era para ficar? Bom, agora você já sabe, até então

você não podia ter certeza absoluta, agora tem. E o que vai fazer? Foi para isso que me chamou, para confirmar? Você já estava mais que convencido, podíamos ter deixado para lá e não gravar mais marcas em nós, para usar essa sua expressão. Como está vendo, não fiz nada, não contei a ninguém, nem mesmo a Luisa. Suponho que ela seria a última pessoa a quem se contaria. Muitas vezes os mais afetados por algo são os que menos querem saber, os mais próximos: os filhos, o que os pais fizeram, os pais, o que fizeram os filhos... Impor-lhes uma revelação — hesitei, não sabia como terminar a frase, atalhei, simplifiquei — é demasiada responsabilidade. Para alguém como eu. — "Afinal, sou a Jovem Prudente", pensei. "Não tive outro nome para Desvern." — Você com certeza não deve me temer. Devia ter permitido que eu me apartasse, me retirasse da sua vida em silêncio e com discrição, mais ou menos como entrei e como permaneci, se é que permaneço. Nunca houve nada que nos obrigasse a voltar a nos ver. Para mim cada vez era a última, jamais contei com a seguinte. Até segunda ordem, até sua contraordem, você é que sempre tomou a iniciativa, você é que sempre propôs. Ainda está em tempo de me deixar ir embora sem mais história, não sei o que estou fazendo aqui.

Deu alguns passos, se moveu, deixou de estar atrás de mim, mas não sentou outra vez a meu lado, ficou de pé escudado agora por uma poltrona, em frente de mim. Não o perdi de vista um só instante, essa é a verdade. Olhava para as suas mãos e para seus lábios, por eles falava e além do mais era o costume, eram meu ímã. Ele tirou o paletó e pendurou-o nas costas da poltrona, como costumava fazer. Depois arregaçou lentamente as mangas da camisa e muito embora isso também fosse normal — sempre estava de mangas arregaçadas em casa, com os punhos abotoados só o vi naquele dia, e por pouco tempo — o fato de fazê-lo me deixou mais alerta, muitas vezes é o gesto de quem se prepara para uma ação, para um esforço físico, e não havia ali nenhum em perspectiva. Quando acabou de arregaçá-las, apoiou os braços no alto da poltrona, como se se preparasse para perorar. Por uns segundos ficou me observando muito atentamente de uma maneira que eu conhecia, e mesmo assim me ocorreu a mesma coisa que na ocasião anterior: desviei a vista, me perturbaram seus olhos imóveis, de olhar nada transparente nem penetrante, talvez fosse nebuloso e envolvente ou tão só indecifrável, suavizado em todo caso pela miopia (ele usava lentes de contato), era como se aqueles olhos rasgados estivessem me dizendo: "Por que você não me entende?", não com impaciência mas com pesar. E sua postura não era distinta da que havia adotado outras tardes, para me falar de *O coronel Chabert* ou de qualquer outra coisa que lhe ocorresse ou que lhe houvesse interessado, eu ouvia o que fosse com prazer. "Em outras tardes ou fins de tarde", pensei, "sem dúvida a pior hora para Luisa assim como para a maioria, a do lusco-fusco. a mais difícil de enfrentar, e naqueles fins de tarde nos quais ele e eu nos víamos", no mesmo instante me dei conta de que pensava no passado, como se já houvéssemos rompido e cada um estivesse no anteontem do outro; mas continuei do mesmo modo, "Javier não se aproximava da sua casa, não ia visitá-la nem distraí-la, não lhe fazia companhia nem lhe dava uma mãozinha, certamente precisava descansar às vezes — uma vez cada dez, doze dias — da persistente tristeza daquela mulher que com constância amava, que com inesgotável paciência esperava; devia necessitar extrair energias de algum lugar, de mim, de outra intimidade, de outra pessoa, para depois levá-las renovadas a ela. Talvez assim eu tenha ajudado Luisa um pouco, sem me propor e nem sequer me passar pela cabeça, indiretamente, não me incomodava. De quem ele as extrairia agora, se eu não estivesse mais a seu lado. Não vai ter problemas para me substituir, disso estou certa". E com esse último pensamento voltei ao tempo presente.

— Não quero que você fique com uma marca minha que não existe, uma marca que não tem cabimento, ou só tem no que aconteceu mas não nos motivos nem nas intenções, menos ainda na concepção, na iniciativa. Vejamos essa ideia que você formou, esse juízo, essa história que você se contou: eu mandei matar Miguel, bem à distância. Tracei um plano não isento de riscos (sobretudo o risco de que não funcionasse), mas que me deixava acima de qualquer suspeita. Não me aproximei, não estive lá, sua morte não teve nada a ver comigo e era impossível me relacionar com um flanelinha pirado com o qual não havia trocado uma só palavra. Outros se encarregaram disso, de averiguar sua desgraça e dirigir e manipular sua mente frágil. A morte de Miguel passou por um terrível acidente, por um caso de tremendo azar. Por que nem mesmo recorri a um matador de aluguel, aparentemente mais seguro e mais simples? Hoje em dia traz-se um expressamente de qualquer lugar, da Europa Oriental ou das Américas, e não são muito caros: a passagem de ida e volta, algumas refeições e três mil euros ou menos, ou um pouco mais, depende, digamos três mil, se você não quiser um lambão ou um sujeito esquisito demais. Fazem o que têm de fazer e caem fora, quando a polícia começa a investigar já estão no aeroporto ou em pleno voo. O inconveniente é que nada garante que eles não repitam, que não voltem à Espanha para outro trabalho ou que até tomem gosto e se instalem. Alguns indivíduos que se valeram deles depois são muito descuidados, às vezes até recomendam a um amigo ou colega (aí sim, bem *sotto voce*) o mesmo fulano que lhes prestou um serviço, ou o mesmo intermediário, que por sua vez, preguiçoso, chama e traz o mesmo cara. Qualquer um que tenha agido aqui não está mais totalmente limpo. Quanto mais pisarem no território, maior a possibilidade de acabarem sendo pegos, maior também a de se lembrarem de você, ou do seu testa de ferro, e estabelecerem um vínculo que pode não ser fácil de cortar, há gente que não se conforma com ficar à toa, de braços cruzados e às vezes os descruzam. Se são pegos, dão com a língua nos dentes. Até os que estão a serviço de alguma máfia e por isso ficam como permanentes, na Espanha tem muitos agora, aqui tem trabalho. Os códigos de silêncio são pouco ou nada respeitados. O senso de coleguismo não funciona mais, não há espírito de coleguismo: se pegam um, ele que se vire, azar ou erro de quem caiu, culpa dele. É prescindível e as organizações não se encarregam do cara, já tomaram suas medidas para não se verem atingidas em cheio, os matadores andam cada vez mais às cegas, só conhecem uma pessoa ou nem isso: uma voz ao telefone, e as fotos dos objetivos são mandadas por celular. E então os detidos pagam na mesma moeda. Hoje todo mundo só se preocupa com salvar a própria pele, conseguir que lhe reduzam a pena. Falam o que tiverem de falar, depois veremos, o principal é não dar sopa na cadeia por muito tempo. Quanto mais estiverem lá, paralisados e localizáveis, mais risco correm de que sua própria máfia os liquide: já são inúteis, um peso morto, um passivo. E como o que podem informar sobre elas não é grande coisa, tentam se valorizar: "Olhe, uns anos atrás também fiz um servicinho para um empresário importante, ou foi um político, ou um banqueiro. Acho que estou me lembrando. Se espremer a memória, vai sair muita coisa!". Mais de um empresário acabou na cadeia por isso. E um ou outro político valenciano, sabe como lá eles são fanfarrões, de discrição nunca ouviram falar.

"Como Javier está a par disso tudo?", eu me perguntei enquanto o ouvia. E me lembrei da minha única conversa de verdade com Luisa, ela também estava um pouco ciente dessas praxes, tinha me falado delas, tinha até empregado algumas frases muito parecidas com as do seu enamorado: "Trazem um sujeito, ele faz o trabalho, pagam-no e ele vai embora, tudo em um dia ou dois, nunca os encontram...". Naquele dia, pensei que teria lido aquilo na imprensa ou ouvido isso de Deverne, afinal ele era um empresário. Talvez tenha ouvido de Díaz-Varela mesmo. Divergiam, no entanto, quanto à eficácia do método, que para ele não servia ou era cheio de inconvenientes, soava muito mais informado. Luisa havia acrescentado: "Se houvesse acontecido algo assim, nem poderia odiar muito esse matador abstrato... Mas seus indutores sim, eu teria a possibilidade de desconfiar de uns e outros, de qualquer concorrente ou ressentido ou prejudicado, todo empresário faz vítimas sem querer ou por querer; e até dos colegas amigos, como li outro dia outra vez no Covarrubias". Havia pegado o Covarrubias, um vultoso volume verde, e lido para mim parte da definição de "inveja" em 1661, nada menos, em vida de Shakespeare e de Cervantes, fazia quatrocentos anos e continuava válido, é desolador que algumas coisas nunca mudem essencialmente, embora também seja reconfortante que algo persista, que não se mova nem um milímetro, nem um vocábulo: "O pior é que esse veneno costuma ser gerado no peito dos que são mais amigos...". Javier estava me relatando ou confessando esse caso, mas só como hipótese, previsivelmente para negá-la; estava descrevendo o que eu imaginava, a conclusão que havia tirado ao ouvir a conversa dele com Ruibérriz, supunha eu que para desmenti-la ato contínuo. "Quem sabe não vai me enganar com a verdade", pensei pela primeira vez, porque não foi a única. "Quem sabe não está me contando a verdade agora para que pareça mentira. Como se parecesse ou como se fosse."

— Como você sabe disso tudo?

— Tratei de apurar. Quando a gente quer saber alguma coisa, apura. Averigua os prós e os contras, apura. — Respondeu isso muito rápido, depois ficou calado. Pareceu que ia acrescentar algo mais, por exemplo, como tinha se informado. Não foi assim. Tive a impressão de que minha interrupção o havia irritado, de que o havia feito perder o impulso momentaneamente, se não o fio condutor. Talvez estivesse mais nervoso do que aparentava. Deu uns passos pela sala e sentou na poltrona em cujo espaldar havia pendurado o paletó e tinha se apoiado. Continuava à minha frente, mas agora voltava a estar na minha altura. Levou outro cigarro aos lábios, não acendeu, ao falar de novo o cigarro dançava. Não ocultava sua boca, antes a realçava. — De modo que a alternativa dos matadores de aluguel soa bem, em princípio, para aqueles que desejam se livrar de alguém. Mas o caso é que é sempre perigoso entrar em contato com eles, por mais precauções que se tome e mesmo que através de terceiros. Ou de quartos ou quintos; na realidade, quanto mais comprida a corrente, quanto mais elos tiver, mais fácil que um destes se desenganche, que um elemento se descontrole. Em certo sentido o melhor seria contratar diretamente e sem intermediários: quem concebe a morte, aquele que vai executá-la. Mas, claro, nenhum pagador final, nenhum empresário e nenhum político vão se mostrar, se exporiam demasiadamente à chantagem. A verdade é que não há modo seguro, não há forma adequada de ordenar ou pedir isso. E, além disso, depois há as suspeitas desnecessárias. Se um homem como Miguel parece vítima de um ajuste de contas ou de um assassinato encomendado, logo começam a olhar para todos os lados: primeiro investigam seus rivais e concorrentes, depois seus colegas, todos aqueles com quem tivesse negócios ou relação, os empregados despedidos ou aposentados antecipadamente, e por último sua mulher e suas amizades. É muito mais aconselhável, é muito mais limpo que não pareça assim de modo algum. Que a calamidade seja tão diáfana que não seja necessário interrogar ninguém. Ou só quem matou.

Apesar de poder não lhe agradar, eu me atrevi a intervir novamente. Ou, mais que me atrever, a língua me escapou, não consegui me conter.

— Quem matou e que não sabe de nada, nem mesmo que não foi ele que decidiu, que lhe meteram a ideia na cabeça, que o instigaram. Quem esteve a ponto de se enganar de homem, li os jornais daqueles dias; pouco antes havia batido no chofer como podia tê-lo esfaqueado fazendo os planos de vocês irem para o beleléu, imagino que vocês tiveram de lhe dar uma dura: "Preste atenção, não é este, é o outro que pega o carro; aquele em que você bateu não tem culpa, é só um empregado". Quem matou e não sabe se explicar ou tem vergonha de contar para a polícia, quer dizer, para a imprensa e para todo mundo, que suas filhas são prostitutas e prefere se calar. Que se nega a declarar, esse pobre louco seu, e que não delata ninguém, até que duas semanas atrás dá um baita susto em vocês.

Díaz-Varela me fitou com um leve sorriso, não sei como dizer, cordial e simpático. Não era cínico, não era paternalista,

250

não era debochado, não era desagradável nem mesmo naquele contexto obscuro. Era só como se constatasse que minha reação era a adequada, que tudo ia pelo caminho previsto. Acendeu o isqueiro uma ou duas vezes mas não o cigarro. Eu sim, desta vez acendi o meu. Seguiu falando com o dele na boca, ia acabar grudando num lábio, o superior seguramente, bem que gostaria de tocá-lo. Minha interrupção não pareceu incomodá-lo.

— Isso foi uma sorte inesperada, que ele se negasse a depor, que se fechasse em copas. Eu não contava com isso, não contava com tanto. Com um depoimento confuso sim, uma explicação desconexa, com seu desvario, com que só apurassem que tinha tido um arroubo de fúria, produto de uma fixação doentia e absurda e de umas vozes imaginárias. O que Miguel podia ter a ver com uma rede de prostituição, com o tráfico de brancas? Melhor ainda, no entanto, foi o fato de ter decidido não abrir o bico, não é mesmo? De não haver o menor risco de envolver terceiros, mesmo que viessem a parecer fantasmagóricos; de mencionar chamadas telefônicas estranhas num celular inexistente ou em todo caso inencontrável e jamais registrado em seu nome, uma voz no ouvido que lhe sussurrava coisas, que denunciava Miguel, que o persuadia de que era ele o causador da desgraça das filhas. Ouvi dizer que as localizaram e que elas se negaram a ir vê-lo. Ao que parece não falavam com ele fazia alguns anos, estavam rompidas e achavam-no insuportável, passaram a ignorá-lo completamente; o flanelinha, podemos dizer, estava há tempos sozinho no mundo. E pelo visto elas de fato se dedicavam à prostituição, mas por vontade própria, na medida em que a vontade permanece intacta ante a necessidade: digamos que, entre várias servidões possíveis, haviam optado por essa e não estão mal, não se queixam. Creio que, se não de alto, são de médio *standing*, se defendem bem, não são putas baratas. O pai não quis mais saber delas nem elas dele, devia ser bastante perturbado desde sempre.

Provavelmente depois, em sua solidão, em seu desequilíbrio crescente, lembrava delas mais em criança do que quando moças, mais como promessas do que como decepções, e se convenceu de que haviam agido forçadas. Não esqueceu o fato, mas as razões e as circunstâncias talvez sim, substituiu-as por outras mais aceitáveis para ele, embora mais indignantes, porém a indignação dá força e vida. Que sei eu: para resguardar melhor em sua imaginação aquelas meninas, deviam ser o pouco a salvar que lhe restava, essas figuras, a melhor lembrança dos tempos melhores. Não sei nem quem nem o que foi antes de ser indigente, para que iria averiguar? Todas essas histórias são tristes, você pensa quem foi um desses homens, pior ainda, quem foi uma dessas mulheres, quando não podia prever seu miserável futuro, e é doloroso dar uma olhada no passado ignorante de alguém. Só sei que era viúvo fazia anos, talvez sua decadência tenha começado nessa época. Não tinha sentido me informar do que quer que fosse, proibi Ruibérriz que me dissesse se ficasse sabendo, já me pesava na consciência utilizá-lo como instrumento, eu a aplacava com a ideia de que onde o meteram, onde está agora, estaria melhor do que no carro abandonado onde dormia. Estará mais bem atendido e mais cuidado, e de fato já se viu que além do mais era um perigo. É melhor que não fique na rua. — "Isso lhe pesava na consciência", pensei. "Tem graça. Em meio ao que está me contando, ao que eu mais ou menos já sabia, tenta não se apresentar como um desalmado e exibe escrúpulos. Deve ser normal, suponho que a maioria dos que matam tenta fazer a mesma coisa, principalmente quando são descobertos; pelo menos os que não são matadores profissionais, os que o fazem uma vez e pronto, ou assim esperam, e vivem isso como uma exceção, quase como um terrível acidente em que se viram envolvidos contra a própria vontade (de certo modo como um parêntese depois do qual se pode prosseguir): 'Não, eu não queria. Foi um momento de obnubilação, de pânico, na realidade esse morto me forçou. Se não houvesse puxado tanto a corda e levado as coisas tão longe, se houvesse sido mais compreensivo, se não me houvesse apertado ou eclipsado tanto, se houvesse desaparecido... Fico com uma pena enorme, pode crer'. Sim, não deve ser suportável a consciência do que se fez, e ela se perderá um pouco, portanto. E sim, tem razão, é doloroso olhar para o passado ignorante de alguém, por exemplo do pobre Desvern sem sorte na manhã do seu aniversário, pobre homem, enquanto tomava o café da manhã com Luisa e eu os observava complacentemente à distância, como qualquer outra manhã inócua. Tem mesmo muita graça", repeti para mim mesma, e notei que meu rosto se avermelhava. Mas me calei, não disse nada, guardei minha indignação para mim, a que ele temia nas mulheres, e também me dei conta a tempo de que havia perdido a noção, em algum instante da sua falação (em qual?), de que o que me contava Díaz-Varela ainda era uma hipótese, ou uma glosa das minhas deduções a partir do que eu tinha ouvido, quer dizer, uma ficção segundo ele, com toda certeza. Seu relato ou sua reconstituição havia começado assim, como mera ilustração das minhas conjecturas, verbalização das minhas suspeitas, e insensivelmente havia adquirido para mim um ar ou tom verídico, eu tinha passado a ouvi-lo como se se tratasse de uma confissão em regra e fosse verdadeira. Havia ainda a possibilidade de que não o fosse, segundo ele, isso sempre (eu nunca saberia mais do que ele me dissesse, logo nunca saberia nada com certeza absoluta; sim, é ridículo que depois de tantos séculos de conversa e de incríveis progressos e invenções ainda não haja forma de saber quando alguém mente; claro que isso beneficia e prejudica igualmente todos nós, talvez seja o único reduto de liberdade que nos resta). Eu me perguntei por que havia permitido, por que havia procurado que soasse como verdade o que previsivelmente ia ser negado mais tarde. Depois das suas últimas palavras, era difícil para mim esperar essa negação provável, anunciada ("Não quero que você fique com uma marca minha que não existe", assim havia começado); no entanto era o que me competia, agora já não dava para ir embora: ouvir o horrível, esperar, ter paciência. Todos esses pensamentos cruzaram minha cabeça como uma rajada, porque ele não se deteve, limitou-se a uma pausa mínima.

— De modo que o inesperado silêncio dele foi como uma bênção, como a confirmação de que eu havia acertado meus planos temerários, o que eles eram e muito, pense bem: esse Canella podia ter sido imune às minhas intrigas, ou podia ter se convencido de que Miguel era o culpado pela perdição das suas filhas, e só, isso podia não ter tido a menor consequência.

De novo a língua me escapou, depois de tê-la contido pouco antes, de que adiantou? Tentei que minhas frases soassem mais como uma recapitulação do que como uma acusação, uma crítica, embora sem dúvida o fossem (tentei, para não irritá-lo excessivamente).

— Certo, mas vocês entregaram uma faca para ele, não? E não uma faca qualquer, mas uma especialmente perigosa e daninha, está proibida. Isso teve consequência, não?

Díaz-Varela me encarou com surpresa por um instante, vi-o desconcertado pela primeira vez. Ficou calado, talvez estivesse puxando velozmente pela memória para lembrar se havia falado com Ruibérriz daquela faca enquanto eu espiava. Nas duas semanas transcorridas desde então devia ter reconstruído detalhadamente o que ambos disseram naquela ocasião, devia ter avaliado do que e de quanto eu tinha me inteirado — sem dúvida nenhuma com a colaboração de seu amigo, que ele teria informado do contratempo; de repente não me agradou nada a ideia de que Ruibérriz estivesse a par da minha indiscrição, do jeito que tinha me olhado —, e ele ignorava que eu tinha me incorporado à conversa com atraso e que às vezes só me chegaram fragmentos. Deve ter optado pela pior das hipóteses, por via das dúvidas, dado por certo que eu havia ouvido tudo, por isso teria decidido me telefonar e me neutralizar com a verdade, ou com sua aparência, ou com parte dela. Mesmo assim não deve ter registrado que houvessem mencionado a arma, menos ainda o fato de que a tivessem comprado e dado ao guardador de automóveis. Eu mesma não estava certa disso e acreditava que não, percebi ao notar sua perplexidade, ou a repentina desconfiança, que o havia assaltado, de suas lembranças e de sua meticulosa reconstituição. Era bem possível que eu houvesse deduzido aquilo, e depois dado como certo. Teve dúvidas, deve ter se perguntado rapidamente se eu sabia mais do que me correspondia, e como. Me deu tempo de tomar consciência de que, enquanto eu havia empregado a terceira do plural várias vezes, incluindo Ruibérriz e seu anônimo enviado (acabava de dizer "vocês entregaram"), ele sempre falava na primeira do singular (acabava de dizer "eu havia acertado meus planos temerários"), como se assumisse sozinho o crime, como se fosse coisa exclusivamente sua, apesar da manipulação do executor e a ajuda de pelo menos dois cúmplices, os que haviam feito o trabalho sem que ele tivesse de intervir ou se envolver. Ele havia ficado bem distante do sujo e sangrento, do flanelinha e das suas facadas, do celular e do asfalto, do corpo de seu melhor amigo estendido numa poça. Não tivera contato com nada; era estranho que na hora de contar não se aproveitasse disso, mas do contrário. Que não distribuísse a culpa entre os que haviam participado. Isso sempre diminui a própria, embora fique claro quem manipulou os cordões e quem urdiu e deu a ordem. Souberam disso os conspiradores desde tempos imemoriais, e também as turbas espontâneas e acéfalas, açuladas por estranhas cabeças que não aparecem e que ninguém distingue: não há nada como a divisão para se sair mais ileso.

Seu desconcerto não durou, ele logo se recompôs. Depois de puxar pela memória e não encontrar nada nítido nela deve ter pensado que no fundo tanto fazia o que eu soubesse ou supusesse, afinal de contas eu dependia dele em ambos os terrenos agora, como sempre a gente depende de quem nos conta algo, é este que decide por onde começa e quando para, o que revela e o que insinua e o que cala, quando diz a verdade e quando a mentira ou se combina as duas e não permite reconhecê-las, ou se engana com a primeira como tinha me ocorrido que ele talvez estivesse fazendo; não, não é tão difícil, basta expô-la de maneira que não se acredite nela, ou que custe tanto acreditar que você acabe descartando. As verdades inverossímeis se prestam a isso e a vida está cheia delas, muito mais que o pior romance, nenhum se atreveria a dar guarida em seu seio a todos os acasos e coincidências possíveis, infinitos numa só existência, não digamos na soma das que já passaram e das que ainda transcorrem. É vexaminoso que a realidade não imponha limites.

— Sim — respondeu —, isso teve uma consequência, mas

também podia não ter tido. Canella podia muito bem recusar a faca, ou pegá-la e depois jogá-la fora ou vendê-la. Ou ficar com ela e não usá-la. Também não era improvável que a perdesse ou a roubassem antes da hora, entre os indigentes era uma posse muito apreciada, porque todos se sentem ameaçados e indefesos. Em suma, proporcionar a alguém um motivo e uma ferramenta não garante que vá se valer deles, de modo algum. Meus planos dependeram muito do acaso, inclusive depois de consumados. De fato, o homem esteve a ponto de se enganar de pessoa. Mais ou menos um mês antes. Sim, claro que foi preciso instruí-lo, insistir com ele, esclarecer, só faltava uma mancada dessas. Isso não teria acontecido com um matador, mas já falei dos inconvenientes que eles podem trazer, se não a curto, a longo prazo. Preferi me arriscar a falhar, a que não funcionasse, a me arriscar a ser descoberto. — Parou, como se tivesse se arrependido da última frase, ou talvez de tê-la soltado naquele momento, era possível que ainda não fosse a hora; quem relata algo que preparou, algo já elaborado, costuma decidir antecipadamente o que irá antes e o que irá mais tarde, e se preocupa em não contrariar nem alterar essa ordem. Bebeu, arregaçou as mangas já arregaçadas, num gesto maquinal que tinha de vez em quando, acendeu por fim o cigarro, fumava cigarros alemães leves fabricados pela Reemtsma, cujo dono foi sequestrado e teve de pagar o maior resgate da história do seu país, uma quantia monstruosa, depois escreveu um livro sobre a sua experiência em que dei uma olhada na editora na versão inglesa, cogitamos publicar na Espanha, mas afinal Eugeni considerou-o deprimente e não quis. Imagino que continue fumando os mesmos a não ser que tenha largado, não creio, não é dos que aceitam imposições sociais, do mesmo modo que seu amigo Rico, pelo visto, faz e diz o que lhe dá na telha em todos os lugares sem ligar para as consequências (às vezes me pergunto se estará a par do que Díaz-Varela fez, se nem sequer desconfiará: é improvável que esteja, me deu a impressão de não se interessar muito pelo próximo e contemporâneo, nem querer saber disso). Díaz-Varela pareceu hesitar se continuava ou não por esse caminho. Continuou, muito brevemente, talvez para não fazer sobressair seu arrependimento com uma virada demasiado brusca. — Por estranho que pareça num caso de homicídio, matar Miguel era muito menos importante do que não ser pego nem envolvido. Quero dizer que não valia a pena certificar-se de que morreria então, naquele dia ou em qualquer outro próximo, se por outro lado eu corresse o menor risco de ficar exposto ou sob suspeita um dia, mesmo que daqui a trinta anos. Isso eu não podia me permitir em hipótese alguma, ante essa possibilidade era melhor que ele continuasse vivo, abandonar qualquer plano e renunciar à sua morte então. Diga-se de passagem, não fui eu que escolhi o dia, claro, mas o flanelinha. Uma vez realizada a minha tarefa, tudo estava nas mãos dele. Teria sido de um mau gosto extremo eu ter escolhido precisamente o dia do aniversário dele. Foi uma casualidade, quem podia saber quando o homem iria se decidir, ou se algum dia iria. Mas vou te explicar tudo isso mais tarde. Sigamos com a sua ideia, com a sua conjectura, você deve ter tido tempo de assentá-la nestas duas semanas.

Eu queria me conter e deixá-lo falar até se cansar e acabar, mas de novo não fui capaz, meu cérebro havia pegado duas ou três coisas no ar que ferviam demais dentro de mim para calá-las todas naquele instante. "Falava de homicídio a esta altura da história, e não de assassinato, como é que pode, se já não estiver dissimulando?", pensei. "Do ponto de vista do guardador de automóveis, deve ser a primeira coisa, e também do de Luisa, e da polícia e das testemunhas, e dos leitores dos jornais que deram com a notícia uma manhã e se horrorizaram ao ver o que podia acontecer com qualquer um num dos bairros mais seguros de

Madri, e depois a esqueceram porque não houve continuidade e porque, além disso, a desgraça, uma vez aplacada em suas imaginações, contribuiu para que se sentissem a salvo: 'Não fui eu', disseram-se, 'e uma coisa dessas não vai acontecer duas vezes'. Mas não do dele, do ponto de vista de Javier é um assassinato, não pode se valer de que seu plano tivesse grandes furos, o elemento acaso, que seus cálculos talvez não se consumassem, ele é inteligente demais para se enganar com isso. E por que disse e repetiu 'então'? 'Certificar-se de que morreria então', 'sua morte então', como se houvesse sido o caso de adiá-la ou deixá-la para mais tarde, quer dizer, para *hereafter*, na certeza de que chegaria. E 'Teria sido de um mau gosto extremo', também disse isso, como se não bastasse dar a ordem de matar um amigo." Fiquei com a segunda hipótese, como sempre acontece, embora não fosse a mais ostensiva; talvez, isso sim, a mais ofensiva.

— De um mau gosto extremo — repeti. — Mas o que você está dizendo, Javier? Você acha que esse detalhe altera em alguma coisa o principal? Você está me falando de um assassinato.

— Aproveitei para dar nome aos bois. — Você acha que marcar um dia ou outro pode acrescentar ou subtrair gravidade a esse fato? Acrescentar bom gosto ou diminuir um pouco o mau? Não te entendo. Bom, também não pretendo entender nada, nem sei por que estou te ouvindo. — E agora fui eu que acendi um segundo cigarro e bebi, alterada; me atropelei, quase engasguei, bebi quando ainda não havia exalado a primeira tragada.

— Claro que entende, María — respondeu rapidamente —, e por isso está me ouvindo, para acabar de acreditar em sua versão, para confirmá-la. Você a contou e recontou sem parar para si mesma, todos os dias e noites destas duas semanas. Compreendeu que para mim meus anseios estão acima de qualquer consideração e qualquer freio e qualquer escrúpulo. E de toda lealdade, imagine só. Tenho muito claro, desde há algum tempo, que quero passar junto de Luisa o que me resta de vida. Que só há uma e que é esta e que não se pode confiar na sorte, em que as coisas aconteçam por si mesmas e os obstáculos e as resistências sejam afastados como por encanto. A gente tem de pôr mãos à obra. O mundo está cheio de preguiçosos e de pessimistas que não conseguem nada porque não se aplicam a nada, depois se permitem queixar-se, se sentem frustrados e alimentam seu ressentimento com o exterior: assim é a maioria dos indivíduos, uns idiotas folgados, derrotados de antemão, por sua instalação na vida e por si mesmos. Permaneci solteiro esses anos todos; sim, com histórias muito gratificantes, me distraindo, à espera. Primeiro à espera de que aparecesse alguém que tivesse um fraco por mim, e por quem eu tivesse. Depois... Para mim é o único modo de reconhecer esse termo que todo mundo emprega com desenvoltura, mas que não deveria ser tão fácil já que muitas línguas não o conhecem, só o italiano além da nossa, que eu saiba, é claro que sei poucas... Talvez em alemão, mas a verdade é que não sei: o enamoramento. O substantivo, o conceito; o adjetivo, o estado, isso sim é mais conhecido, pelo menos o francês o tem e o inglês não, mas se esforça e se aproxima... Muitas pessoas nos agradam, nos divertem, nos encantam, nos inspiram afeto e até nos enternecem, ou gostamos delas, elas nos arrebatam, chegam inclusive a nos enlouquecer momentaneamente, desfrutamos do seu corpo ou da sua companhia ou de ambas as coisas, como é o meu caso com você e foi outras vezes com outras, umas poucas. Algumas até se tornam imprescindíveis, a força do costume é imensa e acaba suprindo quase tudo, inclusive suplantando tudo. Pode suplantar o amor, por exemplo; mas não o enamoramento, convém distinguir entre ambos, embora se confundam não são a mesma coisa... O que é muito raro é sentir um fraco, verdadeiro fraco por alguém, e que esse alguém produza em nós essa fraqueza, que nos torne fracos. Isso é o determinante, que nos impeça de ser objetivos e nos desarme perpetuamente e nos leve a nos render em todas as contendas, como acabou rendido o coronel Chabert à sua mulher quando tornou a vê-la a sós, eu te falei dessa história, você a leu. Dizem que os filhos conseguem isso, e não vejo inconveniente em acreditar que sim, mas deve ser de uma índole diferente, são seres desprotegidos desde que aparecem, desde o primeiro instante, o fraco, a fraqueza que produzem em nós desde o primeiro instante já deve nos vir imposta pela sua absoluta falta de defesa, e ao que parece permanece... Em geral a gente não experimenta, nem na realidade procura isso com um adulto. Não aguarda, a gente é impaciente, é prosaico, talvez nem deseje isso porque tampouco o concebe, de modo que se junta ou se casa com o primeiro que aparece, não é tão estranho, essa tem sido a norma por toda a vida, há quem pense que o enamoramento é uma invenção moderna saída dos romances. Seja como for, já temos a invenção, a palavra e a capacidade para o sentimento. — Díaz-Varela tinha deixado alguma frase inacabada ou meio no ar, tinha titubeado, tinha se sentido tentado a fazer digressões de suas digressões, tinha se refreado; não queria discursar, em que pese a sua tendência, mas me contar uma coisa. Fora indo para a frente, agora estava sentado na beira da poltrona, cotovelos nos joelhos e as mãos juntas; seu tom tinha se tornado veemente dentro da frieza e da ordem expositiva, quase didática, que empregava quando perorava. E, como sempre falava continuamente, eu não podia afastar a vista do seu rosto, dos seus lábios que se moviam velozes ao soltar as palavras. Não é que não me interessasse o que ele dizia, tinha me interessado sempre, ainda mais agora que estava me confessando o que havia feito, por que e como, ou o que ele acreditava que eu acreditava, e estava certo. Mas ainda que não tivesse me interessado teria continuado a ouvi-lo indefinidamente, a ouvi-lo enquanto olhava para ele. Acendeu outra luz, a do abajur ao lado (às vezes sentava para ler naquela poltrona), já havia anoitecido completamente e a que havia não bastava. Enxerguei-o melhor, vi suas pestanas compridas e sua expressão um tanto sonolenta, também então. Seu semblante não denotava preocupação nem violência com o que estava me contando. Por ora não lhe custava. Eu tinha de me lembrar quão odiosa era sua tranquilidade dominante naquelas circunstâncias, porque a verdade é que ela não o era para mim. — Você sabe que nutre um sentimento incondicional por essa pessoa — prosseguiu —, que vai ajudá-la e apoiá-la no que for, ainda que se trate de um compromisso horrível (por exemplo, matar alguém, você pensará que te deram motivos ou que não tem mais remédio) e que fará por ela o que der e vier. Não é que sejam pessoas que te agradem, no sentido mais nobre da palavra; é que caem no seu agrado, o que é diferente e muito mais forte e duradouro. Como todos sabemos, essa incondicionalidade pouco tem a ver com a razão, ou com as causas. De fato, é curioso, o efeito é enorme e não há causas, não costuma haver ou não são formuláveis. Me parece que intervém em boa parte a decisão, uma decisão arbitrária... Mas, enfim, essa é outra história. — De novo lhe apetecera dissertar, se esforçava para não cair nisso. Apesar de tudo, tentava ir ao que interessa, e tive a sensação de que, se ainda assim desviava, não era contra a sua vontade e porque não pudesse evitar, mas porque procurava algo com isso, quem sabe me envolver e me acostumar mais aos fatos. De vez em quando eu parava e pensava: "Estamos falando do que estamos falando, um assassinato, é insólito; e eu presto atenção nele em vez de enforcá-lo numa árvore". E depois me vinha ao pensamento a resposta de Athos a D'Artagnan quando este havia exclamado a mesma coisa: "Sim, um assassinato, nada mais". E cada vez eu pensava menos isso. — Quase ninguém pode responder a essa pergunta que os outros se fazem sobre alguém, sobre qualquer um: "Por que terá se enamorado dela? O que terá visto nela?". Sobretudo quando é alguém que a gente considera insuportável, não é o caso de Luisa, creio eu; bom, mas quem sou eu para dizê-lo, pelo que acabo de expor, justamente. Mas nem você mesma, María, para não ir mais longe, saberia responder por que se enrabichou por mim durante este tempo, com todos os meus defeitos e sabendo desde o início que meu verdadeiro interesse estava em outro lugar, que tinha um objeto irrenunciável fazia tempo, que não havia a possibilidade de que você e eu fôssemos além de onde fomos. Quero dizer, você não saberia, salvo o balbucio de quatro subjetividades imprecisas e pouco airosas, tão discutíveis quanto indiscutíveis: indiscutíveis para você (quem ousaria te contradizer?), discutíveis para os outros. — "É verdade, eu não saberia", pensei. "Como uma bobalhona. O que eu ia dizer, que gostava de olhar para ele e beijá-lo, de ir para a cama com ele, e a aflição de não saber se ia fazê-lo, e ouvi-lo? Sim, são razões idiotas e que não convencem ninguém, ou sempre soam assim aos ouvidos de quem não sente a mesma coisa ou não experimentou nada semelhante em sua vida. Nem sequer são razões, como disse Javier, seguramente têm mais a ver com uma manifestação de fé do que com qualquer outra coisa; embora talvez sejam causas, sim. E seu efeito é enorme, isso é certo. É invencível." Devo ter corado levemente, ou talvez tenha me remexido no sofá com incômodo, com vergonha. Me incomodava que ele me houvesse mencionado abertamente, que houvesse feito referência a meus sentimentos para com ele quando eu sempre havia sido discreta e parcimoniosa em palavras, nunca o havia importunado com pedidos nem declarações, nem com indiretas sutis que o houvessem convidado a expressar algum afeto por mim, eu tinha me abstido de fazê-lo sentir a mais ínfima responsabilidade ou obrigação ou necessidade de resposta, nem sombra disso; tampouco havia acalentado esperanças de que a situação mudasse, ou só na solidão do meu quarto olhando para as árvores, longe dele, em segredo, como quem fantasia quando o sono começa a chegar, todo mundo tem direito a pelo menos isso, a imaginar o impossível quando a vigília inicia por fim sua retirada e o dia se encerra. Me desagradava que ele me houvesse incluído em tudo aquilo, podia ter se abstido; não deve tê-lo feito inocentemente, alguma intenção devia ter, não lhe escapou sem querer. Outra vez me deu vontade de me levantar e ir embora, de sair de uma vez daquela casa querida e temida e não voltar mais; no entanto agora eu já sabia que não iria embora enquanto ele não terminasse, enquanto não me contasse por inteiro sua verdade ou sua mentira, ou sua verdade e sua mentira, as duas juntas, ainda não. Díaz-Varela percebeu meu rubor ou meu desassossego, o que fosse, porque se apressou a acrescentar, como para conciliar: — Veja bem, não estou insinuando que você esteja enamorada de mim, nem que você nutra um sentimento incondicional por mim nem que eu tenha caído no seu agrado, nada disso. Não sou tão presunçoso. Sei muito bem que não é tanto assim, que você está muito longe, que não se pode comparar o que você sente por mim há pouco tempo com o que sinto por Luisa há anos. Sei que sou apenas uma distração, que te agradei. Como você a mim, não tem muita diferença, ou me engano? Se menciono isso é como prova de que até os namoricos mais passageiros e leves carecem de causas. Para não falar no que é muito mais, infinitamente mais do que isso.

Fiquei calada, mais tempo do que queria. Não estava segura sobre o que responder, e desta vez ele tinha feito uma pausa como que me incitando a dizer alguma coisa. Em poucas frases Díaz-Varela havia rebaixado meus sentimentos e tinha me dado a conhecer os seus cravando-me uma aguilhoada supérflua, pois que eu já sabia disso sem nunca ter ouvido de sua boca nada tão claro, ou não com palavras tão pungentes como as que ele acabava de pronunciar. Por mais tolos que fossem, como na realidade são todos os sentimentos quando descritos ou explicados ou simplesmente enunciados, ele havia colocado os meus muito abaixo da qualidade dos seus para com outra pessoa, como podiam se comparar? O que ele sabia de mim, tão calada e prudente como eu sempre havia sido? Tão derrotada de antemão, tão sem aspirações, tão pouco disposta a competir e a lutar, ou absolutamente nada disposta? Claro que eu não era capaz de planejar e encomendar um assassinato, mas quem poderia saber se mais tarde, se nossa relação de agora estivesse enquistada há anos, ou melhor, a que havia existido até duas semanas antes, a conversa com Ruibérriz tinha alterado tudo, melhor dizendo, eu tê-la ouvido. Se não os houvesse espiado, Díaz-Varela poderia ter continuado aguardando indefinidamente a lenta recuperação e o vaticinado enamoramento de Luisa e não ter me substituído nem ter prescindido de mim enquanto isso, nem eu ter me afastado, mas continuado a vê-lo nos mesmos termos. E então, quem está imune a começar a querer mais, a se impacientar e a não mais se conformar, a sentir que adquiriu direitos com o correr dos meses e dos anos, pela simples acumulação de tempo, como se uma coisa tão insignificante e tão neutra como a sucessão dos dias supusesse um mérito para quem os atravessa, ou talvez para quem os aguenta sem abandonar nem se render? Quem não esperava nada acaba exigindo, quem se aproximava com devoção e modéstia se torna tirânico e iconoclasta, quem mendigava sorrisos ou atenção ou beijos da pessoa amada se faz de rogado e se torna soberbo, e agora os regateia a essa mesma pessoa que o simples chuvisco do tempo subjugou. A passagem do tempo exaspera e condensa qualquer tormenta, embora no princípio não houvesse uma só nuvem minúscula no horizonte. Não sabemos o que o tempo fará de nós com suas camadas finas que se superpõem indistintas, em que é capaz de nos transformar. Avança discretamente, dia a dia e hora a hora e passo a passo envenenado, não se faz notar em seu sub-reptício labor, tão respeitoso e comedido que nunca nos dá um tranco nem um sobressalto. Toda manhã aparece com seu semblante tranquilizador e invariável, e nos assevera o contrário do que está acontecendo: que está tudo bem e nada mudou, que tudo é como ontem — o equilíbrio de forças —, que nada se ganha e nada se perde, que nosso rosto é o mesmo e também nosso cabelo e nosso contorno, que quem nos odiava continua nos odiando e quem nos amava continua nos amando. E, de fato, é o exato contrário, só que nos permite avistá-lo com seus traiçoeiros minutos e seus enganadores segundos, até que chega um dia estranho, impensável, em que nada é como sempre foi: em que duas filhas beneficiadas por ele abandonam o pai à morte num paiol, sem um tostão, e queimam os testamentos que são ingratos aos vivos; em que as mães despojam seus filhos e os maridos roubam suas mulheres, ou as mulheres matam seus maridos valendo-se do amor que lhes inspiravam para torná-los loucos ou imbecis, a fim de viver em paz com um amante; em que outras mulheres dão ao filho de um primeiro leito gotas que acarretariam a morte deste, a fim de enriquecer outro filho, o do amor que agora sim sentem, embora ignorem quanto mais vai durar; em que uma viúva que herdou posição e fortuna de seu marido soldado, caído na Batalha de Eylau em meio ao frio mais frio, renega-o e acusa-o de farsante quando ao cabo dos anos e dos castigos ele consegue retornar dentre os mortos; em que Luisa suplicará a Díaz-Varela, para o qual demorou tanto a se voltar, que não a abandone e permaneça a seu lado, e abjurará seu antigo amor por Deverne, que será rebaixado e não será nada e não poderá se comparar com o que lhe professa agora, por esse segundo marido inconstante que ameaça deixá-la; em que Díaz-Varela é que implorará a mim que não me afaste, que fique junto dele e compartilhe para sempre seu travesseiro, e escarnecerá do amor obstinado e ingênuo que sentiu por Luisa por muito tempo e o levou a matar um amigo, e se dirá e me dirá: "Que cego eu fui, como é que não soube te ver quando ainda era tempo?"; um dia estranho, impensável, em que planejarei o assassinato de Luisa, que se interpõe entre nós sem saber que existe um "nós" e contra a qual não tenho nada, e talvez o leve a cabo, tudo é possível nesse dia. Sim, tudo é uma questão de desesperante tempo, mas o nosso se interrompeu, para nós se acabou esse que consolida e prolonga e ao mesmo tempo apodrece e arruína e dá o troco, e não se faz notar em caso algum. Esse dia não chegará para mim, para mim não há "mais tarde" ou "a partir de agora", como houve para lady Macbeth, estou a salvo dessa prorrogação benfeitora ou daninha, essa é minha desgraça e minha sorte.

— Quem te disse que não estou enamorada de você? Como pode saber, se eu nunca te disse. Se você nunca me perguntou.

— Vamos, vamos, não exagere — respondeu ele sem se surpreender. Haviam sido comédia suas últimas palavras, ele tinha sacado perfeitamente o que eu sentia, ou o que havia sentido até duas semanas antes. Talvez também sentisse agora, mas com manchas e com um misto do que não pode manchar nem se misturar, pelo menos não nos enamoramentos. Tinha sacado, quem é amado sempre percebe isso, se não perdeu a cabeça e não anseia sê-lo, porque quem anseia não distingue e interpreta equivocadamente os sinais. Mas ele estava livre disso, não queria que eu o amasse, pouco havia feito para me dar alento, era justo reconhecê-lo. — Se fosse assim — acrescentou —, você não estaria tão espantada com o que descobriu, nem haveria tirado suas conclusões tão depressa. Você estaria alerta, à espera de uma explicação aceitável. Pensaria que talvez não tivesse havido outro remédio por algum motivo que você desconhece. Estaria disposta, estaria desejando se enganar.

Não fiz caso desses comentários capciosos que procuravam me levar a algum lugar por ele previsto. Só respondi ao primeiro.

— Talvez não esteja exagerando. Talvez não esteja exagerando nem um pouco, e você sabe disso. O que acontece é que você não gosta dessa responsabilidade, já sei que essa não é a palavra adequada: não se pode responsabilizar ninguém por outra pessoa se apaixonar por ele. Não se preocupe, eu não te responsabilizo por meus sentimentos idiotas, que só a mim dizem respeito. Mas é inevitável que você os encare como um pequeno fardo. Se Luisa soubesse da intensidade dos seus (pode ser que em seu recolhimento só tenha se dado conta do superficial, da sua galanteria e do seu afeto pela viúva do seu melhor amigo), mesmo que não viesse a saber do que eles foram causa, ela os sentiria como um fardo insuportável. É possível até que se matasse, por não ser capaz de carregá-lo. Por isso, entre outras razões, não vou dizer nada a ela. Não precisa se preocupar, não sou uma desalmada. — Eu ainda não havia tomado uma decisão definitiva a esse respeito, minha intenção ia oscilando à medida que o ouvia e me indignava ou nem tanto ("Mais tarde eu penso, com calma, a sós, a frio", pensava), mas em todo caso me convinha tranquilizá-lo para poder sair dali sem sensação de ameaça, presente ou futura, se bem que esta última nunca desapareceria de todo, supunha eu, por toda a minha vida. E me atrevi a acrescentar com um pingo de chacota, a chacota também me convinha: — Claro que essa seria a melhor maneira de varrê-la do mapa, de fazer o que você fez com Desvern, só que manchando muito menos minhas mãos.

Longe de apreciar o humor — é bem verdade que um humor tétrico —, essa observação deixou-o sério e como que na defensiva. Agora sim arregaçou as mangas efetivamente, com gestos enérgicos como se se preparasse para lutar ou para me fazer uma demonstração física, arregaçou-as até acima dos bíceps como um galã tropical dos anos 50, Ricardo Montalbán, Gilbert Roland, um daqueles homens simpáticos já esquecidos de quase todo mundo. Não ia lutar, é claro, nem me bater, isso não era do seu caráter. Compreendi que alguma coisa o havia contrariado sobremaneira e que ele ia refutá-la.

— Não manchei minhas mãos, não se esqueça. Tomei o maior cuidado. Você não sabe o que é manchá-las de verdade. Não sabe o que delegar afasta dos fatos, não tem a menor ideia de quanto ajuda pôr gente intermediando. Por que você acha que fazem assim todos que podem fazer, logo de saída, diante da menor situação incômoda ou ligeiramente desagradável? Por que você acha que advogados intervêm nas causas e nos divórcios? Não é só por sua sapiência e suas manhas. Por que acha que os atores e atrizes têm representantes, e os escritores agentes, e os toureiros procuradores, e os boxeadores managers, quando ainda havia boxe? Estes puritanos de agora vão acabar com tudo. Por que você acha que os empresários se valem de testas de ferro, ou que qualquer criminoso com dinheiro envia capangas ou contrata matadores? Não é só para não manchar literalmente as mãos, nem por covardia, para não dar as caras nem se arriscar a sair chamuscado. A maioria das pessoas que recorrem habitualmente a essas figuras (outra coisa são os que fazem isso excepcionalmente, como eu próprio) começou exercendo essas mesmas funções e talvez tenha sido mestre nelas: está acostumada a dar surras ou até a meter bala em alguém, seria improvável que se saísse mal de um encontro desses. Por que você acha que os políticos mandam tropas para as guerras que declaram, se é que ainda se dão ao trabalho de declará-las? Ao contrário dos outros, eles não poderiam fazer o serviço dos soldados, porém é mais do que isso. Em todos os casos há uma autossugestão enorme, proporcionada pela intermediação e à distância do que acontece, e o privilégio de não presenciá-lo. Parece incrível mas é assim que funciona, eu comprovei pessoalmente. A gente chega a se convencer de que não tem nada a ver com o que acontece na realidade, ou no corpo a corpo, embora o tenha originado e desencadeado e tenha pagado para que acontecesse. O divorciado acaba se persuadindo de que sua exigência mesquinha e o desejo de vingança não são dele, mas do seu advogado. Os atores e os escritores famosos, os toureiros e os boxeadores se desculpam pelas pretensões econômicas de seus representantes ou pelos empecilhos que põem, como se eles não obedecessem às suas ordens nem trabalhassem de acordo com a vontade deles. O político vê na televisão ou na imprensa os efeitos dos bombardeios que iniciou, ou fica sabendo das atrocidades que seu exército está cometendo no terreno; sacode a cabeça com desaprovação e com asco, pergunta-se como é que seus generais são tão brutais ou tão desastrados, como é que não são capazes de controlar seus homens quando começa a luta e os perdem um pouco de vista, mas nunca se vê como culpado do que acontece a milhares de quilômetros, sem que ele tome parte nem seja testemunha: logo, logo conseguem se esquecer de que tudo dependeu dele, de que foi ele que comandou: "Em frente, marche!". Assim também o *capo* que enviou seus capangas: lê ou lhe informam que eles se excederam, que não se limitaram a dar cabo de uns tantos, conforme suas indicações, mas além disso cortaram a cabeça e os testículos das vítimas e os enfiaram na boca; estremece um instante ao figurar a cena e pensa que aqueles seus esbirros são na verdade uns sádicos, não se lembra mais que deixou a imaginação e as mãos deles livres e que lhes disse: "Que a coisa espante todo mundo. Que sirva de aviso. Que com isso se espalhe o pânico".

Díaz-Varela se deteve, como se essa enumeração o tivesse deixado momentaneamente exausto. Serviu-se outra dose e bebeu um bom trago, sedento. Acendeu outro cigarro. Ficou olhando para o chão, absorto. Por uns segundos vi a imagem de um homem abatido, aflito, talvez cheio de remorsos, talvez arrependido. Mas não tinha havido nada disso até agora, nem em seu relato nem em suas digressões. Pelo contrário. "Por que ele se associa com esses indivíduos?", pensei. "Por que ele os traz à minha memória em fez de afugentá-los de mim? O que ganha com que eu veja seus atos a essa luz tão repugnante? Sempre pode se encontrar alguma que embeleze o crime mais feio, que o justifique minimamente, uma causa não de todo sinistra que pelo menos permita entendê-lo sem náuseas. 'É assim que funciona, eu comprovei pessoalmente', disse ele incluindo-se na lista. Compreende-se no caso dos divorciados e dos toureiros, não no dos políticos cínicos e dos criminosos profissionais. É como se não procurasse paliativos, como se quisesse me horrorizar ainda mais, a conta-gotas. Talvez seja para me predispor a abraçar qualquer desculpa, as que vierem depois, têm de chegar mais cedo ou mais tarde, não é possível que me dê sem mais aquela a conhecer seu egoísmo e sua vileza, sua traição, sua falta de escrúpulos, nem mesmo insiste muito em seu enamoramento de Luisa, em sua apaixonada necessidade dela, não se rebaixou a dizer frases ridículas mas que às vezes emocionam e abrandam, como 'Não posso viver sem ela, entende? Eu não aguentava mais, para mim é como o ar, eu me afogava sem nenhuma esperança e agora no entanto tenho uma. Não desejava nenhum mal a Miguel, ao contrário, era meu melhor amigo; mas ele estava atravessado na minha vida, a única que desejo, azar, e o que nos impede de viver temos de descartar'. Aceitam-se os excessos dos enamorados, não todos, claro, mas às vezes basta dizer que alguém está ou esteve muito enamorado para se poupar outras razões. 'É que eu amava tanto', dizem, 'que não sabia o que estava fazendo', e as pessoas assentem e entendem, como se se falasse de algo conhecido de todos. 'Ela vivia por e para ele, não havia mais nada na terra, teria sacrificado o que fosse, o resto não lhe importava', e com isso se entendem tantos atos ignóbeis e ruins, e até se desculpam alguns. Por que Javier não insiste em sua condição doentia de que ele acha que todo mundo pode padecer? Por que não se escuda mais nela? Dá como óbvia mas não a salienta, não a põe em foco e, contrariamente ao que conviria, liga-se a personagens desprezíveis e frios. Sim, talvez seja isso: quanto mais me espante e me submeta ao pânico, quanto mais sinta o arrastão da vertigem, mais propensa serei a me aferrar a qualquer atenuante. Razão não lhe faltaria, fosse esse seu propósito. Estou desejando que apareça uma, alguma explicação ou atenuante que me alivie um pouco o peso. Não posso mais com esses fatos, tal como são e os imaginava desde o maldito dia em que escutei atrás daquela porta. Estava do outro lado naquele dia, onde nunca mais voltarei a estar, agora é certo. Mesmo que Javier se aproximasse de mim e me abraçasse por trás, e me acariciasse com dedos e lábios. Mesmo que sussurrasse ao meu ouvido palavras que nunca pronunciou. Mesmo que me dissesse: 'Como fui cego, como é que não soube te enxergar, mas ainda é tempo'. Mesmo que me puxasse para aquela porta e me suplicasse."

Nada disso ia acontecer em caso algum. Nem mesmo se eu o chantageasse, se ameaçasse contar ou fosse eu quem suplicasse. Ele seguia imerso em seus pensamentos, estranhamente alheio, continuava com os olhos fixos no chão. Tirei-o do seu ensimesmamento em vez de aproveitar para ir embora, já era tarde: teria preferido ficar com minhas conjecturas sombrias e não saber nada ao certo, depois de tê-lo escutado; mas agora queria que terminasse, para ver se sua história era um pouco menos ruim, um pouco menos triste do que soava.

— E você, o que foi que pensou? De que conseguiu se convencer? De que não tinha nada a ver com o assassinato do seu melhor amigo? Difícil acreditar, não? Por mais autossugestão que você tenha posto nisso.

Ergueu os olhos e abaixou de novo as mangas até o antebraço, como se houvesse ficado com frio. Mas não abandonou de todo aquela espécie de abatimento ou cansaço que parecia tê-lo assaltado. Falou mais devagar, com menos segurança e menos brio, o olhar pousado no meu rosto ao mesmo tempo um tanto perdido, como se eu estivesse a grande distância.

— Não sei — falou. — Sim, é verdade que a gente sabe, no fundo sabe a verdade, claro que sim, como iria ignorá-la? Sabe que a gente pôs em marcha um mecanismo e que de resto poderia pará-lo, nada é inevitável até acontecer e o "mais tarde" com que todos nós contamos deixa de existir para alguém; mas há algo misterioso na delegação, já te disse. Fiz uma encomenda a Ruibérriz, e desde esse momento sinto que a maquinação já não é tão minha, pelo menos está compartilhada. Ruibérriz mandou que outro arranjasse um celular para o flanelinha e ligasse para ele, os dois ligaram, revezando-se, duas vozes convencem mais do que uma e encheram a cabeça dele; nem sei direito como esse outro lhe passou o celular, pôs no carro em que ele vivia, acho, apareceu ali como que por encanto, e a mesma coisa depois com a faca, para não ser visto, era impossível antecipar o resultado daquilo tudo. De qualquer modo esse outro, esse terceiro, não conhece nem meu nome nem minha cara nem eu os dele, e com sua intervenção desconhecida tudo se afasta um pouco mais de mim, é menos meu, e minha participação se esfuma, já não está tudo em minhas mãos, e sim cada vez mais dividido. Uma vez que alguém ativa uma coisa e a encomenda é como se a soltasse e se desfizesse dela, não sei se você é capaz de entender isso, talvez não, nunca teve que organizar e preparar uma morte. — Reparei na expressão empregada, "teve que"; essa ideia era absurda, ele não "teve que" fazer nada, ninguém o havia obrigado. E tinha dito "uma morte", o termo mais neutro possível, não "um homicídio" nem "um assassinato" nem "um crime". — Você recebe relatórios sucintos de como andam as coisas e supervisiona, mas não cuida diretamente de nada. Sim, sucede um erro, Canella se engana de homem e a notícia chega a mim, o próprio Miguel me fala do percalço sofrido pelo pobre Pablo, sem desconfiar que ele

275

tivesse a ver com seu pedido, sem relacionar uma coisa a outra, sem imaginar que eu estivesse por trás, ou dissimulou muito bem, como posso saber? — Me dei conta de que estava me perdendo (que pedido? que relação? que dissimulação?), mas ele prosseguiu como se houvesse de repente tomado embalo, não me deixou interrompê-lo. — O idiota do Ruibérriz deixa de confiar no terceiro a partir disso, pago bem a ele e ele me deve favores, e então ele toma as rédeas e vai ver o guardador, com precaução, às escondidas, é verdade que não há ninguém de noite naquela rua, mas se deixa ver com o casacão de couro, espero que tenha se desfeito de todos, para se assegurar de que ele não vai errar novamente e acabar esfaqueando o coitado do chofer, Pablo, e pondo tudo a perder. Sim, esse incidente chega até a mim, por exemplo, mas para mim é somente um relato que me contam na minha casa, eu não me mexo daqui, nunca piso no terreno nem me mancho, de modo que não sinto que nada disso seja inteiramente responsabilidade ou obra minha, são fatos remotos. Não se surpreenda, há quem vá mais longe: há quem ordene a eliminação de alguém e depois nem quer saber do processo, dos passos dados, do como. Confiam em que no fim apareça um dos contratados e comunique que esse alguém está morto. Foi vítima de um acidente, dizem, ou de uma grave negligência médica, ou pulou da janela, ou foi atropelado, ou foi assaltado uma noite, teve tanto azar que reagiu e o mataram. E, por estranho que pareça, quem encomendou essa morte, sem especificar como nem quando, pode exclamar com sinceridade relativa, ou com certa dose de assombro: "Meu Deus, que tragédia!", quase como se fosse alheio a ela e o destino tivesse se encarregado de consumar seus desejos. Foi o que eu procurei, me ver o mais alheio possível, embora houvesse planejado parcialmente o como: Ruibérriz averiguou qual era o drama na vida desse indigente, o motivo da sua maior raiva, sua afronta, por acaso ou nem tanto, não sei, ele me veio um dia com a história das suas filhas que viraram putas à força ou por terem sido enganadas, ele toca sete instrumentos, não lhe faltam contatos em nenhum meio, e em consequência o plano era meu, ou melhor, era de nós dois, era nosso. Mesmo assim eu me mantinha distante, apartado: havia o próprio Ruibérriz, e seu amigo, esse terceiro, e sobretudo Canella, que não só decidia quando mas podia decidir não fazer, na realidade nada estava em minhas mãos. E então há tanta delegação, tanta coisa deixada à ação de outros, tanta ao acaso, tanta distância, que você é quase capaz de se dizer, depois de sucedido: "O que eu tenho a ver com isso, com o que fez um transtornado na rua, numa hora e num bairro seguros? Já se vê que era um perigo público, um violento, não devia ter ficado solto, ainda mais depois do aviso com Pablo. A culpa é das autoridades que não tomaram medidas, e também da péssima sorte, que ainda continua existindo".

Díaz-Varela se levantou e deu uma volta pela sala até parar de novo atrás de mim, pôs as mãos em meus ombros, apertou-os suavemente, nada a ver com a que tinha me posto havia duas semanas, antes de eu ir embora, ele e eu de pé, ele me retendo, era uma pedra. Agora não tive medo, notei como um gesto de afeto, e além do mais seu tom de voz tinha mudado. Estava carregado de uma espécie de mortificação ou de leve desespero ante o irremediável — leve por já ser retrospectivo — e tinha se desprendido do cinismo, como se antes houvesse sido impostado. Também havia começado a misturar tempos verbais, presente, passado e imperfeito, como acontece às vezes com quem revive uma má experiência ou está contando para si mesmo um processo do qual acredita ter saído, e não saiu. Havia adquirido um tom de verdade pouco a pouco, não de repente, e isso o tornava mais crível. Mas talvez isso é que fosse o fingido. É detestável não saber, todo o anterior também me soara verdadeiro, tivera o mesmo tom, ou não, mas outro distinto, no entanto igualmente verdadeiro, em todo caso. Agora tinha se calado e eu podia lhe perguntar sobre o que resultou incompreensível para mim, sobre o que ele havia deixado escapar. Ou talvez não houvesse em absoluto deixado escapar, mas introduzido conscientemente e aguardava minha reação, contava com que eu houvesse captado.

— Você falou de um pedido de Deverne e de uma possível dissimulação dele. Que pedido é esse? O que ele dissimularia? Não entendi. — Ao dizer isso pensei: "Que diabo estou fazendo, como posso me referir com civilidade a isso tudo, como posso fazer perguntas sobre os pormenores de um assassinato? E por que estamos falando disso? Não é um tema de conversa, ou só quando já transcorreram muitos anos, como na história de Anne de Breuil morta por Athos quando ele nem sequer era Athos. Já Javier ainda é Javier, não teve tempo de se transformar em outro".

Tornou a apertar com suavidade meus ombros, era quase uma carícia. Eu tinha falado sem me virar, agora não precisava tê-lo à vista, não era desconhecido nem preocupante aquele tato. Invadiu-me uma sensação de irrealidade, como se estivéssemos em outro dia, um dia anterior à minha escuta, quando ainda não havia descoberto nada nem havia espanto algum, só prazer provisório e resignada espera enamorada, espera para ele me dar baixa ou me dispensar do seu lado quando Luisa é que se enamorasse dele, ou pelo menos lhe consentisse dormir e acordar diariamente em sua cama. Dei então de pensar que não faltava tanto para isso, fazia muito que não a via, nem mesmo de longe. Sabe-se lá como havia evoluído, se havia se recuperado aos poucos do golpe, até que ponto Díaz-Varela tinha se inoculado, tinha se feito indispensável em sua solitária vida de viúva com filhos que às vezes lhe pesavam, quando queria se trancar para chorar e não fazer nada. O mesmo que eu havia tentado com ele em sua solitária vida de solteiro, só que timidamente e sem convicção nem empenho, derrotada desde o início.

Num outro dia teria sido possível que as mãos de Díaz-Varela houvessem deslizado dos meus ombros aos meus seios e que eu não só houvesse permitido, mas o tivesse alentado com o pensamento: "Desabotoe um par de botões e enfie suas mãos sob meu suéter ou minha blusa", você ordena mentalmente, ou suplica. "Vamos, faça logo isso, está esperando o quê?" Atravessou-me o impulso de pedir assim, em silêncio, a força da expectativa, a persistência irracional do desejo, que com frequência nos faz esquecer quais são as circunstâncias e quem é quem, e apaga a opinião que você tem da pessoa que te provoca o desejo, naquele momento o que predominava em mim era o desprezo. Mas ele não ia ceder hoje a isso, conservava mais consciência que eu de que não estávamos em outro dia, mas no dia que ele havia escolhido para me contar sua conspiração e seus atos e depois me dizer adeus para sempre, depois daquela conversa não poderíamos continuar nos vendo, não era possível, nós dois sabíamos. Assim, não baixou as mãos lentamente, mas levantou-as como quem é recriminado por tomar liberdades ou por passar dos limites — mas eu não tinha dito nada, minha atitude tampouco — e voltou à sua poltrona, sentou de novo à minha frente e me olhou fixamente com seus olhos nebulosos ou indecifráveis que nunca conseguiam olhar de todo fixamente e com aquela mortificação ou desespero retrospectivo que tinha se manifestado pouco antes e que não desapareceria mais nem do seu tom nem do seu olhar, como se me dissesse mais uma vez: "Por que você não me entende?", não com impaciência mas com pesar.

— Tudo o que eu contei é verdade, no que diz respeito aos fatos — ele me respondeu. — Só que o principal eu ainda não disse. O principal ninguém sabe, ou só Ruibérriz um pedaço, e ele por sorte já não faz muitas perguntas; só ouve, concorda, segue as instruções e cobra. Aprendeu. As dificuldades o transformaram num homem disposto a muitas coisas em troca de uma remuneração, sobretudo se é paga por um velho amigo que não vai metê-lo numa fria, nem traí-lo nem sacrificá-lo, aprendeu até a ser discreto. É verdade como fizemos a coisa e que não tínhamos certeza de que o plano fosse se consumar, de modo algum, era quase um tiro no escuro, mas eu não queria recorrer a um matador de aluguel, como já te expliquei. Você tirou suas conclusões, e não a recrimino por isso; ou só um pouco, mas te entendo em parte: as coisas se apresentam como se apresentam, se não se sabe sua causa. Também não vou negar que amo Luisa nem que conto permanecer a seu lado, estar bem à mão, caso um dia se esqueça de Miguel e dê uns passos em minha direção: estarei por perto, bem perto, para que não tenha tempo de pensar nem de se arrepender durante o trajeto. Creio que isso acontecerá mais cedo ou mais tarde, provavelmente mais cedo; que ela se recuperará como ocorre com todo mundo, já te disse uma vez que a gente acaba deixando os mortos se irem, por mais apego que tenhamos por eles, quando notamos que nossa própria sobrevivência está em jogo e que são um grande estorvo; e o pior que eles podem fazer é resistir, aferrar-se aos vivos e rondá-los, impedi-los de seguir em frente, sem falar em retornar se pudessem, como pôde o coronel Chabert do romance, amargando a vida da sua mulher e lhe causando um mal maior do que o da sua morte naquela remota batalha.

— Mais mal causou ela a ele — respondi — com sua negação e suas artimanhas para mantê-lo morto e privá-lo de existência legal, para enterrá-lo vivo pela segunda vez, só que agora não por erro. Ele havia sofrido muito, sua história era sua história, ele não tinha culpa de continuar no mundo, ainda menos de se lembrar quem era. Até disse aquilo, coitado, que você leu para mim: "Se minha doença houvesse eliminado toda a lembrança da minha existência passada, eu teria sido feliz".

Mas Díaz-Varela já não queria saber de discutir Balzac, queria continuar com a sua história até o fim. "O que aconteceu é o de menos", tinha ele me dito ao falar de *O coronel Chabert*. "É um romance, e o que acontece neles não tem importância, a gente esquece, uma vez terminados." Talvez pensasse que com os fatos reais não acontecia assim, com os da nossa vida. Provavelmente é certo para quem os vive, mas não para os demais. Tudo se transforma em relato e acaba pairando na mesma esfera, e mal se diferencia então o acontecido do inventado. Tudo acaba sendo narrativo e portanto soando igual, fictício mesmo que seja verdade. E ele prosseguiu como se eu não houvesse dito nada.

— Sim, Luisa sairá do seu abismo, não tenha dúvida. Na verdade já está saindo, um pouco mais cada dia que passa, percebo muito bem e isso não tem volta depois de iniciado o processo da despedida, a segunda e definitiva, a que é somente mental e nos pesa na consciência porque parece que nos livramos do morto, parece e é isso mesmo. Pode haver um retrocesso ocasional, conforme a pessoa vá na vida ou por algum azar, nada mais. Os mortos só têm a força que os vivos lhes dão, e se eles a retiram... Luisa se soltará de Miguel, em muito maior medida do que é capaz de imaginar agora mesmo, e isso eu sabia muito bem. Tem mais, ele decidiu facilitar esse processo dentro de suas possibilidades, e foi por isso que em parte me fez seu pedido. Só em parte. Claro, havia uma razão de maior peso.

— De que pedido você está falando outra vez? Que pedido?

— Não pude evitar de me impacientar, tinha a sensação de que ele queria me enrolar se valendo da curiosidade.

— Vou chegar lá, é essa a causa — falou. — Ouça bem. Meses antes da sua morte, Miguel sentia certo cansaço geral não muito significativo para que fosse ao médico, ele não era apreensivo e estava bem de saúde. Logo apareceu um sintoma pouco preocupante, a vista levemente turva num olho, achou que era passageiro e demorou a ir ao oftalmologista. Quando finalmente o fez, porque o problema não cedia por si só, o doutor fez um exame cuidadoso e veio com um diagnóstico muito ruim: um melanoma intraocular de grande dimensão, e o mandou a um clínico para um exame geral. O clínico virou-o pelo avesso, fez tomografia e ressonância magnética de todo o corpo, assim como uma análise clínica extensa. O diagnóstico foi pior ainda, foi o pior possível: metástase generalizada em todo o organismo, ou, como me disse que o médico lhe disse em seu jargão asséptico, "melanoma metastático muito evoluído", apesar de na época Miguel estar quase assintomático, não havia notado nenhum outro mal-estar.

"Com que então que Desvern não pôde dizer a Javier, como eu havia imaginado certa ocasião: 'Não, não prevejo que aconteça nada comigo, nada iminente nem próximo, nada concreto, estou bem de saúde e tudo mais', mas o contrário", pensei. "Ou então é Javier que está dizendo isso agora." Eu ainda o chamava assim naquela tarde, logo mudaria, ainda não tinha resolvido me lembrar e me referir a ele pelo sobrenome, para me distanciar da nossa proximidade passada ou ter essa ilusão.

— Sei. E o que tudo isso significava exatamente, além de ser algo muito sério? — perguntei, procurando fazer que houvesse em meu tom um toque de ceticismo ou incredulidade: "Conte, conte e continue contando, não vou engolir facilmente essa sua história de última hora, pressinto aonde você quer chegar". Mas ao mesmo tempo já estava interessada no que ele havia começado a me relatar, fosse verdade ou não. Díaz-Varela conseguia me divertir frequentemente e me interessar sempre. De modo que acrescentei, e agora saiu um tom de preocupação sincera, depois também de credulidade: — E isso pode acontecer, ter algo tão grave quase sem apresentar sintomas? Bom, já sei que sim, mas tanto? E tão sem aviso? E tão avançado? É para tremer de medo, não?

— Sim, pode acontecer, e aconteceu com Miguel. Mas não se alarme, por sorte esse melanoma é muito infrequente e muito raro. Não vai acontecer nada parecido com você. Nem com Luisa, nem comigo, nem com o professor Rico, seria muita coincidência. — Ele havia notado minha apreensão instantânea. Esperou que seu vaticínio sem fundamento surtisse seu efeito e me tranquilizasse como uma menina, esperou uns segundos para continuar. — Miguel não me disse uma palavra até ter todos os dados, e nem comunicou nada a Luisa no início, quando não havia o que temer: que ia ao oftalmologista, nem que estava com a vista um pouco turva, a última coisa que queria era preocupá-la à toa, e ela se preocupa com facilidade. Muito menos lhe contou depois. Na verdade não contou nada a ninguém mais, com uma exceção. Desde o diagnóstico do clínico geral soube que a coisa era mortal, mas ele não lhe deu toda a informação, ou não deu em detalhe, ou talvez a tenha atenuado, ou ele não perguntou, não sei, preferiu perguntar a um médico amigo que não ia lhe esconder nada se ele pedisse: um ex-colega de colégio, cardiologista, que lhe fazia os exames de rotina e em quem tinha toda a confiança do mundo. Foi vê-lo com o diagnóstico definitivo e pediu: "Diga o que me espera, diga às claras. Conte as fases. Conte como vai ser". E seu amigo esboçou um panorama que ele não pôde suportar.

— Sei — repeti, como quem se aplica em duvidar, em não acreditar. Mas nesse registro não me saiu mais nada. Tentei, me esforcei, por fim consegui pronunciar esta frase, completamente neutra na realidade: — E quais eram essas fases terríveis? — Mesmo que fosse mentira, me atemorizava a narração do processo, da descoberta.

— Não era só que não havia cura, dada a extensão por todo o organismo. E quase não havia tratamento paliativo também, ou o que havia era quase pior que a doença. O prognóstico do falecimento, sem esse tratamento, era de uns quatro a seis meses, no caso dele não muito mais. Ia ganhar pouco tempo, e ganhar mal, à custa de uma quimioterapia de extraordinária agressividade com efeitos secundários devastadores. Havia mais, porém: o melanoma no olho faz com que este se deforme e doa pavorosamente, a dor ao que parece é insuportável, foi o que anunciou seu amigo cardiologista, que obedeceu a todos os seus desejos e não lhe poupou nada do que queria saber. A única medida contra isso consiste em ressecar o olho, isto é, extirpá-lo, o que os médicos chamam de "enucleação", conforme disse Miguel, devido ao grande tamanho do tumor. Já pensou, María? Um tumor enorme no interior do olho, que empurra para fora e para dentro, suponho; um olho protuberante, uma testa e um pômulo que ficam abaulados, crescentes; e depois um buraco, uma órbita vazia que também não é a última metamorfose, isso no melhor dos casos e sem que sirva para grande coisa. — Aquela breve descrição gráfica me causou mais medo ainda, era sua primeira concessão à truculência e à imaginação, até então havia contado com sobriedade. — O aspecto do paciente vai se tornando horroroso, sua deterioração progressiva é lamentável, e não só na cara, claro, tudo vai ficando minado com uma rapidez cada vez maior, e a única coisa que se obtém com essa extirpação e essa quimioterapia brutal são mais uns meses de vida. De vida assim, de vida morta ou pré-morta, de sofrimento e deformidade, de não ser mais quem é, e sim um espectro angustiado que se limita a entrar e sair de um hospital. A transformação do aspecto, isso era a única coisa positiva, não tinha por que ser imediata, não seria: contava com um mês e meio, dois meses antes que os sintomas aparecessem no rosto ou ficassem visíveis, antes que os outros se dessem conta, dispunha desse tempo para ocultá-lo a todo mundo e fingir. — A voz de Díaz-Varela soava verdadeiramente afetada, mas talvez afetasse a afetação. Devo reconhecer que não me pareceu ser assim quando acrescentou, com um timbre de amargura ou de fatalidade: — Um mês e meio, dois meses, foi esse o prazo que me deu.

Eu mais ou menos sabia a resposta, mesmo assim perguntei, há relatos que é difícil continuar sem alguma pergunta retórica de permeio. Esse teria continuado de qualquer modo, só agilizei um pouco, queria terminar o quanto antes, apesar do meu interesse. Ouvi-lo todo, depois ir para casa e então deixar de ouvir.

— A você? Para quê? — Mas não fui capaz de refrear a vontade de lhe dizer que era previsível o que ia me contar. — Agora você vai vir com a história de que ele pediu que você fizesse o que fez como um favor: um montão de facadas a cargo de um energúmeno no meio da rua, não é? Uma maneira rebuscada e desagradável de se suicidar, havendo comprimidos e tantas coisas mais. E muito complicada para vocês, não?

Díaz-Varela me lançou um olhar de aborrecimento e reprovação, meus comentários lhe pareceram fora de lugar.

— Que uma coisa fique clara para você, María, escute bem. Não estou te contando o que aconteceu para que acredite em mim, pouco me importa se acredita ou não, se fosse Luisa seria outra história, com ela espero nunca ter uma conversa semelhante, em parte vai depender de você. Eu te conto por causa das circunstâncias, e pronto. Não acho a menor graça em fazê-lo, como você pode imaginar. O que Ruibérriz e eu fizemos não foi por gosto e é tão delituoso quanto um assassinato, em todo caso. Aliás, tecnicamente falando é o que foi, e um juiz ou um jurado não dariam a mínima para a verdadeira causa que nos levou a cometê-lo, e tampouco poderíamos provar que foi a que foi. Eles julgam fatos e estes são o que são, por isso nos alarmamos quando Canella começou a falar das chamadas pelo celular e tudo mais. Tivemos o azar de que você nos ouvia naquele dia, melhor dizendo, eu fui imprudente e propiciei o sucedido. Com isso você fez uma ideia falsa, inexata. Não me agrada, é natural, que te falte o dado decisivo, como iria me agradar. Por isso te conto, a título pessoal, porque você não é uma juíza e pode entender o que houve por trás. Depois, você verá. E saberá o que fazer com a informação também. Mas se não quiser não continuo, não vou te obrigar. Você acreditar em mim ou não, não está a meu alcance, por isso diga se vamos acabar logo com esta conversa. A porta está ali, se você achar que já sabe tudo e não quiser ouvir mais.

Mas eu queria ouvir mais, sim. Como disse, até o fim, para terminar.

— Não, não, continue. Desculpe — retifiquei. — Continue, faça o favor, todo mundo tem o direito de ser ouvido, era só o que faltava. — E procurei que ainda houvesse um toque de ironia nessas últimas palavras, "era só o que faltava". — Ele te deu esse prazo para quê?

Notei que me assaltavam ligeiras dúvidas, ante o tom ofendido ou doído de Díaz-Varela, se bem que esse tom seja um dos mais fáceis de aparentar ou imitar, quase todos os culpados de algo recorrem a ele de imediato. Claro que os inocentes também. Me dei conta de que quanto mais ele me contasse mais dúvidas eu teria, e de que não conseguiria sair dali sem nenhuma, é o ruim de deixar que as pessoas falem e se expliquem e por isso tantas vezes se procura impedir, para conservar as certezas e não dar guarida a dúvidas, ou seja, à mentira. Ou seja, à verdade. Demorou um pouco para responder ou reatar, e quando o fez voltou a seu tom anterior, de mortificação ou desespero retrospectivo, na realidade não o havia abandonado de todo, só lhe havia acrescentado por um instante o de pessoa magoada.

— Miguel não fazia muitas objeções a morrer, se é que se pode dizer isso, compreenda, de alguém a ponto de completar cinquenta anos e que tinha uma vida boa, com filhos pequenos e uma mulher que amava, quer dizer, sim, da qual estava enamorada, sim. Claro que era uma tragédia, como seria para qualquer um. Mas ele sempre esteve muito consciente de que se estamos aqui é por uma inverossímil conjunção de acasos e que não se pode protestar contra o seu fim. As pessoas acreditam que têm direito à vida. Mais até, as religiões e as leis de quase todos os lugares, quando não as Constituições, acolhem essa ideia, e no entanto ele não via as coisas desse jeito. Como é que a gente vai ter direito ao que não construiu nem ganhou?, costumava dizer. Ninguém pode se queixar de não ter nascido, ou de não ter estado antes no mundo, ou de não ter estado sempre, logo por que alguém podia se queixar de morrer, ou de não estar depois no mundo, ou de não permanecer sempre nele? Uma coisa lhe parecia tão absurda quanto a outra. Ninguém faz objeções à sua data de nascimento, logo não teria por que fazer à da sua morte, igualmente devida a um acaso. Até as mortes violentas, até os suicídios se devem a um acaso. E se alguém já esteve no nada, ou na não existência, não é tão estranho nem grave retornar a ela, apesar de agora haver um termo de comparação e de conhecermos a saudade. Quando ele soube o que tinha, quando soube que chegava a sua vez de acabar, amaldiçoou sua sorte como qualquer um e ficou desolado, mas também pensou que tantos outros haviam desaparecido em idades muito mais prematuras que ele; que o segundo acaso os havia suprimido sem nem sequer lhes dar tempo de conhecer nada nem brindá-los com uma oportunidade: jovens, crianças, recém-nascidos que nem receberam um nome... De modo que foi consequente e não desabou. Pois bem, aquilo a que não pôde resistir, o que o arrasou e o deixou fora de si foi a forma, o detestável processo, a lentidão dentro da rapidez, a deterioração, a dor e a deformação, tudo o que seu amigo médico anunciou. Por isso não estava disposto a morrer, ainda menos a permitir que seus filhos e Luisa assistissem a seu passamento. A que ninguém assistisse, na realidade. Aceitava a ideia de cessar, não a de sofrer sem sentido, a de penar durante meses sem objetivo nem compensação, deixando além do mais atrás de si uma imagem desfigurada e distorcida, e de absoluta impotência. Não via a necessidade disso, contra isso, sim, cabia se revoltar, protestar, reverter a sua sina. Não estava em suas mãos ficar no mundo, mas sim sair dele de maneira mais digna que a assinalada, bastava sair um pouco antes. — "Temos aí um caso", pensei, "em que não conviria dizer *He should have died hereafter*, porque esse 'mais tarde' significaria muito pior, com mais sofrimento e humilhação, com menor integridade e mais horror para seus próximos, nem sempre é desejável, portanto, que tudo dure mais um pouco, um ano, uns meses, umas semanas, umas tantas horas, nem sempre nos parece cedo para pôr fim às coisas ou às pessoas, nem é certo que jamais veremos o momento oportuno, pode haver um em que nós mesmos digamos: 'Chega. Já está bom. Basta, e é melhor assim. O que vier a partir de agora será pior, um aviltamento, um denegrimento, uma mancha'. E em que nos atrevamos a reconhecer: 'Esse tempo passou, apesar de ser o nosso'. E mesmo que estivesse em nossas mãos o final de tudo, tudo não continuaria indefinidamente, contaminando-se, sem que nenhum vivo jamais passasse a ser um morto. Não só é preciso deixar os mortos se irem quando demoram ou quando os retemos; também é preciso liberar os vivos às vezes." E me dei conta de que, ao pensar assim, contra a minha vontade, estava dando crédito momentâneo à história que Díaz-Varela me contava agora. Enquanto a gente ouve ou lê algo, tende a acreditar. Depois é outra coisa, quando o livro já está fechado ou a voz não fala mais.

— E por que não se suicidou?

Díaz-Varela me encarou de novo como se eu fosse uma menininha, isto é, uma ingênua.

— Que pergunta — permitiu-se observar. — Como a maioria das pessoas, era incapaz. Não se atrevia, ele não podia determinar o quando: por que hoje em vez de amanhã, se hoje ainda não vejo mudanças em mim nem me sinto muito mal. Quase ninguém descobre o momento, se tiver que decidir. Ele desejava morrer antes dos estragos da doença, mas era impossível estabelecer esse "antes": dispunha de um mês e meio ou dois, já te disse, quem sabe um pouco mais. E, também como a maioria, não queria conhecer o fato de antemão e com segurança, não queria levantar um dia sabendo com toda certeza, dizendo-se: "Este é o último. Não verei o anoitecer". Tampouco lhe servia que outros se encarregassem de sua morte, se ele soubesse a caminho de que estava indo, a que se prestava, se dispusesse desse dado antecipadamente. Seu amigo lhe falou de um lugar na Suíça, uma organização séria e controlada por médicos chamada Dignitas, totalmente legal, é claro (bem, legal lá), em que as pessoas de qualquer país podem solicitar um suicídio assistido quando há motivo suficiente, e quem decide sobre isso são os da organização, não o interessado. Este tem de apresentar seu histórico médico em regra, e comprovam sua correção e sua veracidade; pelo visto há um minucioso processo preparatório, salvo em casos de extrema urgência, e logo de saída tentam convencer o paciente a continuar vivendo com paliativos, se houver, que pela razão que for não tenham sido administrados até então; verificam que ele está em plena posse das suas faculdades mentais e que não passa por uma depressão temporária, um lugar sério, me contou Miguel. Apesar de tantos requisitos, o amigo acreditava que no caso dele não haveria objeção. Falou desse lugar como possível solução, como mal menor, e Miguel também não se sentiu capaz, não se atreveu. Queria morrer, mas sem saber. Não queria saber nem como nem quando, pelo menos não com exatidão.

— Quem é esse amigo médico? — ocorreu-me perguntar de repente, forçando-me a suspender a credulidade que quase sempre invade, pouco a pouco, quem está ouvindo contar.

Díaz-Varela não se surpreendeu muito, um pouco talvez. Mas respondeu sem hesitação:

— Você quer saber como se chama? Doutor Vidal.

— Vidal? Que Vidal? Dizer isso é como não dizer nada. Há muitos Vidal.

— O que foi? Está querendo fazer averiguações? Quer ir falar com ele para confirmar minha versão? Vá, é um homem muito afável e cordial, encontrei-o um par de vezes. Doutor Vidal Secanell. José Manuel Vidal Secanell, vai ser fácil encontrá-lo, é só consultar a lista do Conselho de Médicos ou como quer que se chame, com certeza tem na internet.

— E o oftalmologista? E o clínico?

— Isso eu não sei. Miguel nunca os mencionou pelo nome, ou se o fez eu não guardei. Vidal eu conheço porque era amigo dele desde a infância, já te disse. Mas os outros eu não sei. No entanto suponho que não seria muito difícil descobrir quem era seu oftalmologista, se é o que você quer, vai investigar? Uma coisa: é melhor que não pergunte a Luisa diretamente, a não ser que você esteja disposta a lhe contar tudo, a lhe contar o resto.

Ela nunca soube nada disso, nem do melanoma nem de nada, era esse o desejo de Miguel.

— Estranho, não? Qualquer um acharia que era menos traumático para ela saber da sua doença do que vê-lo crivado de facadas e esvaindo-se em sangue no chão. Que seria mais difícil recuperar-se de uma morte tão violenta e selvagem. Ou reconciliar-se com ela, como as pessoas dizem agora, não?

— Pode ser — respondeu Díaz-Varela. — Mas, apesar dessa consideração ser importante, era então secundária. O que horrorizava Miguel era passar pelas fases que Vidal havia descrito; e também que Luisa assistisse a elas, mas isso já ficava a certa distância, por força era uma preocupação menor, comparativamente. Quando alguém está consciente de que é sua vez de ir, fica muito voltado para si mesmo e pensa pouco nos outros, inclusive nos mais próximos, nos mais queridos, embora se empenhe em não se desinteressar, em não perdê-los de vista em meio à sua tribulação. Sabe que vai embora sozinho e que eles ficam, nisso há sempre um elemento desagradável que leva a senti-los afastados e alheios, quase a lhes ter rancor. Portanto, queria sim poupar Luisa de sua agonia, mas sobretudo queria poupar a si mesmo. Além disso, lembre-se que ele ignorava de que maneira repentina ia morrer. Isso ele deixou por minha conta. Nem mesmo sabia se ia haver essa morte repentina ou se não lhe restaria outro remédio a não ser aguentar e sofrer a evolução da doença até o fim, ou esperar juntar forças para pular pela janela quando já estivesse pior e começasse a se ver deformado e sentir muita dor. Nunca garanti nada, nunca lhe disse que sim.

— Que sim a quê? Nunca disse que sim a quê?

Díaz-Varela tornou a me encarar com aquela sua fixidez que a gente nunca chega a perceber como tal, no máximo como envolvimento. Agora me pareceu ver em seus olhos um lampejo de irritação. Mas como todos os lampejos foi fugaz, porque me respondeu prontamente, e ao fazê-lo essa expressão desapareceu.

— A que mais pode ser? Ao pedido dele. "Me varra do mapa", ele me pediu. "Não me diga como nem quando nem onde, quero que aconteça de surpresa, temos um mês e meio, dois meses, encontre uma maneira e ponha em prática. Não me importa qual. Quanto mais rápida, melhor. Quanto menos eu sofrer e menos forem os estragos, melhor. Quanto menos eu esperar, melhor. Faça o que quiser, contrate alguém que me dê um tiro, mande me atropelarem ao atravessar uma rua, mande derrubarem um muro em cima de mim ou fazerem que os freios do carro não funcionem, ou os faróis, sei lá, não quero saber nem pensar, pense você, o que quer que seja, o que estiver a seu alcance, o que te ocorrer. Você tem de me fazer esse favor, tem de me salvar do que me aguarda. Sei que é pedir muito, mas não sou capaz de me matar, nem de ir para um lugar na Suíça sabendo que vou só para morrer entre desconhecidos, quem é capaz de se submeter a uma viagem tão lúgubre, a caminho da sua execução, seria como morrer várias vezes durante o trajeto e a permanência, sem parar. Prefiro amanhecer aqui cada dia com uma mínima aparência de normalidade e tocar a minha vida enquanto for possível, com o temor e a esperança de que esse dia seja o último. Mas sobretudo com a incerteza, a incerteza é a única coisa que pode me ajudar; e o que sei que posso suportar. O que não posso é saber que depende de mim. Tem de depender de você. Me varra do mapa antes que seja tarde, você tem de me fazer esse favor." Foi mais ou menos isso que ele veio me dizer. Estava desesperado e também morto de medo. Mas não estava fora de si. Havia pensado muito no assunto. Se posso dizer, com frieza. E não enxergava outra solução. Não mesmo.

— E o que você respondeu? — perguntei, e mal perguntei tornei a me dar conta de que algum crédito estava dando à história dele, mesmo que um crédito hipotético e passageiro, mesmo que eu me dissesse que na realidade minha pergunta havia sido: "E na hipótese de que tudo isso tenha sido assim, vamos admitir por um instante, o que você respondeu?". Mas a verdade é que não a formulei desse modo, claro que não.

— De início me neguei taxativamente, sem lhe dar a opção de insistir. Disse a ele que não era possível, que era de fato pedir demais, que não podia encomendar a ninguém um trabalho que cabia somente a ele. Que tomasse coragem e contratasse ele mesmo um matador, não seria a primeira vez que alguém encomendava e pagava sua própria execução. Respondeu que sabia perfeitamente não ter essa coragem e que tampouco se via capaz de contratar alguém, que isso equivalia a saber com antecipação, a estar a par do como e quase do quando: uma vez que estabelecesse o contato, o matador se poria em ação, são gente expeditiva que não adia o serviço, fazem o que têm de fazer e vamos a outro. Isso não era muito diferente da viagem à Suíça, disse ele, continuava sendo uma decisão dele, era marcar uma data concreta e renunciar ao pequeno consolo da incerteza, e se de alguma coisa se achava incapaz era de decidir se hoje ou amanhã ou depois. Iria deixando a coisa de um dia para o outro, os dias iriam passando sem que ele se atrevesse, nunca veria o momento e então acabaria por ser pego pela virulência da enfermidade, o que a todo custo devia evitar... Sim, eu o entendia, nessas circunstâncias é muito fácil você se dizer: "Ainda não, ainda não. Quem sabe amanhã. Sim, de amanhã não passa. Mas esta noite ainda vou dormir em casa, na minha cama, ainda vou dormir com Luisa. Só mais um dia". — "Deveria morrer mais adiante, entreter-me palidamente", pensei. "Afinal de contas, depois não poderei mais voltar. E mesmo que pudesse: erram os mortos ao voltar." — Miguel tinha muitas virtudes, mas era fraco e indeciso.

Provavelmente todos nós seríamos numa situação assim. Suponho que eu também.

Díaz-Varela ficou calado e seu olhar se alheou, como se ele estivesse se colocando no lugar do amigo ou rememorasse o tempo em que o fizera. Tive de arrancá-lo do seu estupor, fizesse este parte de uma representação ou não.

— Isso foi no começo, você disse. E depois? O que fez você mudar de opinião?

Continuou pensativo por uns instantes, passou a mão no rosto várias vezes, como quem verifica se o barbeado ainda dura ou a barba já começou a crescer. Quando falou de novo, soou muito cansado, talvez saturado com suas explicações e com aquela conversa cujo peso ele suportava por inteiro. Manteve os olhos perdidos e murmurou como que para si:

— Não mudei de opinião. Nunca mudei de opinião. Desde o primeiro momento soube que não tinha alternativa. Que, por mais difícil que fosse para mim, devia atender ao seu pedido. Uma coisa foi o que disse a ele. Outra o que me cabia fazer. Tinha de varrê-lo do mapa, como ele dizia, porque ele nunca ia se atrever, nem ativa nem passivamente, o que o aguardava era de fato cruel. Insistiu comigo e me suplicou, se propôs a assinar um documento assumindo a responsabilidade, até propôs ir a um cartório. Não aceitei. Se eu fizesse aquilo ia ter a sensação de ter firmado algo mais, uma espécie de contrato ou de pacto, era o que eu teria considerado, e isso eu queria evitar, preferia que ele acreditasse que não. Mas acabei não fechando a porta totalmente. Disse a ele que pensaria um pouco mais, apesar de estar seguro de que não ia mudar de ideia. Ele que não contasse com isso. Que não tornasse a me falar no assunto nem a me perguntar nada a respeito. Que o melhor seria que não nos víssemos nem nos telefonássemos por ora. Seria impossível para ele não insistir, se não com palavras, com o olhar e o tom da voz e com uma atitude expectante, e a isso eu não estava disposto: já era demais uma vez aquela encomenda macabra, aquela tétrica conversa. Disse que eu é que iria entrando em contato com ele, para saber como estava, não o deixaria sozinho, e que enquanto isso buscasse a vida, quer dizer, buscasse a morte sem contar com a minha participação. Ele não podia envolver um amigo numa coisa dessas, cabia a ele resolver o caso. Mas introduzi a dúvida. Não lhe dei esperança e ao mesmo tempo dei: o bastante para que ele pudesse se instalar em sua salvadora incerteza, para que não descartasse de todo minha ajuda, e tampouco sentisse com isso que havia uma ameaça real e iminente, que sua supressão já estava em andamento. Só desse modo seria capaz de continuar vivendo o que lhe restava de vida "saudável" com uma mínima aparência de normalidade, como ele tinha dito e pretendia ilusoriamente. Mas, quem sabe, ele talvez o tenha conseguido um pouco, na medida do possível. Até o ponto de nem sequer associar, talvez, o ataque do flanelinha a Pablo, nem seus insultos e acusações, com o pedido que tinha me feito, não posso saber, não sei. Acabei telefonando uma vez ou outra, de fato, para perguntar como ia, se a dor e os sintomas já haviam aparecido ou ainda não. Chegamos até a nos ver uma ou duas vezes, e ele atendeu ao pé da letra o que eu lhe havia pedido, não tornou a tocar no assunto nem a insistir, fizemos como se aquela conversa não houvesse ocorrido. Mas era como se confiasse em mim, eu percebia; como se ainda esperasse que eu o tirasse do atoleiro, que lhe desse o golpe de misericórdia de surpresa, algum dia antes que fosse tarde demais, e ainda visse em mim sua salvação, se é que podia se dar esse nome à sua eliminação violenta. Eu não tinha dito, de modo algum, que sim, mas no fundo ele tinha razão: desde o primeiro momento, desde que me contou sua situação, minha cabeça se pôs a funcionar. Falei com Ruibérriz pedindo que me desse uma mão e se encarregasse de pôr o plano em marcha, o resto você já sabe. Tive de botar minha cabeça para funcionar, para maquinar como a de um criminoso. Tive de pensar como matar a tempo, como fazer um amigo morrer dentro de certo prazo sem que parecesse um assassinato nem que suspeitassem de mim. E, sim, fui pondo intermediários, evitei manchar as mãos, interveio a vontade de outros, fui delegando, fui deixando detalhes por conta do acaso e afastando de mim e do meu alcance até cair na ilusão de que não tinha nada a ver com ele, ou só no nascedouro. Mas sempre soube também que no nascedouro tive de pensar e agir como um assassino. Não é tão estranho, portanto, que seja essa a ideia que você hoje tem de mim. Mas, o que quer que você acredite, María, não tem muita importância. Como você talvez possa imaginar.

Então se levantou como se já houvesse terminado ou não tivesse vontade de prosseguir, como se desse por encerrada a sessão. Nunca tinha visto seus lábios tão pálidos, apesar de tê-los contemplado tanto. O cansaço e o abatimento, o desespero retrospectivo que tinham aparecido nele havia um bom momento tinham se acentuado brutalmente. Agora parecia verdadeiramente exausto, como se houvesse realizado um enorme esforço físico, o que quase desde o início suas mangas arregaçadas anunciavam, e não só verbal. Talvez ficasse igualmente esgotado quem acabasse de dar nove facadas num homem, ou talvez dez, ou dezesseis.

"Sim, um assassinato", pensei, "nada mais."

IV.

Essa foi a última vez que vi Díaz-Varela a sós, como imaginava, e passou bastante tempo até voltar a encontrá-lo, acompanhado e por acaso. Mas durante quase todo esse tempo ele rondou meus dias e minhas noites, a princípio com intensidade, depois se demorou palidamente, *"palely loitering"*, como diz um verso de Keats. Suponho que ele pensava que não tínhamos mais o que falar, deve ter ficado com a sensação de que havia cumprido de sobra a inesperada tarefa de me dar explicações que sem dúvida havia previsto jamais ter de dar a alguém. Havia sido imprudente com a Jovem Prudente (já não sou nem era tão jovem, aliás), e não teve outro remédio senão me contar sua sinistra ou lúgubre história, conforme a versão. Depois disso não era mais necessário manter contato comigo, expor-se a minhas suspeitas, a meus olhares, a minhas evasivas, a meus silenciosos juízos, eu tampouco quis me submeter a eles, isso teria nos envolvido numa atmosfera de taciturnidade e mal-estar. Ele não me procurou nem eu o procurei. Houve uma despedida implícita, tínhamos chegado a um final que nenhuma atração física mútua e nenhum sentimento não mútuo eram capazes de adiar.

No dia seguinte, apesar do seu cansaço, deve ter sentido que havia tirado um peso dos ombros ou que, se o havia substituído por outro — eu agora sabia mais, havia assistido a uma confissão —, este outro era muito menor — era bem mais improvável do que antes que eu fosse levar a alguém meu sempre indemonstrável conhecimento. Em todo caso, passou um a mim: pior que a grave suspeita e as conjecturas talvez apressadas e injustas era conhecer duas versões e não saber com qual ficar, ou antes, saber que teria de ficar com as duas e que ambas conviveriam na minha memória até que esta as desalojasse, cansada da repetição. Tudo o que se conta a uma pessoa fica incorporado a ela e passa a fazer parte da sua consciência, inclusive se não acreditar ou lhe constar que o contado nunca aconteceu e que é tão só uma invenção, como os romances e os filmes, como a remota história do nosso coronel Chabert. E muito embora Díaz-Varela tivesse observado o velho preceito de relatar em último lugar o que devia figurar como verdadeiro, e em primeiro o que se devia entender como falso, o caso é que essa regra não basta para apagar o inicial ou anterior. Isso também foi ouvido e embora momentaneamente se veja negado pelo que vem depois, já que o contradiz e desmente, sua lembrança perdura, e sobretudo perdura a lembrança da nossa credulidade enquanto ouvíamos, quando ainda ignorávamos que lhe seguiria um desmentido ou o tomávamos por verdade. Tudo quanto foi dito se recupera e ecoa, se não na vigília, na sonolência e nos sonhos, em que a ordem não importa, e sempre permanece se agitando e latejando como se fosse um enterrado vivo ou um morto que reaparece porque na realidade não morreu, nem em Eylau nem no caminho de volta nem enforcado numa árvore nem em nenhum outro lugar. O dito nos espreita e revisita às vezes como os fantasmas, e então sempre nos parece que foi insuficiente, que a mais longa conversa foi muito curta e a mais cabal ação teve lacunas; que devíamos ter perguntado muito mais e prestado mais atenção, e dado tento ao que não foi verbal, que engana um pouco menos que aquilo que o é.

Passou-me pela cabeça, creio, a possibilidade de procurar e ir ver aquele dr. Vidal, Vidal Secanell, com o segundo sobrenome não haveria erro. Até descobri na internet que trabalhava num lugar chamado Unidade Médica Anglo-Americana, um nome curioso, com sede na rua Conde de Aranda, no bairro de Salamanca, teria sido fácil marcar uma hora e pedir que me auscultasse e fizesse um eletrocardiograma, quem não se preocupa com seu coração. Mas meu espírito não é detetivesco, ou não o é minha atitude, e principalmente me pareceu um movimento tão arriscado quanto inútil: se Díaz-Varela não viu inconveniente em me transmitir suas coordenadas, com certeza aquele médico corroboraria sua versão, tanto se fosse verdadeira como não. Talvez aquele dr. Vidal fosse um ex-colega dele e não de Desvern, talvez tivesse sido avisado sobre o que devia me responder se eu aparecesse e o interrogasse; ele poderia me negar o acesso a um histórico médico que talvez nunca tenha existido, nessas questões a confidencialidade prevalece, e afinal quem era eu; teria de ir com Luisa para que ela o exigisse, e ela não estava a par de nada nem alimentava a menor desconfiança, como podia eu abrir seus olhos de repente, isso implicava tomar várias decisões e assumir uma enorme responsabilidade, a de revelar a alguém o que talvez esse alguém não quisesse saber, e nunca se sabe o que alguém não quer saber até lhe fazermos a revelação, e então o possível mal não tem remédio e é tarde demais para retirá-la, para desdizê-la. Aquele Vidal podia ser mais um colaborador, dever a Díaz-Varela favores enormes, fazer parte da conspiração. Ou nem precisava tanto. Haviam transcorrido duas

semanas desde que eu espiara a conversa com Ruibérriz; Díaz-
-Varela dispusera de muitos dias para conceber e preparar uma
história que me neutralizasse ou apaziguasse, por assim dizer;
podia ter perguntado àquele cardiologista, com qualquer pretexto (os romancistas da editora, com o convencido Garay Fontina
à testa, faziam sem parar esse tipo de consultas a todo tipo de
profissionais), que doença dolorosa, desagradável e mortal justi-
ficaria plausivelmente que um homem preferisse se matar ou
suplicasse a um amigo que o varresse do mapa, se ele não se
atrevesse a fazê-lo. Podia ser honrado e ingênuo, aquele Vidal, e
ter dado sua informação de boa-fé; e Díaz-Varela teria contado
com que eu não iria nunca visitá-lo, mesmo estando tentada,
como de fato sucedeu (de fato senti-me tentada e não fui). Pensei
que ele me conhecia melhor do que eu supunha, que durante
nosso tempo juntos esteve menos distraído do que aparentava e
me havia estudado com aplicação, e esse pensamento me lison-
jeou um pouco, bobamente, ou eram os vestígios do meu enamoramento; estes nunca terminam de repente, nem se transfor-
mam instantaneamente em ódio, desprezo, vergonha ou mero
estupor, há uma longa travessia até chegar a esses sentimentos
substitutivos possíveis, há um acidentado período de intrusões e
mistura, de hibridez e contaminação, e o enamoramento nunca
acaba de todo enquanto não se passar pela indiferença, ou antes,
pelo fastio, enquanto não se pensar: "Que supérfluo voltar ao
passado, que preguiça a ideia de voltar a ver Javier. Que preguiça
me dá até mesmo me lembrar dele. Fora da minha mente aquele tempo, o inexplicável, um pesadelo. Não é tão difícil, pois já
não sou o que fui. O único porém é que, embora eu já não o
seja, em muitos momentos não consigo me esquecer do que fui,
e então, simplesmente, meu nome me desagrada e eu gostaria de
não ser eu. Em todo caso, uma lembrança incomoda menos do

que uma criatura, embora às vezes uma lembrança seja uma coisa devoradora. Mas esta já não é, já não é".

Pensamentos parecidos demoraram a me ocorrer, como era de esperar e é natural. E não pude evitar dar mil tratos à bola (ou só dez, que se repetiam) sobre o que Díaz-Varela tinha me contado, sobre suas duas versões, se é que eram duas, e me perguntar por detalhes que não tinham sido esclarecidos numa ou na outra, não há história sem pontos cegos nem contradições nem sombras nem falhas, tanto nas reais como nas inventadas, e nesse aspecto — o da obscuridade que circunda e envolve qualquer narração — não importava nem um pouco qual era o quê.

Voltei a consultar as notícias que lera na internet sobre a morte de Deverne, e numa delas encontrei as frases que me rondavam a memória: "A autópsia do cadáver do empresário revelou que a vítima levou dezesseis facadas de seu assassino. Todas as facadas afetaram órgãos vitais. Além disso, cinco delas eram mortais, conforme deduziu o legista". Não entendia bem a diferença existente entre um ferimento mortal e outro que afetasse órgãos vitais. À primeira vista, para um profano, ambos pareciam ser a mesma coisa. Mas isso era secundário na minha inquietação: se um legista interveio e redigiu um laudo; se houve uma autópsia, como deve ser a norma em toda morte violenta ou pelo menos em todo homicídio, como era possível que não houvessem descoberto uma "metástase generalizada em todo o organismo", como dissera Díaz-Varela que o clínico havia diagnosticado em Desvern? Naquela tarde não me ocorrera perguntar a Díaz-Varela, não tinha caído a ficha, e agora eu não queria ou não podia ligar para ele, muito menos para isso, ele teria desconfiado, teria se posto em guarda ou teria se irritado, teria pensado talvez em outras medidas para me neutralizar, ao verificar que eu não tinha me apaziguado com suas explicações ou sua representação. Eu podia entender que os jornais não hou-

305

vessem dado eco a isso, ou que o dado não lhes houvesse sido comunicado, por não ter relação com o acontecido, mas me parecia mais estranho que não houvessem informado Luisa de uma circunstância assim. Quando havia falado com ela era óbvio que ignorava tudo a respeito da doença de Deverne, tal como ele havia desejado, sempre de acordo com seu amigo e verdugo indireto, ou "no nascedouro". Eu também podia imaginar a resposta dele se houvesse tido a oportunidade de lhe perguntar: "Você acha que um legista que examina um sujeito em que deram dezesseis facadas vai se incomodar em examinar mais, em investigar o estado prévio de saúde da vítima? Pode ser que nem o tenham aberto e que portanto não ficaram sabendo; que nem tenha havido autópsia propriamente dita e tenham preenchido o laudo de olhos fechados: estava mais do que claro que Miguel tinha morrido". E quem sabe ele teria tido razão: afinal, essa havia sido a atitude de dois cirurgiões negligentes, dois séculos atrás, apesar de terem sido encarregados pelo próprio Napoleão: sabendo o que sabiam, nem se deram ao trabalho de tomar o pulso do caído e pisoteado Chabert. Aliás, na Espanha quase todo mundo faz somente o estrito necessário para despachar o expediente, pouca vontade há de aprofundar, ou de gastar horas no desnecessário.

E depois estavam aqueles termos excessivamente profissionais na boca de Díaz-Varela. Não era muito provável que os houvesse memorizado apenas ouvindo-os de Desvern tempos atrás, nem que este os houvesse reproduzido no relato da sua desgraça, por mais que seus médicos os tivessem empregado, o oftalmologista, o clínico geral, o cardiologista. Um homem desesperado e atemorizado não recorre a esse léxico asséptico para pôr um amigo a par da sua condenação, não é normal. "Melanoma intraocular", "melanoma metastático muito evoluído", o adjetivo "assintomático", "ressecar o olho", "enucleação", todas aquelas expressões haviam soado recém-aprendidas, recém-ouvidas do dr. Vidal. Mas minha desconfiança talvez fosse infundada: afinal de contas, eu também não as esqueci depois de ter passado muito mais tempo desde que as ouvi dele, somente daquela vez. E talvez sim, quem padece da doença as repete e emprega, como se assim pudesse explicá-la melhor a si próprio.

Em favor da veracidade da sua história, ou da sua versão final, estava por outro lado o fato de que Díaz-Varela tinha se abstido de carregar nas tintas quanto ao sacrifício, ao sofrimento, à dilacerante contradição, à sua dor imensa por ter se visto obrigado a suprimir de maneira rápida e violenta — quase a única maneira de uma supressão ser rápida é a desgraça — seu melhor amigo, o que mais ia lhe fazer falta. Com o tempo correndo contra ele e tendo um prazo, além do mais, sabendo que precisamente nesse caso, mais que nunca, *there would have been a time for such a word*, como havia acrescentado Macbeth depois de saber da intempestiva morte da sua mulher. De que sem dúvida "teria havido um tempo, outro tempo, para semelhante palavra", isto é, "para aquela frase" ou "notícia" ou "informação": teria bastado a Díaz-Varela não fazer nada, declinar do encargo e rejeitar o pedido para permitir sua chegada, a desse outro tempo que ele não teria trazido nem acelerado nem perturbado; teria lhe bastado deixar as coisas seguirem seu anunciado curso natural, impiedoso e fúnebre como todos os demais. Sim, podia ter elaborado muita literatura sobre sua maldição ou sua sina, podia ter dado à sua tarefa esses nomes, ter feito finca-pé na sua lealdade, salientado sua abnegação, e até ter tentado despertar minha compaixão. Se tivesse batido no peito e me houvesse descrito sua angústia, como tivera de guardar seus sentimentos e fazer das tripas coração para salvar Deverne e Luisa de um sofrimento maior, lento e cruel, da deterioração e da deformidade, e também da contemplação destas, teria desconfiado mais dele e teriam me restado poucas dúvidas sobre a sua falsidade. Mas tinha sido sóbrio e tinha me poupado a cena; tinha se limitado a expor a situação e a confessar sua participação. O que desde o primeiro momento, isso ele disse, soubera que lhe incumbia fazer.

Tudo acaba se atenuando, às vezes pouco a pouco, com muito esforço e pondo boa dose da nossa vontade; às vezes com inesperada rapidez e contra essa vontade, enquanto tentamos em vão que os rostos não empalideçam nem se esfumem, e que os fatos e as palavras não se tornem imprecisos e pairem em nossa memória com o mesmo e escasso valor dos lidos nos romances e dos vistos e ouvidos nos filmes: o que acontece neles dá na mesma e a gente esquece, uma vez terminados, mesmo que tenham a faculdade de nos mostrar o que não conhecemos e o que não acontece, como dissera Díaz-Varela ao me falar de *O coronel Chabert*. O que alguém nos conta sempre se parece com eles, porque não conhecemos de primeira mão nem temos a certeza de que tenha ocorrido, por mais que nos garantam que a história é verídica, não inventada por ninguém mas sim acontecida. Em todo caso, faz parte do vagaroso universo das narrativas, com seus pontos cegos, contradições, sombras e falhas, circundadas e envoltas, todas elas, na penumbra ou na escuridão, sem que importe quão exaustivas e diáfanas pretendam ser, pois nada disso está a seu alcance, nem a diafanidade nem a exaustividade.

Sim, tudo se atenua, mas também é verdade que nada desaparece e nunca se vai totalmente, permanecem tênues ecos e fugidias reminiscências que surgem a qualquer instante como fragmentos de lápides na sala de um museu que ninguém visita, cadavéricos como ruínas de tímpanos de catedral com inscrições quebradas, matéria passada, matéria muda, quase indecifráveis, praticamente sem sentido, absurdos restos que são conservados sem nenhum propósito, porque não poderão se recompor nunca e já são menos iluminação do que trevas e muito menos recordação do que esquecimento. E, no entanto, aí estão, sem que ninguém os destrua e os junte a seus troços dispersos ou há séculos perdidos: aí estão, guardados como pequenos tesouros e superstição, como valiosos testemunhos de que alguém existiu um dia e de que morreu e teve nome, ainda que não o vejamos por inteiro e sua reconstrução seja impossível e ninguém se importe com esse alguém que não é ninguém. Não desaparece totalmente o nome de Miguel Desvern, mesmo que eu jamais o soubesse e só o visse à distância, todas as manhãs com complacência, enquanto tomava o café da manhã com sua mulher. Como tampouco se vão totalmente os nomes fictícios do coronel Chabert e de madame Ferraud, do conde de la Fère e de Milady de Winter ou em sua juventude Anne de Breuil, que teve as mãos amarradas nas costas e foi enforcada numa árvore, mas que misteriosamente não morreu e voltou, bela como os amores ou os enamoramentos. Sim, erram os mortos ao voltar, mesmo assim quase todos o fazem, não cedem, e batalham para se transformar no fardo dos vivos até que estes os sacodem fora para seguir em frente. Não obstante, nunca eliminamos todos os vestígios, nunca conseguimos que a matéria passada emudeça de verdade e para sempre, e às vezes ouvimos uma quase imperceptível respiração, como a de um soldado agonizante que houvesse sido jogado nu numa vala com seus camaradas mortos, ou talvez como os gemidos imaginários destes, como os suspiros sufocados que algumas noites ele ainda acreditava ouvir, talvez por seu demorado contato e por sua condição tão próxima, porque esteve a ponto de ser um deles ou talvez tenha sido, e então suas posteriores andanças, sua perambulação por Paris, seu reenamoramento e suas penalidades e suas ânsias de restituição foram apenas as de um fragmento de lápide na sala de um museu, as de ruínas de tímpanos com inscrições já ilegíveis, quebradas, as de uma sombra de pegada, um eco de eco, uma mínima curva, uma cinza, as de uma matéria passada e muda que se negou a passar e a emudecer. Uma coisa assim eu pude ser de Deverne, mas nem mesmo isso eu soube ser. Ou quem sabe não quis que seu lamento mais tênue filtrasse no mundo, através de mim.

Esse processo de atenuação deve ter começado no dia seguinte à minha última visita a Díaz-Varela, à minha despedida dele, como começam todos eles quando uma coisa se acaba, do mesmo modo que seguramente começou para Luisa o da atenuação da sua dor no dia seguinte à morte do marido, embora ela só o pudesse ver como o primeiro da sua eterna dor.

Já era noite cerrada quando saí de lá e naquela ocasião fiz isso sem a mais ínfima dúvida. Nunca havia tido certeza de que fosse haver uma próxima vez, de que eu fosse voltar, de que tornaria a tocar seus lábios, nem portanto ir para a cama com ele, tudo ficava sempre indefinido entre nós, como se cada vez que nos encontrássemos fosse preciso começar novamente do começo, como se nada se acumulasse nem se sedimentasse, nem houvéssemos percorrido um trecho anteriormente, nem o sucedido numa tarde fosse garantia — nem mesmo anúncio, nem mesmo probabilidade — de que aconteceria a mesma coisa em outra tarde por vir, próxima ou distante; só a posteriori se descobria que sim, sem que isso nunca servisse para a oportunidade seguinte:

sempre havia uma incógnita, sempre pairava a possibilidade de que não, mas também a de que sim, como é natural, ou não teria acontecido o que acabava acontecendo.

Mas naquela ocasião tive certeza de que aquela porta nunca mais se abriria para mim, de que uma vez que ele a cerrasse às minhas costas e eu me dirigisse para o elevador aquela casa ficaria fechada para mim, como se seu dono tivesse se mudado ou tivesse se exilado ou tivesse morrido, um desses portões pelos quais a partir da nossa exclusão a gente procura não passar, e se passa por descuido ou porque o desvio é longo e não há outro remédio, olha para ele de viés com um estremecimento de angústia — ou será o espectro da antiga emoção — e aperta o passo, a fim de não submergir na recordação do que houve e já não há. Na noite do meu quarto, já deitada em frente das minhas árvores sempre agitadas e escuras, antes de fechar os olhos para dormir ou não, entendi claramente isso e disse para mim: "Agora sei que não vou mais ver Javier, e é melhor assim, apesar de já estar começando a saudade das coisas boas que havia, do que eu gostava tanto quando ia lá. Isso acabou, antes de hoje. Amanhã mesmo iniciarei a tarefa de fazê-lo deixar de ser uma criatura e se transformar numa lembrança, mesmo que seja, por algum tempo, uma lembrança devoradora. Paciência, porque vai chegar um dia em que já não o será".

Mas passada uma semana, ou foi menos, uma coisa interrompeu aquele processo, quando eu ainda lutava para pô-lo em marcha. Saía eu do trabalho com meu chefe Eugeni e minha colega Beatriz, já um pouco tarde, pois procurava passar nele o maior número de horas possível, em companhia e com a cabeça ocupada com coisas que não me importavam, como faz todo mundo quando se aplica a essa tarefa lenta e a não pensar naquilo em que inevitavelmente tende a pensar. Depois, enquanto me despedia deles, divisei uma figura alta que dava breves passos de um lado para o outro com as mãos enfiadas nos bolsos do sobretudo, do outro lado da rua, como se estivesse com frio por estar um bom tempo ali, perto daquela cafeteria da parte alta da Príncipe de Vergara na qual todas as manhãs eu ainda tomava meu café, sempre me lembrando em algum momento do meu casal perfeito que tinha se desfeito, como se ele aguardasse alguém com quem havia marcado encontro e que estava lhe dando um bolo. Embora não usasse um casacão de couro, e sim um antiquado sobretudo cor de camelo e talvez da pele desse animal também, na mesma hora eu o reconheci. Não podia ser uma coincidência, com certeza estava me esperando. "O que estará fazendo aqui", pensei, "foi Javier que o enviou", e era um pensamento em que se misturaram — mais uma vez relacionado àquele Javier de última hora, àquele que combinava duas faces ou o Javier desmascarado, para chamá-lo assim — um medo irracional e uma tola ilusão. "Ele o enviou para conferir se estou neutralizada e apaziguada, ou simplesmente por interesse, para saber de mim, para saber como estou depois das suas revelações e histórias, ainda não conseguiu me afastar da sua mente, seja lá por que motivo for. Ou talvez seja uma ameaça, um aviso, e Ruibérriz quer me avisar do que pode acontecer comigo se não ficar calada até o fim dos tempos ou se me puser a investigar e for ver o dr. Vidal, Javier é dos que ficam espremendo os miolos sobre os fatos depois de acontecidos, já fez assim depois da minha escuta da sua conversa." E enquanto pensava isso hesitava entre evitá-lo e ir com Beatriz, acompanhá-la aonde fosse, e ficar sozinha, como em princípio ia fazer, e deixar que ele me abordasse. Optei pela última possibilidade, a curiosidade me venceu de novo; despedi-me e dei sete ou oito passos em direção ao ponto do ônibus, sem olhar para ele. Só sete ou oito, porque ele imediatamente atravessou a rua se esquivando dos carros e me parou, tocou levemente no meu cotovelo para não me assustar, e ao me virar dei com o cintilar dos seus dentes, um sorriso tão amplo que, como eu havia observado pela primeira vez, mostrava a parte interna de seus lábios quando o superior se dobrava para cima, uma coisa que atraía o olhar, como se o lábio virasse pelo avesso. Mantinha também seu olhar masculino avaliativo, apesar de nessa ocasião eu estar bem agasalhada e não de saia amarrotada ou levantada e sutiã. Dava na mesma, sem dúvida era um indivíduo com visão sintética ou global: antes que uma mulher se desse conta, ele já a teria examinado em sua totalidade. Não me senti muito lisonjeada com isso, ele parecia um desses homens que à medida que ficam mais velhos reduzem seus níveis de apreciação, não precisam de muito incentivo e acabam indo atrás de tudo o que se mova com um pouco de graça.

— Que legal, María, que coincidência — disse e levou a mão à sobrancelha, arremedando o gesto de tirar o chapéu, tal como havia feito ao se despedir da outra vez, a ponto de entrar no elevador. — Espero que se lembre de mim. Nós nos conhecemos na casa de Javier, Javier Díaz-Varela. Tive o privilégio de você não saber que eu estava ali, lembra? Ficou surpresa, e eu deslumbrado, pena que muito fugazmente.

Eu me perguntei qual era o seu jogo. Ele se permitia fingir um encontro fortuito, quando eu o havia visto à espera e ele seguramente tinha me visto vê-lo, não tirava os olhos da porta da editora enquanto andava de um lado para o outro, devia estar assim sabe-se lá desde quando, talvez desde a hora teórica do fim do nosso dia de trabalho, que podia ter perguntado por telefone e não tinha nada a ver com a verdade. Decidi entrar em seu jogo, pelo menos de início.

— Ah, sim — respondi, e por minha vez esbocei um sorriso, por cortesia, para corresponder. — Foi um pouco embaraçoso para mim. Ruibérriz, se bem me lembro? Não é um nome muito comum.

— Ruibérriz de Torres, é composto. Nada comum. Uma família de militares, prelados, médicos, advogados e tabeliães. Se você soubesse... Eles me puseram na lista negra, sou a ovelha negra, pode crer, embora hoje esteja de roupa clara. — E tocou a lapela do sobretudo com o dorso da mão, um gesto despeitoso, como se ainda não estivesse acostumado com ele, como se o incomodasse não se ver de couro negro Gestapo. Riu da sua própria piadinha fora de propósito. Ou achava graça de si mesmo ou tentava contagiar seu interlocutor. Tinha todo o jeito de um pilantra, mas à primeira vista parecia um pilantra cordial e inofensivo, custava crer que houvesse estado metido na feitura de um assassinato. Como Díaz-Varela, parecia um sujeito normal, cada qual no seu estilo. Se havia participado daquilo (e havia participado muito ativamente, isso era certo, pelos motivos que tenham sido, vagamente leais ou incontestavelmente vis), não parecia capaz de reincidir. Mas talvez a maioria dos criminosos seja assim, simpáticos e amáveis, pensei, quando não estão cometendo seus crimes. — Eu te convido a tomar alguma coisa para comemorar nosso encontro, tem um tempinho? Aqui mesmo, se quiser. — E apontou para a cafeteria dos desjejuns. — Mas conheço centenas de lugares infinitamente mais divertidos e com mais ambiente, lugares que você nem imagina que existam em Madri. Se depois você se animar, podemos ir a algum deles. Ou jantar num bom restaurante, está com fome? Também podemos ir dançar, se preferir.

Achei graça na última proposta, ir dançar, parecia coisa de outra época. Mas como eu ia dançar na saída do trabalho, numa hora absurda e com um desconhecido, como se tivesse dezesseis anos? E, como achei graça, ri abertamente.

— Que ideia, como vou dançar numa hora desta e vestida assim? Estou ali desde as nove da manhã. — E fiz um gesto com a cabeça em direção à porta da editora.

— Bom, queria dizer mais tarde, depois de jantar. Mas como achar melhor, se quiser passamos pela sua casa, você toma um banho, muda de roupa e vamos nos divertir. Você não deve saber, mas há lugares para dançar a qualquer hora. Até ao meio-dia. — E soltou uma gargalhada. Seu riso era devasso. — Eu te espero quanto for preciso, ou te busco onde você me indicar.

Era invasivo e ardiloso. Como se comportava, não dava a impressão de que Díaz-Varela o houvesse enviado, embora tivesse de ter sido assim. Se não, como ele saberia onde eu trabalhava? Mas na verdade agia como se agisse por iniciativa própria, como se simplesmente houvesse ficado com a minha imagem com pouca roupa, umas semanas antes, e houvesse decidido se arriscar sem nenhuma dissimulação, mergulhar de cabeça, um capricho urgente, é a tática de alguns homens e não costuma dar mal resultado, se são joviais. Lembrei-me ter tido, naquele dia, a sensação de que ele não só registrava minha existência naquele instante, mas de que considerava um passo em frente ou até uma inversão o fato de termos sidos apresentados, tão sumariamente; de que, por assim dizer, ele me anotava numa agenda mental como se esperasse tornar a me encontrar em breve, a sós ou em outro lugar, ou até pensasse em mais tarde pedir meu telefone a Díaz-Varela, sem o menor constrangimento. Talvez este tenha se referido a mim como "uma fulana" por ser o único termo que Ruibérriz de Torres era capaz de entender: para ele eu era portanto isso, exclusivamente "uma fulana". Isso não me incomodava, para mim também há homens que são "fulanos" e nada mais. Ele pertencia a essa classe de indivíduos cujo descaramento é ilimitado, tanto que às vezes resulta desconcertante. Eu havia associado essa atitude à falta de respeito que os dois tinham um pelo outro, ao se saberem cúmplices, ao conhecerem as piores fraquezas um do outro, ao terem sido companheiros de crime. Ruibérriz parecia não dar a mínima para qual seria minha relação com Díaz-Varela. Ou talvez, me ocorreu, este último tenha lhe informado que não havia mais nenhuma. Essa ideia, sim, me aborreceu, a possibilidade de que tivesse lhe dado sinal verde sem a menor consideração, sem nenhum resíduo do senso de conveniência, por mais vago que fosse — do senso de exposição, se preferirem —, sem o menor resquício de ciúme, e isso me ajudou a ficar mais séria, a dar um basta no sem-vergonha, com delicadeza, sem palavras, sua aparição continuava me intrigando. Aceitei tomar alguma coisa na cafeteria, brevemente; só isso, avisei. Sentamos à mesa que ficava junto da vidraça, aquela que o Casal Perfeito costumava ocupar quando existia, pensei: "Que decadência". Ele tirou o sobretudo com gesto decidido, quase de trapezista, e mal o fez inflou o tórax, sem dúvida estava orgulhoso de seus peitorais, julgava-os um ativo. Guardou o *foulard*, devia achar que lhe ia bem e que combinava com suas calças justíssimas, ambas as peças de cor crua: cor elegante, porém mais apropriada para a primavera, ele não devia fazer muito caso do que as estações sugerem.

Fazia galanteios sem parar, falou de trivialidades. Os galanteios eram diretos, descaradamente aduladores, mas não de mau gosto, tentava paquerar e parecer engraçado — era mais engraçado quando não pretendia sê-lo, suas piadas eram previsíveis, medíocres, um tanto ingênuas —, isso era tudo. Me impacientei, minha amabilidade inicial foi decrescendo, já estava difícil rir, sobreveio-me o cansaço da longa jornada, também não dormia muito bem desde que me despedi de Díaz-Varela, acossada por pesadelos e pela agitação dos meus despertares. Ruibérriz não me causava repulsa, apesar do que eu sabia — bem, talvez só houvesse retribuído favores ou ajudado um amigo que tinha de passar pelo péssimo momento de ajudar a morrer rapidamente outro amigo que devia ter morrido ontem, antes da hora ou da sua hora natural ou estabelecida (do seu segundo acaso, são a mesma coisa) —, mas não me interessava nem um pouco, era monocórdio, eu nem conseguia apreciar seus galanteios. Ele não tinha consciência de que fazia anos, devia estar mais perto dos sessenta do que dos cinquenta, se comportava como um homem de trinta. Talvez fosse em parte culpa de estar tão bem conservado fisicamente, isso era inegável, à primeira vista aparentava quarenta e tantos.

— Para que Javier te enviou? — perguntei de repente, aproveitando um momento de silêncio ou de conversa esmorecida: ou não se dava conta de que sua paquera perdia fôlego e qualquer possibilidade de êxito, ou sua insistência era invencível, uma vez em marcha.

— Javier? — A surpresa pareceu autêntica. — Javier não me enviou, vim por conta própria, tinha uns assuntos aqui ao lado. E mesmo que não fosse isso: não se desvalorize, você sabe que para alguém se aproximar de você não é preciso que ninguém estimule. — Ele não deixava passar uma só oportunidade para me adular, não fazia rodeios. Como falei, um capricho urgente, e também havia urgência em averiguar se poderia ou não satisfazê-lo. Se pudesse, ótimo. Se não, partia para outra, não me parecia indivíduo de provar duas vezes, nem de se eternizar numa conquista. Se a coisa não dava em nada na primeira investida, renunciaria sem sensação de fracasso e não tornaria a se lembrar. Aquela era sua primeira investida e provavelmente a única, não ia perder tempo outro dia, tendo sempre o que escolher com sua voracidade sem limites.

— Ah, não? E como soube onde eu trabalho? Não me venha com essa história de que ia passando casualmente por aqui. Eu vi que me esperava. Desde que horas estava ali? O dia está frio para aguentar na rua, muitos incômodos para vir por sua conta, e também não sou para tanto. Quando Javier nos apresentou nem disse meu sobrenome. Me diga como você me localizou com tanta precisão, se ele não te enviou. O que ele deseja saber, se acreditei naquela história de amizade e sacrifício?

Ruibérriz interrompeu lentamente um dos seus sorrisos; melhor dizendo, seu sorriso, a verdade é que em nenhum instante o abandonava, com toda certeza também considerava um ativo sua relampejante dentadura à Gassman, a semelhança com o ator era notável e contribuía para torná-lo simpático. Ou não foi lentamente: o lábio superior dobrado para cima ficou enganchado ou grudado na gengiva, acontece quando falta saliva, e ele demorou demais para soltá-lo. Deve ter sido isso, porque fez uns movimentos de roedor, meio esquisitos.

— Sim, não disse seu sobrenome então — respondeu com expressão de estranheza por minha reação —, mas depois falamos de você ao telefone e lhe escaparam dados suficientes para eu não precisar de mais de dez minutos para te achar. Não me subestime. Tenho jeito para investigar, contatos não me faltam, e hoje em dia, com a internet, o Facebook e tudo isso, não há quem tome chá de sumiço quando se sabe de algum detalhe. Será que não te entra na cabeça que desde que te vi aparecer você me agradou muito? Ora, ora. Você me agrada às pampas, María, não percebe? Hoje também, apesar de te encontrar em circunstâncias e trajes tão diferentes dos da primeira vez, não é sempre que a gente é premiado na loteria. Aquilo é que foi um flash, uma chispa. Se quer saber a verdade verdadeira, faz semanas que não tiro essa imagem da cabeça. — E recuperou seu sorriso como se nada houvesse acontecido. Não lhe importava se referir várias vezes àquela cena da minha seminudez, não lhe preocupava ser insolente, afinal de contas supunha-se que sua chegada tinha interrompido a trepada de Díaz-Varela comigo, ou pouco menos. Não havia sido assim, mas quase. Tinha dito "às pampas" e "um flash", expressões que já soavam antiquadas; e "tomar chá de sumiço" está de saída: seu vocabulário delatava sua idade, mais do que seu aspecto, conservava certa postura.

— Falaram de mim? A troco de quê? A relação que tivemos não foi exatamente pública. Muito pelo contrário. Ele não gostou nada que você me visse, que nos encontrássemos, ou você não se deu conta disso, de que ficou pê da vida? Acho muito esquisito que ele tenha falado de mim depois, deve ter querido apagar da memória esse encontro... — Me calei de repente, porque então me lembrei do que tinha pensado, que Díaz-Varela havia tentado reconstruir com Ruibérriz o diálogo que tinham mantido enquanto eu os ouvia atrás da porta, para avaliar quanto e o que eu havia podido ouvir, de quanto tinha ficado sabendo; e que, depois de rememorar suas palavras, havia chegado à conclusão de que era melhor me enfrentar, dar suas explicações, inventar uma história ou confessar o acontecido, em todo caso me oferecer um relato melhor do que o imaginado por mim, por isso tinha me telefonado e me convocado passadas duas semanas. De modo que sim, era provável que houvessem falado de mim e que Javier houvesse revelado o bastante para que Ruibérriz me procurasse por conta própria e sem permissão, por assim dizer. Sem dúvida não era gente de pedir consentimento a ninguém na hora de se aproximar de uma fulana. Devia ser dos que não respeitavam nem se proibiam as mulheres nem as namoradas dos amigos, abundam muito mais do que se crê e passam por cima de tudo. Talvez Díaz-Varela ignorasse sua aproximação, sua incursão daquela tarde. — Sei, sei, mas espere aí — acrescentei em seguida. — Ele te falou mesmo de mim, não é? Como problema. Falou com preocupação, contou que eu tinha ouvido vocês, que podia pôr vocês em maus lençóis se resolvesse contar para alguém, para Luisa, ou para a polícia. Ele te falou de mim por isso, não foi? E aí vocês inventaram juntos a história do melanoma ou Vidal deu uma mãozinha para vocês, não é? Ou você teve a ideia sozinho, homem cheio de recursos que é? Ou foi ele? Não sei se você também, só agora me cai a ficha, mas ele é leitor de romances, de modo que tem umas tantas ideias.

Ruibérriz tornou a perder o sorriso, sem transição desta vez, como se houvessem passado um apagador nele. Ficou sério, vi um certo alarme em seus olhos, sua atitude deixou de ser galante e ligeira na mesma hora, até afastou sua cadeira da minha, tinha procurado se achegar.

— Está sabendo da doença? O que mais você sabe?

— Bom, ele me contou o melodrama inteiro. O que vocês fizeram com o coitado do flanelinha, a história do celular, da faca. Ele pode te ser grato, você ficou com a pior parte enquanto ele ficava em casa, não? Dirigindo as operações, um Rommel.

— Não pude evitar o sarcasmo, tinha rancor de Díaz-Varela.

— Sabe o que fizemos com ele? — Foi mais uma constatação do que uma pergunta. Demorou uns segundos para prosseguir, como se tivesse de digerir a descoberta, para ele parecia ser uma. Baixou totalmente o lábio superior com os dedos, um gesto veloz e furtivo: não tinha ficado enganchado, mas um pouco alto. Talvez quisesse se assegurar de que sua expressão não era mais risonha. O que acabava de saber o inquietava, ou caía como uma bomba, se é que não estava fingindo. Acrescentou por fim, o tom era decepcionado: — Acreditava que ele não ia te contar nada, como tinha me dito. Que achava mais prudente deixar as coisas como estavam e contar com que você não tivesse ouvido muito, ou que não conseguisse chegar a nenhuma conclusão, ou simplesmente se calasse. Terminar a relação com você, isso sim. Não era sólida, ele me disse, podia deixá-la morrer sem problema. Bastava não te procurar mais e não retornar seus possíveis telefonemas, ou ir enrolando. No entanto, não achava que você iria insistir, "Ela é muito discreta", me disse, "nunca espera nada". Também não havia nenhuma obrigação. Contribuir para que você se esquecesse do que pudesse ter chegado aos seus ouvidos da nossa conversa. Melhor não fornecer dados, dizia, e que o tempo a vá fazendo duvidar do que ouviu. "Acabará sendo irreal para ela, pensando que foi tudo sua própria imaginação. Imaginação auditiva", não era má ideia. Por isso considerei que o caminho estava livre, falo de você. E que de mim você não sabia nada. Nada disso. — Ficou calado de novo. Estava puxando pela memória ou refletindo, tanto que o que se seguiu ele disse como para si, não para mim: — Não gosto, não gosto que ele não me informe, que se permita não me manter a par de uma coisa que me afeta diretamente. Ele não devia contar a ninguém essa história, não é só dele, na verdade é muito mais minha. Corri mais riscos e estou mais exposto. Ele ninguém viu. Não acho a menor graça que tenha mudado de opinião e contado pra você, sabe?, ainda por cima sem me avisar. Na certa me fiz de ridículo, aqui com você.

Dava para ver que estava zangado, com o olhar absorto ou muitíssimo concentrado. O entusiasmo por mim tinha congelado. Esperei um pouco antes de responder alguma coisa.

— Bom, é verdade que confessar um assassinato cometido por vários... — falei. — Havia que consultar os outros, não?, previamente. No mínimo. — Aqui não pude evitar a ironia.

Pulou como uma mola, sobressaltado.

— Ei, escute aqui, não é assim, não exagere. Assassinato, não, senhora. Tratava-se de dar a um amigo uma morte melhor, com menos sofrimento. Tudo bem, tudo bem, não há morte boa, e o flanelinha se enfureceu ao dar as facadas, isso não podíamos prever, nem sequer tínhamos certeza de que ele ia se decidir a usar a faca. Mas a que o aguardava era pavorosa, pavorosa, Javier me descreveu o processo. Pelo menos a morte que ele teve foi rápida, de uma só vez e sem atravessar etapas. Etapas de muita dor, de deterioração, em que sua mulher e seus filhos o viriam tornar-se um monstro. Não se pode chamar isso de assassinato, não sacaneie, é outra coisa. É um ato de piedade, como disse Javier. Um homicídio piedoso.

Soava convencido, soava sincero. Por isso pensei: "De três, uma: ou o melodrama é verdade, não é uma invenção; ou Javier também enganou esse cara com a história da doença; ou esse cara está fazendo teatro às ordens de quem o paga. Neste último caso, é muito bom ator, tenho de reconhecer". Lembrei-me da fotografia de Desvern que saiu no jornal e que eu tinha visto mal e porcamente na internet: sem paletó nem gravata nem mesmo camisa, talvez — onde teriam ido parar suas abotoaduras? —, todo entubado e rodeado de socorristas manipulando-o, com seus ferimentos à vista, no meio da rua em cima de uma poça de sangue, chamando a atenção dos transeuntes e dos automobilistas, inconsciente, desgrenhado, agonizante. Teria lhe horrorizado ver-se ou saber-se exposto assim. O lanterninha tinha se enfurecido, de fato, mas quem podia prever, tratava-se de um homicídio piedoso e talvez fosse mesmo, talvez fosse tudo verdade, e Ruibérriz e Díaz-Varela houvessem agido de boa-fé, na medida do cabível e de seu intrincamento. Ou de seu atordoamento. Mal admiti aquelas três possibilidades e me lembrei daquela imagem, me deu uma espécie de desalento, ou seria saturação. Quando você não sabe no que crer, você se cansa, chuta tudo para longe, abandona, para de pensar e se desinteressa da verdade ou, o que dá na mesma, do emaranhamento. A verdade nunca é nítida, é sempre um emaranhado. Até a deslindada. Mas na vida real quase ninguém necessita averiguá-la nem se consagra a investigar nada, isso só acontece nos romances pueris. Fiz contudo uma derradeira tentativa, embora de muita má vontade, já imaginava a resposta.

— Sei. E Luisa nisso, a mulher de Deverne? Também é um ato de piedade Javier consolá-la?

Ruibérriz de Torres tornou a surpreender-se, ou fingiu muito bem.

— A mulher? O que ela tem? De que consolo está falando? Claro que ele deve ajudá-la, que deve consolá-la no que puder, bem como aos filhos dela. É viúva do seu amigo, são os seus órfãos.

— Javier está enamorado dela há muito tempo. Ou se obstinou em estar, dá na mesma. Para ele foi providencial livrar-se do marido. Esse casal se amava muito. Não teria a menor chance, com ele vivo. Agora sim, tem alguma. Com paciência, pouco a pouco. Estando por perto.

Ruibérriz recuperou o sorriso um instante, sem força. Foi

um meio sorriso comiserativo, como se tivesse pena de mim por estar tão delirante, por ser tão inocente, por entender tão pouco aquele que tinha sido meu namorado.

— Que história é essa — respondeu com desdém. — Ele nunca me disse uma palavra a esse respeito, nem eu percebi o que você está dizendo. Não se engane, ou não se console pensando que terminou com você porque gosta de outra. Até isso é ridículo. Javier não é dos que se enamoram de ninguém, ele é terrível, eu o conheço há anos. Por que você acha que nunca se casou? — Forçou uma breve gargalhada que pretendeu sarcástica. — Com paciência, você diz. Ele não sabe o que é isso, em se tratando de mulheres. Por isso continua solteiro, entre outras razões. — Fez um gesto de descartar com a mão. — Que disparate, você nem pode imaginar. — No entanto ficou novamente pensativo, ou puxando pela memória. Como é fácil introduzir a dúvida em alguém!

Sim, o mais provável era que Díaz-Varela nunca tivesse lhe contado nada, principalmente se o havia enganado. Lembrei que, ao mencionar Luisa na conversa que eu havia espiado, não tinha se referido a ela pelo nome. Diante de Ruibérriz eu havia sido "uma fulana", mas ela tinha sido por sua vez "a mulher", nada mais que isso, no indubitável sentido de esposa. Como se não fosse alguém muito próximo dele. Como se estivesse condenada a ser somente isso, a mulher do amigo. Ruibérriz também nunca teria se encontrado com os dois juntos, de modo que não tinha podido saltar a seus olhos o que para mim tinha sido patente desde o primeiro momento, aquela tarde na casa de Luisa. Supus que o professor Rico também devia ter percebido, bom, sei lá, parecia centrado demais em suas coisas para reparar no mundo exterior, um distraído. Não quis insistir. Ruibérriz tinha outra vez o olhar absorto, ou muitíssimo concentrado. Não havia mais o que falar. Ele havia abandonado sua paquera, seguramente real em todo caso, belo desapontamento tivera. Eu não ia tirar nada a limpo, e além do mais pouco me importava. Acabava de me desinteressar, pelo menos até outro dia, ou outro século.

— O que aconteceu com você no México? — perguntei de supetão, para tirá-lo do seu estupor relativo, para animá-lo. Me dei conta de que não seria difícil simpatizar com ele. Não teria por quê, não tinha intenção de voltar a vê-lo, bem como a Díaz--Varela, bem como a Luisa Alday, todos eles. Esperava que a editora não contratasse um livro de Rico.

— No México? Como sabe que aconteceu alguma coisa comigo no México? — Isso sim foi uma surpresa e tanta para ele, era impossível que se lembrasse. — Nem Javier conhece a história toda.

— Ouvi você falar do México na casa dele, quando escutava atrás da porta. Que você teve um problema lá, faz tempo. Que te procuravam, ou que você estava fichado, disse algo assim.

— Caramba, você ouviu mesmo. — E logo depois acrescentou, como se achasse urgente esclarecer um ponto que eu ainda desconhecia: — Também não foi um assassinato, de jeito nenhum. Pura legítima defesa, ou ele ou eu. Além do mais, eu só tinha vinte e dois anos... — Parou, percebendo que estava contando demais, de que na realidade ainda rememorava ou falava consigo mesmo, só que em voz alta diante de uma testemunha. Ficara perturbado com meu comentário, chamando a morte de Desvern de assassinato.

Me sobressaltei. Nunca teria me ocorrido que houvesse outro cadáver às suas costas, fosse como fosse. Me parecia um malandro normal, mas incapaz de delitos de sangue. O de Deverne havia visto como uma exceção, como algo a que tinha se sentido obrigado, e ao fim e ao cabo ele não havia empunhado a arma, também havia delegado, um pouco menos que Díaz-Varela.

— Eu não falei nesse sentido — repliquei rapidamente. — Só te perguntei, não sei de que está falando. Mas acho que prefiro não saber, se houve outro morto na história. Deixemos pra lá. Está se vendo que nunca devemos fazer perguntas. — Olhei para o relógio. De repente me senti muito incomodada por estar sentada onde Desvern costumava sentar, falando com seu executor indireto. — Além do mais, tenho de ir embora, já está tarde.

Não fez caso das minhas últimas palavras, continuava ruminando. Tinha lhe incutido uma dúvida, eu contava que agora não fosse interrogar Díaz-Varela a respeito de Luisa, pedir explicações e que isso desse motivo para que ele me ligasse outra vez, sei lá, para me dar uma bronca. Ou então Ruibérriz estava rememorando o que havia sucedido no México séculos antes, era evidente que ainda era um peso para ele.

— Foi por culpa do Elvis Presley, sabe? — disse passados alguns segundos, em outro tom, como se houvesse enxergado de repente um último recurso para me impressionar e não ir embora fracassando inteiramente. Disse aquilo muito sério.

— Do Elvis Presley em pessoa?

— Sim, trabalhei com ele uns dez dias, quando rodava um filme no México.

Agora sim soltei uma gargalhada franca, apesar do sombrio de todo o contexto.

— Sei, sei — falei, ainda rindo. — E você também sabe em que ilha ele vive, como seus devotos o sustentam? E com quem está escondido afinal, com Marilyn Monroe ou com Michael Jackson?

Exasperou-se, lançou-me um olhar cortante. Exasperou-se mesmo, porque me disse:

— Você é uma boboca. Não acredita? Trabalhei com ele, e ele me meteu na maior encrenca.

Tinha ficado mais sério do que em nenhum outro momento. Tinha se chateado, se zangado. Aquilo não podia ser verdade, soava a fantasia, a delírio; mas estava claro que ele levava a história a sério. Dei marcha a ré como pude.

— Bom, bom, desculpe, não queria ofendê-lo. Mas é que

soa um tanto incrível, não?, você me entende. — E acrescentei, para mudar de assunto sem abandoná-lo bruscamente, sem iniciar uma retirada que o levasse a pensar que dava aquilo por impossível ou o considerava um maluco: — Espere aí, que idade você tem então, se trabalhou com o Rei? Ele morreu faz um montão de anos, não? Cinquenta? — O riso continuava escapando do meu controle, por sorte fui capaz de contê-lo.

Notei logo que ele recuperava um pouco da sua vaidade. Mas ainda me deu uma dura, primeiro.

— Não abuse! No próximo dia 16 de agosto fará trinta e quatro, creio. Não creio que mais. — Ele sabia com exatidão, devia dar muita importância a isso. — Quanto você acha que tenho?

Eu quis ser amável, para me redimir. Sem exagerar, para não adulá-lo.

— Não sei. Cinquenta e cinco?

Sorriu comprazido, como se já houvesse esquecido a ofensa. Sorriu tanto que o lábio superior disparou mais uma vez para cima, descobrindo seus dentes brancos, retangulares e sadios, e suas gengivas.

— Bote mais dez, pelo menos — respondeu satisfeito. — Não acredita?

É, estava muito bem conservado mesmo, nesse caso. Tinha algo de infantil, mas era fácil simpatizar com ele. Provavelmente era outra vítima de Díaz-Varela, no qual eu já estava me acostumando a pensar não pelo nome, tantas vezes dito e sussurrado em seu ouvido, mas pelo sobrenome. Isso também é infantil, mas serve para a gente se distanciar daqueles a quem um dia amamos.

Foi a partir daí que o processo de atenuação começou de verdade, depois do primeiro ato de desinteresse, depois de pensar pela primeira vez — ou sem chegar a pensar, talvez não tenha que ver com a mente mas com o ânimo, ou simplesmente com o fôlego: "Na realidade pouco me importa, estou pouco me lixando para tudo isso". Processo esse que está sempre ao alcance de qualquer um, diante de qualquer fato por mais próximo e grave que seja, e quem não deixa pra lá os fatos é no fundo porque não quer, porque se alimenta deles e descobre que dão algum sentido à sua vida, do mesmo modo que os que se deleitam com carregar o tenaz peso dos mortos, todos eles dispostos a vagar por aí por pouco que os retenham, todos eles aspirantes a Chabert apesar dos dissabores e das negações e das atitudes torpes com que são recebidos se se atrevem a voltar de todo.

Claro que o processo é lento, claro que custa e que é preciso ter vontade e se esforçar, e não se deixar tentar pela memória, que retorna de vez em quando e muitas vezes se disfarça de refúgio, ao passar por uma rua ou ao sentir o cheiro de um perfume ou ouvir uma melodia, ou ao ver que está passando na tevê um filme a que se assistiu acompanhado. Nunca vi nenhum com Díaz-Varela.

Quanto à literatura, na qual tínhamos, aí sim, experiências em comum, conjurei o perigo assumindo-o, encarando-o imediatamente: embora a editora costume publicar autores contemporâneos, para frequente desgraça dos leitores e minha, convenci Eugeni a prepararmos a toda pressa uma edição de O coronel Chabert, numa tradução nova e boa (a mais recente era de fato péssima), e acrescentamos mais três contos de Balzac para formar um volume com lombada, já que essa obra é bastante breve, o que em francês chamam de nouvelle. Em poucos meses estava nas livrarias e eu me desfiz assim da sua sombra, dando-a a lume na minha língua nas melhores condições. Dela me lembrei o quanto era necessário, enquanto a editávamos, depois pude esquecê-la. Ou pelo menos me assegurei de que ela nunca ia me pegar à traição nem de surpresa.

Estive a ponto de sair da editora depois dessa manobra, para não seguir indo à cafeteria, para nem mesmo seguir vendo-a da minha sala, apesar de as árvores a taparem parcialmente; para que nada me fizesse lembrar de nada. Também estava cansada de batalhar com os escritores vivos — que delícia os que não podem mais encher a paciência nem tentar assegurar espertamente seu futuro, como Balzac, já consumado —, dos telefonemas pegajosos de Cortezo, o mala, das exigências do repelente e avarento Garay Fontina, das presunções cibernéticas dos falsos jovens, cada qual mais ignorante, grosso e pedante, tudo ao mesmo tempo. Mas as outras propostas, da concorrência, não me convenceram apesar da melhora do salário: em toda parte eu teria de continuar lidando com escritores de ambição desmesurada e que respiravam o mesmo ar que eu. Além do mais, Eugeni, um pouco preguiçoso e fora do ar, delegava cada vez mais funções a mim e me instava a tomar decisões, o que eu aceitava: contava com que logo chegaria o dia em que pudesse prescindir de algum enfatuado sem sequer lhe pedir permissão, sobretudo do iminentíssimo açoite do rei Carlos Gustavo, que burilava sem esmorecer seu discurso num sueco macarrônico (quem o ouviu ensaiar garante que sua pronúncia era infame). Mas, acima de tudo, compreendi que não devia fugir daquela paisagem, e sim dominá-la com meus meios, como Luisa deve ter feito com sua casa, obrigando-se a seguir vivendo nela e a não se mudar precipitadamente; despojá-la das suas conotações mais sentimentais e tristes, conferir-lhe uma nova cotidianidade, recompô-la. Sim, eu me dava conta de que aquele lugar tinha me impregnado de sentimentos, e é impossível enganar ou esquivar sentimentos, mesmo que sejam semi-imaginários. Só nos resta ficar em bons termos com eles e aplacá-los.

Passaram-se quase dois anos. Conheci outro homem que me interessou e me divertiu bastante, Jacobo (também não escritor, graças aos céus), me comprometi com ele por insistência dele, fizemos pausados planos para nos casar, fui adiando sem cancelar, nunca fui propensa ao casamento, minha idade — trinta e muitos — me convenceu mais do que meu desejo de me levantar acompanhada todos os dias, não vejo muita graça nisso, também não deve ser ruim, suponho, se você gosta da pessoa com quem vai para a cama e ao lado de quem dorme, como é — claro que sim —, como é o meu caso. Há coisas de Díaz-Varela de que continuo sentindo falta, isso é uma coisa à parte. O que não me dá má consciência, nada é incompatível no terreno da recordação.

Estava jantando com um grupo de pessoas no restaurante chinês do Hotel Palace quando os vi, a uma distância de três ou quatro mesas, digamos. Eu tinha uma boa visão dos dois, que me mostravam seu perfil, como se eu estivesse na plateia do teatro e eles num cenário, só que na mesma altura. A verdade é que não tirei os olhos deles — eram como um ímã —, salvo quando um dos comensais me dirigia a palavra, e isso não acontecia com frequência: vínhamos de uma noite de autógrafos, vários eram amigos do eufórico autor e eu não os conhecia; eles se distraíam entre si e mal me incomodavam, eu estava ali como representante da editora e para pagar a conta, claro; a maioria deles era estranhamente aflamencada, e o que eu mais temia era que tirassem suas guitarras de algum esconderijo esquisito e desatassem a cantar animadamente, entre um prato e outro. Isso, à parte o vexame, teria chamado para a nossa mesa a atenção de Luisa e Díaz-Varela, que estavam atentos demais um ao outro para reparar na minha presença em meio a uma assembleia de dançarinos de flamenco. Mas pensei que ela talvez nem me reconhecesse. Só houve um momento em que a namorada do romancista se deu conta de que eu olhava sem cessar para um ponto. Deu meia-volta sem dissimulação e ficou observando Javier e Luisa. Preocupei-me com que seus olhos tão desinibidos os alertassem e me vi na necessidade de lhe explicar:

— Desculpe, é um casal que conheço e não via há séculos. E na época não eram um casal. Não leve a mal, por favor. É muito curioso vê-los assim, sabe como é.

— Não tem de quê, não tem de quê — ela me respondeu compreensiva, depois de dar uma nova olhada impertinente. Havia compreendido instantaneamente qual era a situação, às vezes devo ser muito transparente. — Bonito, hein?, não me espanta. Não se preocupe, querida, é assunto seu, não estou nem aí.

Sim, acredito que eram mesmo um casal, isso costuma saltar à vista até no caso de completos desconhecidos, e este eu conhecia de sobra, ela não, só de conversar mais extensamente uma única vez — ou de só ela falar, devo ter sido intercambiável aquele dia, um mero ouvido —, na realidade muito pouco. Mas eu a tinha observado em atitude semelhante anos a fio, ou seja, com seu parceiro de então, que agora estava morto o bastante para que Luisa não pensasse mais de si mesma em primeira instância, como algo definitório: "Fiquei viúva" ou "Sou viúva", porque já não o seria em absoluto, e esse fato e esse dado teriam mudado, apesar de serem idênticos a antes. Assim, melhor diria: "Perdi meu primeiro marido e ele está cada vez mais distante de mim. Faz muito que não o vejo, já este outro homem está aqui a meu lado e além do mais está sempre. Ele eu também chamo de marido, é esquisito. Mas ocupou o lugar dele na minha cama e ao se justapor o esfuma e apaga. Um pouco mais cada dia, um pouco mais cada noite". E os tinha visto juntos, também uma só vez mas o suficiente para captar o enamoramento e a solicitude dele e o pouco caso ou a inadvertência dela. Agora era tudo bem diferente. Estavam amarrados um ao outro, conversavam com vivacidade, olhavam-se de vez em quando nos olhos sem trocar palavra, por cima da mesa entremeavam os dedos. Ele usava aliança no anular, deviam ter se casado no civil sabe-se lá quando, quem sabe recentemente, quem sabe anteontem ou ontem mesmo. Ela estava com melhor aspecto e ele não havia piorado, lá estava Díaz-Varela com seus lábios de sempre, cujos movimentos acompanhei à distância, há hábitos que não se perdem ou que se recuperam imediatamente, como se fossem um automatismo. Sem querer fiz um gesto com a mão, como para tocá-los de longe. A namorada do romancista, a única que às vezes olhava para mim, reparou e me perguntou com gentileza:

— Desculpe, quer alguma coisa? — Talvez acreditasse que eu lhe houvesse feito sinal.

— Não, não se preocupe. — E movi a mão como se acrescentasse: "Coisas minhas".

Ela devia estar me achando mais perturbada do que propriamente alterada. Por sorte os outros comensais brindavam sem parar e falavam alto, sem prestar a menor atenção em mim. Pareceu-me que um deles começava a cantarolar preocupantemente ("*Ay mi niña, mi niña, Virgen del Puerto*", cheguei a ouvir),

não sei por que tinham aquela estampa de dançarinos de flamenco, o romancista não era assim, era um sujeito de suéter de losangos, óculos de estuprador ou maníaco e pinta de complexado,
que incompreensivelmente tinha uma namorada agradável e
bem-apessoada, e vendia bastante livros — uma embromação
pretensiosa, cada um deles —, por isso nós o havíamos levado a
um restaurante bem caro. Roguei — uma oração à Virgem do
Porto, apesar de não a conhecer — para que o canto ficasse naquilo, não desejava ser distraída. Não conseguia desviar os olhos
da mesa, verdadeiro palco, e logo começou a se repetir em minha
mente uma frase daqueles jornais já antigos, aqueles que haviam
trazido a notícia durante dois míseros dias e depois a tinham
calado para sempre: "Depois de se debater umas cinco horas
entre a vida e a morte, sem recobrar consciência em nenhum
instante, a vítima faleceu nas primeiras horas da noite, sem que
os médicos pudessem fazer nada para salvá-la".

"Cinco horas numa sala de cirurgia", pensei. "Não é possível
que depois de cinco horas não tenham detectado uma metástase
generalizada em todo o organismo, como Javier disse que Desvern tinha dito." E então acreditei enxergar claro — ou mais
claro — que aquela doença nunca havia existido, a não ser que
o dado das cinco horas fosse inverídico ou errado, as notícias de
jornal não concordavam nem mesmo sobre o hospital a que o
moribundo tinha sido levado. Nada era concludente, portanto, e
a versão de Ruibérriz não havia desmentido a de Díaz-Varela, em
todo caso. Isso também não significava muito, dependia de quanta verdade este lhe houvesse revelado ao lhe fazer seu sangrento
pedido. Suponho que foi a irritação que me levou a essa crença
momentânea — ou durou mais de um momento, foi um instante no restaurante chinês — de enxergar agora a coisa mais clara
(depois tornei a vê-la mais obscura em minha casa, onde o casal
já não estava presente e Jacobo me aguardava). Fui me irritando,

acho, ao verificar que Javier tinha se saído bem, ao descobrir que havia conseguido o que queria, tal como havia previsto. Afinal de contas, tinha certo rancor contra ele, por mais que nunca tenha abrigado esperanças e que não o pudesse culpar de ter me dado falsas. Não era indignação moral o que eu sentia, tampouco uma ânsia de justiça, e sim algo muito mais elementar, talvez mesquinho. A justiça e a injustiça não me interessavam. Sem dúvida tive ciúmes retrospectivos, ou foi despeito, imagino que ninguém está a salvo disso. "Olhe para eles", pensei, "lá estão ao final da paciência e do tempo: ela mais ou menos refeita e contente, ele exultante, casados, esquecidos de Deverne e de mim, eu não fui nem sequer um estorvo. Está em minhas mãos arruinar esse casamento agora mesmo, e arruinar a vida que ele se construiu, como um usurpador, esse é o termo. Bastaria eu me levantar, ir até a mesa dele e lhe dizer: 'Ah, finalmente você conseguiu livrar-se do obstáculo sem ela ter desconfiado'. Não teria que acrescentar mais nada, nem dar nenhuma explicação, nem contar a história inteira, daria meia-volta e sairia. Isso seria o suficiente, essas meias palavras, para semear o desconcerto em Luisa e para que ela lhe pedisse satisfações árduas. Sim, é tão fácil introduzir a dúvida em alguém."

E, mal pensei isso — mas estive vários minutos pensando, repetindo-me como uma canção que não sai da cabeça e assim me inflamando em silêncio, com os olhos fixos neles, não sei como não perceberam, como não se sentiram queimados nem trespassados, meus olhos deviam ser como brasas ou como águias —, mal acabei de pensar isso, também sem querer ou sem decidir, do mesmo modo que não havia desejado fazer com a mão o gesto de tocar seus lábios, eu me pus de pé sem soltar o guardanapo e disse à namorada do convidado embromador, a única para quem eu ainda existia e que poderia sentir a minha falta, se eu demorasse:

— Desculpe, volto já.

Na verdade eu não sabia que intenção me guiava ou essa intenção foi mudando em grande velocidade várias vezes, enquanto eu dava os passos — um, dois, três — que separavam minha mesa da deles. Sei que me veio à cabeça essa ideia fugaz, que necessita muito mais lentidão para se expressar, enquanto eu andava sem me dar conta — quatro, cinco — de que levava meu guardanapo amarrotado e manchado na mão: "Ela mal me conhece e não tem por que me identificar até que eu me apresente e diga quem sou, depois de tanto tempo; para ela devo ser uma desconhecida que se aproxima. Ele é que me conhece bem e me reconhecerá na hora, mas teoricamente, diante de Luisa, tem menos motivos ainda para se lembrar de mim. Teoricamente, ele e eu nos vimos uma só vez e quase sem trocarmos palavras, os dois visitando-a na casa dela, uma tarde há mais de dois anos. Na certa vai fingir que não sabe quem sou, o contrário resultaria estranho em seu caso. De modo que também está em minhas mãos desmascará-lo nesse aspecto, se outra mulher se aproxima para cumprimentar quem está com uma de nós é que teve com ele uma relação passada. A não ser que os dois dissimulem à perfeição e não se denunciem. E, a não ser que nos equivoquemos, também é verdade que algumas de nós tendemos a atribuir a nossos parceiros uma multidão de amantes pretéritas e que nem sempre acertamos".

Ao avançar — seis, sete, oito, precisava passar rente a uma ou outra mesa e esquivar os velozes garçons chineses, o trajeto não era em linha reta — fui vendo melhor os dois, e os vi contentes e tranquilos, imersos em sua conversa, alheios ao que não fosse eles. Senti por Luisa, num ou noutro passo, algo parecido com alegria, ou talvez conformidade, ou era alívio. A última vez que eu a tinha visto, já fazia tanto, ela tinha me inspirado grande pena. Tinha me falado do ódio que não conseguia sentir do flanelinha: "Não, odiá-lo não adianta, não consola nem dá forças", dissera. E de que também não teria conseguido ter de um matador recém-chegado e abstrato, se tivesse sido um deles que houvesse matado Deverne, por encomenda. "Mas dos indutores, sim", havia acrescentado, e tinha me lido parte da definição de "inveja" dada por Covarrubias, com data de 1611, lamentando que nem mesmo a ela se pudesse atribuir a morte de seu marido: "O pior é que esse veneno costuma ser gerado no peito dos que são mais amigos, e nós os temos como tais, confiando neles; e são mais prejudiciais que os inimigos declarados". E logo depois tinha me confessado: "Sinto saudade dele sem parar, sabe? Sinto saudade ao acordar e ao me deitar e ao sonhar e todo o resto do dia, é como se o levasse comigo incessantemente, como se estivesse incorporado a mim, em meu corpo". E então pensei, quando já estava chegando perto — nove, dez —: "Já não vai ser assim, já terá se livrado do seu cadáver, do seu defunto, seu espectro, no que fez bem, porque não há retorno. Agora ela tem alguém à sua frente e os dois poderão esconder-se mutuamente seu destino, como fazem os enamorados segundo um verso que não lembro direito, algo assim diz esse verso antigo que li na minha adolescência. Já não estará na sua cama aflita, nem estará mais de luto, nela entrará um corpo vivo todas as noites, cujo peso conheço bem, e era muito bom senti-lo".

Vi que viravam a vista quando eu dava meus últimos passos e eles notaram meu vulto ou minha sombra — onze, doze e treze —, ele com pavor, como se perguntando: "O que ela faz aqui? De onde saiu? E que vem fazer, me delatar?". Mas ela não viu essa sua expressão, porque já olhava para mim com simpatia, com um sorriso sem reservas, muito amplo e caloroso, como se houvesse me reconhecido imediatamente. E assim foi, porque exclamou:

— A Jovem Prudente! — Com certeza não se lembrava do meu nome.

Pôs-se de pé logo em seguida para me dar dois beijos e quase me abraçar, e sua amistosidade freou na hora qualquer possível intenção minha de dizer a Díaz-Varela o que quer que fosse que virasse Luisa contra ele, ou a levasse a vê-lo com desconfiança ou estupefação ou nojo, ou a odiar o indutor, conforme tinha me anunciado; nada que arruinasse a vida dele e portanto a dela também de novo, e que arruinasse o casamento de ambos, tinha me passado pela cabeça fazer isso, pouco antes. "Quem sou eu para perturbar o universo?", pensei. "Embora outros o façam, como este homem que está aqui na minha frente, finge não me conhecer apesar de eu o ter amado e nunca ter lhe feito nenhum mal. Mas o fato de outros o perverterem e o abalarem, e o violentarem da pior maneira, não me obriga a seguir o exemplo deles, nem mesmo a pretexto de que eu, ao contrário deles, endireitaria um fato distorcido e puniria um possível culpado e faria um ato de justiça." Já falei que a justiça e a injustiça não me preocupavam. Por que haviam de ser um problema meu, quando se em alguma coisa Díaz-Varela tinha razão, assim como o advogado

Derville em seu mundo de ficção e em seu tempo que não passa e está parado, era nisto que ele tinha me dito: "O número de crimes impunes supera largamente o dos punidos; e não falemos dos ignorados e ocultos, por força deve ser infinitamente maior que o dos conhecidos e registrados". E talvez também nisto: "O pior é que tantos indivíduos díspares de qualquer época e país, cada qual por sua conta e risco, em princípio não expostos ao contágio mútuo, separados uns dos outros por quilômetros ou anos ou séculos, cada qual com seus pensamentos e finalidades particulares e intransferíveis, concordem com tomar as mesmas medidas de roubo, esbulho, assassinato ou traição contra seus amigos, seus companheiros, seus irmãos, seus pais, seus filhos, seus maridos, suas mulheres ou amantes dos quais queiram se desfazer. Contra os que provavelmente mais amaram um dia. Os crimes da vida civil são dosados e esparsos, um aqui, outro ali; por ocorrerem em forma de gotejamento parecem clamar menos aos céus e não levantam ondas de protesto por incessante que seja sua sucessão: como poderia ser, se a sociedade convive com eles e está impregnada do seu caráter desde tempos imemoriais". Por que haveria eu de intervir, ou talvez seja contravir, o que remediaria com isso na ordem do universo? Por que haveria de denunciar um crime avulso do qual nem mesmo tinha absoluta certeza, nada era totalmente seguro, a verdade é sempre um ema-ranhado. E se houvesse sido um autêntico crime premeditado e a sangue-frio, com a única finalidade de ocupar um lugar já ocu-pado, seu causador pelo menos se encarregava de dar consolo à vítima, quero dizer à vítima que permanecia viva, à viúva de Miguel Desvern, empresário, cuja falta ela já não sentiria tanto: nem ao acordar nem ao se deitar nem ao sonhar nem todo o resto do dia. Lamentavelmente ou por sorte, os mortos estão imó-veis como pinturas, não se mexem, não acrescentam nada, não dizem nada nem jamais respondem. E fazem mal em retornar, os que podem. Deverne não podia, e era melhor assim.

Minha visita à mesa deles foi breve, trocamos umas poucas frases, Luisa me convidou a sentar um momento com eles, me desculpei aduzindo que me esperavam na minha, nada mais falso, salvo para pagar a conta. Ela me apresentou seu novo marido, não se lembrava de que teoricamente ele e eu tínhamos nos visto em sua casa, para ela ele estava na penumbra então. Nenhum de nós dois refrescou sua memória, para quê, que necessidade havia? Díaz-Varela tinha se levantado quase ao mesmo tempo que ela, nos beijamos como é costume na Espanha entre homem e mulher desconhecidos, quando são apresentados. Sua expressão de pavor tinha se apagado, ao ver que eu era discreta e me prestava à pantomima. E então também olhou para mim com simpatia, em silêncio, com seus olhos rasgados, nebulosos e envolventes, dificilmente decifráveis. Me olharam com simpatia, mas eu não sentia falta deles. Não negarei que tive a tentação de me demorar, apesar de tudo, de não perdê-lo ainda de vista, de me entreter ali palidamente. Não me cabia, eu não devia, quanto mais tempo passasse em sua companhia mais Luisa poderia detectar algum rastro, algum resto, algum resquício em meu olhar: ele ia para onde sempre ia, era inevitável e, evidentemente, involuntário, não queria fazer mal a ninguém.

— Temos que nos ver um dia, telefone, continuo morando no mesmo lugar — me disse ela com sincera cordialidade, sem nenhuma desconfiança. Era uma dessas frases que se dizem as pessoas ao se despedirem e que esquecem uma vez despedidas. Eu não voltaria à sua memória, eu só era uma jovem prudente que ela conhecia de vista, mais do que qualquer coisa, e de outra vida. Nem sequer continuava jovem.

Dele preferi não me aproximar pela segunda vez. Depois dos novos beijos de rigor trocados com ela, dei dois passos em direção à minha mesa, enquanto ainda respondia com a cabeça virada ("Sim, claro, ligo um dia. Não imagina como estou contente com tudo"), para ficar a certa distância, e então lhe dei adeus com a mão. Para Luisa, dava aos dois, mas eu estava me despedindo de Javier, agora sim, agora definitivamente e de verdade, porque ele tinha sua mulher a seu lado. E enquanto voltava ao besta mundo editorial que acabava de deixar havia apenas alguns minutos — mas de repente me pareceram longuíssimos —, pensei, como para me justificar: "Sim, não quero ser sua maldita flor-de-lis no ombro, a que delata, assinala e impede que desapareça o mais antigo delito; que a matéria passada seja muda e que as coisas se diluam ou se escondam, que se calem e não contem nem tragam outras desgraças. Também não quero ser como os malditos livros entre os quais passo minha vida, cujo tempo está parado e sempre espreita fechado, pedindo que o abram para transcorrer de novo e narrar mais uma vez sua velha história repetida. Não quero ser como essas vozes escritas que muitas vezes parecem suspiros sufocados, gemidos lançados por um mundo de cadáveres no meio do qual todos nós jazemos, enquanto nos distraímos. Não é demais que alguns fatos civis, se não a maioria, fiquem sem registro, ignorados, como é a norma. O empenho dos homens costuma ser o contrário, no entanto, embora tantas vezes fracassem: gravar a fogo aquela flor-de-lis que perpetue, acuse e condene, e talvez desencadeie mais crimes. Seguramente esse também teria sido meu propósito com qualquer outra pessoa, ou com ele mesmo, se eu não tivesse me enamorado tempos atrás, estúpida e silenciosamente, e ainda gostasse um pouco dele hoje, suponho, apesar de tudo, e tudo é muito. Passará, já está passando, por isso não me importa reconhecê-lo. Credite-se a meu favor que acabo de vê-lo quando não esperava, com boa aparência e contente". E continuei pensando enquanto lhe dava as costas e dele já se afastavam para sempre meus passos e meu vulto e minha sombra: "Sim, não tem nada demais reconhecer isso. Afinal ninguém vai me julgar, nem há testemunhas de meus pensamentos. É verdade que quando a teia de aranha nos captura — entre o primeiro acaso e o segundo — fantasiamos sem limite e ao mesmo tempo nos conformamos com qualquer migalha, com ouvi-lo — ouvir a esse tempo entre acasos, é a mesma coisa —, com sentir seu cheiro, com entrevê-lo, com pressenti-lo, com que ainda esteja em nosso horizonte e não tenha desaparecido totalmente, com que ainda não se veja ao longe a poeirada de seus pés que vão fugindo".

Janeiro de 2011

1ª EDIÇÃO [2012] 4 reimpressões

ESTA OBRA FOI COMPOSTA EM ELECTRA PELO ESTÚDIO O.L.M./ FLAVIO PERALTA
E IMPRESSA EM OFSETE PELA GEOGRÁFICA SOBRE PAPEL PÓLEN NATURAL
DA SUZANO S.A. PARA A EDITORA SCHWARCZ EM OUTUBRO DE 2022

A marca FSC® é a garantia de que a madeira utilizada na fabricação do papel deste livro provém de florestas que foram gerenciadas de maneira ambientalmente correta, socialmente justa e economicamente viável, além de outras fontes de origem controlada.